ARNAQUE à ERQUY

Aux Éditions Alain Bargain

Dans la collection

ENQUÊTES ET SUSPENSE ® :

Lise Tiffanneau-Midy
- Sortie de route en Anjou
- Vengeance sur la Corniche Angevine
- Un Justicier à Trélazé
- Réveillon obscur en Saumur
- Grabuge dans Les Mauges
- L'Abeille de Fontevraud

Solenn Colléter
- Lettres de sang sur la Côte Sauvage *(épuisé)*

Valérie Lys
- Rennes, Échec au Fou
- Confessions Rennaises
- Grise mine à Fougères

Chaix d'Est-Ange
- La filière d'Arradon
- La petite dame de Locminé
- Ratissage dans le golfe
- L'Écluse de Malestroit
- Copie conforme à Larmor-Baden
- Les Truands de Saint-Goustan
- Coup de barre à Étel *(épuisé)*
- Vilaine affaire à La Roche-Bernard
- Perfusion à Quiberon *(épuisé)*
- Le Passager de Lann-Bihoué

Annie Le Coz
- Les Maudits de Kérogan *(épuisé)*
- Plumes sèches à Beg-Meil *(épuisé)*
- Quimper sonne les cloches *(épuisé)*
- "Caval" à Saint-Guénolé *(épuisé)*
- "Clap" de fin à Langolen *(épuisé)*
- Mortelle Bigoudène *(épuisé)*
- Braquages en Cornouaille

Vincent Cabioch
- 5 Diables Verts à Huelgoat

Jean-Pierre Le Marc
- Matin rouge au Guilvinec *(épuisé)*
- Soirées noires à Penmarc'h
- Double vie à Loctudy *(épuisé)*
- Signes de sang à Lesconil *(épuisé)*
- L'Héritier des Trépassés

Christophe Chaplais
- Pâté de Corbeau aux amandes amères
- Le calisson jusqu'à la lie
- Farz aux herbes de Portsall
- Addition salée au Croisic
- Salade russe aux noix de Grenoble *(épuisé)*
- Fourchette mortelle à Chinon
- Soupe de Crabes à Brest *(épuisé)*
- La face cachée des Étoiles
- Mélodie gourmande à Guérande

Sylvain Pettinotti
- Manzini ou "L'art des choix" *(épuisé)*
- Réactions en chaîne en Isère

Bernard David-Cavaz
- Traboules *(épuisé)*
- La Fille de Sein

Jean-Pierre Farines
- Brume sur la Presqu'île *(épuisé)*
- La route de Rocamadour
- Le Phénix est mort à Camaret
- Cercueil vide en Mer d'Iroise

Jean-Claude Belfiore
- Toxines sur Nantes

Cédric Labb
- Les Démons du Midi *(épuisé)*
- Les Muses de Savoie *(épuisé)*

Jacques Caouder
- L'Occise des Landes *(épuisé)*
- L'Évadée de Brennilis
- Le Mort de Brest-Les Abers *(épuisé)*
- La Troménie noire
- Rumeurs mortelles à St-Renan *(épuisé)*

Jean-Pierre Bathany
- Camaret au Vitriol *(épuisé)*
- Double Je Nantais *(épuisé)*
- Été show à La Baule *(épuisé)*
- La Veuve Noire de Pornic *(épuisé)*
- Maudit Blues à Nantes *(épuisé)*
- Requiem au lac de Grand-Lieu - T.I *(épuisé)*
- Le Cercle de Nantes - Tome II
- Illuminati Nantais - Tome III

ENQUÊTES & SUSPENSE

Aux Éditions Alain Bargain

Dans la collection
ENQUÊTES ET SUSPENSE :

Patrick Bent
- Erquy profite le crime *(épuisé)*
- Le macchabée du Val-André *(épuisé)*
- Saint-Cast priez pour eux ! *(épuisé)*
- Hécatombe à Saint-Malo
- Nuit noire à Dinard *(épuisé)*
- Algues fatales à Erquy
- Rock'n'Roll à Lamballe
- Pluie de fiel sur Fréhel
- Arnaque à Erquy

Michèle Corfdir
- Le Crabe
- Mortel Hiver sur le Trieux
- Chasse à corps à Bréhat
- Larmes de fond *(épuisé)*
- Vent contraire à Loguivy-de-la-Mer
- Herbes amères à Belle-Isle-en-Terre *(épuisé)*
- Il court, il court, le furet des Abers *(épuisé)*
- Fest-Noz sur le Nil
- Eau dormante en Trégor
- Nuits assassines à Paimpol
- Crime à l'Armoricaine
- Vendredi noir sur l'Arcouest
- Sueurs froides sur le Goëlo

Gisèle Guillo
- Dernier rendez-vous à Vannes
- Du Léman au Morbihan *(épuisé)*
- Tempête à Quiberon
- La Belle de Carnac *(épuisé)*
- Le Saigneur de Quimper
- Vol de pigeons à Arradon *(épuisé)*
- Cash-cash au Crouesty *(épuisé)*
- Le Diable noir de Saint-Cado
- Clair-obscur à l'Île-aux-Moines *(épuisé)*
- Port-Louis, les ombres de la citadelle
- La Maison au bord du Golfe
- Les Amants Terribles de La Trinité
- Étel coupable ?

Rémi Devallière
- L'esprit d'Hoëdic
- Calculs sévères à Saint-Nazaire

Jean-Jacques Égron
- Marais mouvant dans le Golfe
- Tracto Breizh

Simone Ansquer
- Téviec, le Secret *(épuisé)*
- Aux tours de La Rochelle
- Grain de sable à Saint-Pierre-Quiberon
- Le mystère de la Cathédrale de Vannes
- Carnac, les menhirs disparus
- Bons baisers de l'île de Houat
- Nuit d'Enfer à Quiberon

Serge Le Gall
- La secte de l'Aven *(épuisé)*
- Sables mouvants à Bénodet *(épuisé)*
- La Douarneniste et le Commissaire *(épuisé)*
- Corps-mort à l'Île-de-Batz *(épuisé)*
- Traque noire à Audierne *(épuisé)*
- Fugue mortelle en RÉ *(épuisé)*
- Le moine rouge de Carantec
- La Sirène de Port Haliguen *(épuisé)*
- Coup fourré dans les Mts d'Arrée *(épuisé)*
- Vagues à lames à Noirmoutier *(épuisé)*
- Dépression sur les Glénan
- Belle-Île "Amère"
- Calvaire à Plougastel-Daoulas *(épuisé)*
- Course-poursuite sur l'Aven
- Cible ultime dans les Montagnes Noires
- Rouge baiser de Crozon *(épuisé)*
- Sac de nœuds à Trévignon
- Retour coupable à Pont-l'Abbé
- Quiberon Enrage
- Secrets salés à Fouesnant
- Fausses notes à Larmor-Plage
- Jeux de drames à Douarnenez

Bernard Larhant
- Quimper sur le gril *(épuisé)*
- Douarnenez, piège à Mouettes
- Les Galets de Tréguennec
- Les bas-fonds de Quimper
- Pas de pardon à Locronan
- Un pavé dans La Loire
- Psychose sur Bénodet
- Sang d'encre au Mans
- La Torche entre deux eaux
- Du Pastis dans l'Odet
- Les Ombres du Rennes-Quimper
- La Madone du Faouët
- Effet domino à Concarneau
- Le Môme de Fouesnant
- Hors la loi à Groix

Aux Éditions Alain Bargain

Dans la collection
ENQUÊTES ET SUSPENSE :

Martine Le Pensec
- Onde de choc sur Fermanville
- Angoisse sur Penmarc'h *(épuisé)*
- Lumière noire sur la Penfeld
- Printemps funeste à Brest
- Treizième lune à Concarneau
- 32 octobre à Roscoff
- Terminus à Lannilis *(épuisé)*
- L'Enfer de Plogoff
- Alerte rouge à Brest
- Bad Trip à Lorient
- Le Cobra de Brest
- Le Mouton noir de Roscoff
- Sang pour sang à Recouvrance

Marie Vaillant
- Chantage Bigouden
- Les corps mourants de Plozévet
- Vague blanche au Pouldu
- Malaise sur la côte lorientaise

Élisabeth Mignon
- Fontaines mortelles à Quimper

Stéphane Jaffrézic
- Chili-Concarneau
- Ville bleue et beaux dégâts *(épuisé)*
- Disparitions en Pays Fouesnantais
- Tri Yann Tro Breizh *(épuisé)*
- Vengeances croisées à Nantes *(épuisé)*
- Escale forcée à Brest *(épuisé)*
- Dolmens sanglants en Bigoudénie
- Escapade à Landerneau *(épuisé)*
- Le mauvais fils de Guidel
- Murder party à Quimper
- Rendez-vous raté à Quimperlé

Bernard Enjolras
- Îlot mortel à Trégastel
- 3 petits singes en Côtes-d'Armor *(épuisé)*
- Mauvais sorts dans Le Trégor
- Micmac à Ploumanac'h
- Sale temps sur Penvénan
- Jeu d'échecs à Perros-Guirec
- Guêpier à Tréguier
- Jackpot dans le Léon

Gérard Croguennec
- Voile épais au Conquet
- Brest, Abri 668
- Morlaix en eaux profondes

Jean-Louis Kerguillec
- Carantec à corps perdu
- Enlèvement en Baie de Morlaix
- Mauvaise passe sur l'île Callot
- Les Amours Noires du Léon

Jean-Michel Arnaud
- Cavale à Brest
- Blues en Rafale à Landivisiau
- Le bagad bombarde à Quimper
- Loto létal dans le Léon
- Fresque de sang sur le Ponant

Alain Couprie
- Ça chauffe à Roscoff
- Pas d'oignons pour le Léon
- La Mutilée de Saint-Renan
- Drague folle à Lannion

Michel Courat
- Ça meurt sec à Locquirec
- Marée rouge à Plestin-Les-Grèves
- Coup de grisou à Pleumeur-Bodou *(épuisé)*
- Mort en vrac à Morlaix
- Sauvage farandole à Paimpol *(épuisé)*
- Mise à mort en Bretagne nord
- Masques de Terreur à Lanmeur
- Été meurtrier à Tréguier
- Le raisin coule à Lesneven
- Le Diable s'invite à Locquirec

Philippe-Michel Dillies
- Meurtres à Monnaie
- Chasse à Tours *(épuisé)*
- Train d'enfer pour Saint-Pierre-des-Corps
- Les roses noires de Chartres
- Du raisiné à Vouvray
- Partie truquée à Descartes
- Embrouille à Amboise
- L'écheveau de Blois
- Anicroches à Loches
- Murmures en Saumur
- Les plumes noires de St-Cyr-sur-Loire

Patrick BENT

ARNAQUE à ERQUY

Collection

ENQUÊTES & SUSPENSE

Quadri Signe - Editions Alain Bargain
125, Vieille Route de Rosporden - 29000 Quimper
E-mail : contact@editionsalainbargain.fr
Site Internet : www.editionsalainbargain.fr
Facebook : https://www.facebook.com/editionsalainbargain

Aux Éditions Alain Bargain

Dans la collection
ENQUÊTES ET SUSPENSE :

Jean-Christophe Pinpin
- Qui voit Groix voit sa croix *(épuisé)*
- Qui voit Sein voit sa fin *(épuisé)*
- Qui voit Ouessant voit son sang *(épuisé)*
- Qui voit Belle-Ile voit son île *(épuisé)*
- Qui voit Molène voit sa peine
- Toulouse au bout du siècle *(épuisé)*
- Traque à Hoëdic *(épuisé)*

Christophe Gontard
- Dernière danse en Trièves

Alex Nicol
- Mystères en Finistère *(épuisé)*
- Ça bombarde chez les Bigoudens *(épuisé)*
- Mise en Bière à Sainte-Marine
- Le Tsar de Bénodet *(épuisé)*

Aux Éditions Alain Bargain

Dans la collection ***POL'ART :***

Serge Le Gall
- Sombre dessein à Pont-Aven *(épuisé)*
- Meurtres du côté de chez Proust *(épuisé)*
- Eaux-fortes à Ste-Marine *(épuisé)*
- Ciel rouge au Pouldu *(épuisé)*

Loïc Gourvennec
- Le râle du basson *(épuisé)*

Yves Horeau
- Monsieur Butterfly *(épuisé)*

Renée Bonneau
- Nature morte à Giverny *(épuisé)*
- Séquence fatale à Dinard *(épuisé)*
- Sanguine sur la Butte *(épuisé)*

Stéphane Jaffrézic
- Toiles de fond à Concarneau
- Le Rubis de Châteauneuf-du-Faou *(épuisé)*

À Luce, pour ton soutien sans faille au quotidien, pour ta patience, ta joie de vivre et tes relectures. Merci ma toute belle !

DU MÊME AUTEUR :

- KO par chaos (Éditions Astoure, Déc 2013)
- Marionnettes (Éditions du Horsain, Nov 2014)
- L'enfer du décor (Éditions Publibook, 2000)

Édition numérique chez SKA éditions,
nouvelles et romans courts :

- Émois et moi (2016)
- Haut la vie (2015)
- Marionnettes (2015)
- Folie-cul (2015)
- Les sens interdits (2014)

Le blog de l'auteur : http://patrickbent.pagesperso-orange.fr/
et sur Facebook

AVERTISSEMENT

Ce roman jongle avec deux périodes distantes d'un quart de siècle, d'une part, la fin de la guerre de 40, d'autre part, les années 70.

En évoquant le sort de prisonniers de guerre, ceux que l'on a nommés les « absents », j'ai voulu rendre hommage à ce million et demi d'hommes qui ont laissé leur jeunesse en captivité dans les stalags. Soldats peu glorieux, capturés sans avoir combattu, ils sont un peu les oubliés de l'Histoire.

Vingt-cinq ans plus tard, leurs enfants, les « baby-boomers », vivent l'effervescence des années 70. Clin d'œil à cette folle époque, l'année 1969 – érotique pour les uns, historique, hystérique ou mythique pour les autres – représente une charnière dans le XXe siècle : de Gaulle démissionne ; la pilule contraceptive fait son apparition ; Armstrong marche sur la lune ; au Vietnam, Ho Chi Minh décède ; à Woodstock, la musique adoucit les mœurs ; les Beatles sortent *Abbey Road* ; au cinéma, *Il était une fois dans l'Ouest* fait un tabac ; en France la quatrième semaine de congés payés devient une réalité, Johnny et Sheila envahissent les juke-boxes.

Dans le récit qui suit, un jeune couple de baby-boomers traverse en trombe cette année d'espérance, de bouillonnement, d'euphorie.

Patrick BENT

PS : Les aficionados ne manqueront pas de noter l'absence de la commissaire Beaussange.

Je tiens à les rassurer, mademoiselle Beaussange est en pleine forme dans sa maison du Gué. Si elle n'apparaît pas dans ce récit, c'est tout simplement parce qu'elle n'était pas née en 1969. Son retour ne saurait tarder…

Bonne lecture !

REMERCIEMENTS

Les personnages de ce récit sont fictifs. Toute ressemblance avec des personnes ayant réellement existé ne pourrait être que fortuite. En revanche, certains lieux ou certaines situations réelles ont pu servir de socle à la trame romanesque. Merci, encore une fois, à celles et ceux qui ont accepté de partager leurs souvenirs. Merci, notamment, à mes amis d'Erquy pour leur contribution, en particulier Brigitte et Loïck, mais aussi Annie, Christiane, Dany, Josie, Soizick, Véronique, Jacques, Patrick, Thierry et bien d'autres encore… Que ceux que j'aurais oubliés ne m'en tiennent pas rigueur.

Mention spéciale à Bernard pour l'accès à ses archives familiales et à ses souvenirs personnels.

Un clin d'œil aussi à Jacques Prévert dont quelques vers se sont glissés subrepticement dans mon texte…

PROLOGUE

Fin septembre 1968

Julien avait rencontré Maud au Quartier Latin au début des “évènements”. Au terme d’un joli mois de mai, ils avaient mis cap à l’est au volant de leur 2 CV, Titine pour les intimes. Partis mi-juin, ils achevaient, trois mois plus tard, un périple qui les avait conduits à Kaboul via la Grèce, la Yougoslavie, la Bulgarie, la Turquie, l’Iran… 15000 bornes avalées sans trop de dégâts. S’ils n’avaient pas toujours mangé à leur faim ni couché dans des palaces, ils avaient ramassé des pastèques, châtré les maïs, revendu un peu d’herbe aux touristes ou négocié leur sang dans les hôpitaux pour joindre les deux bouts. Crevés, hirsutes, amoureux, ils rentraient à Paris avec des images et des parfums plein la tête. À l’approche de l’écurie, la fringante Titine frôlait encore les 90 km/h dans les descentes sur *l’autostrasse* bavaroise. Dehors, le soleil de midi inondait les sommets des Alpes. Dans un jour ou deux, ils franchiraient l’ultime frontière les séparant de la douce France. Le cher pays de leur enfance aurait-il changé durant l'été ? Les feux allumés en mai se seraient-ils propagés ? Ni Maud ni Julien n'en avaient la moindre idée. Privés d'informations durant leur voyage – les journaux français étaient introuvables et l'autoradio ne captait plus grand-chose – ils s'étaient essentiellement consacrés à eux-mêmes.

La clope au bec, grisée d'air chaud, Maud conduisait, capote relevée. Elle avait placé une cassette dans le lecteur et pianotait sur le volant. Ses bouclettes blondes flottaient au vent. Les petits miroirs insérés dans les broderies de son gilet en mouton retourné renvoyaient mille soleils dans l'habitacle. Un collier d'ambre et d'argent massif pendu à son cou, Maud respirait autant le bonheur que la nicotine. Malgré les courants d'air et le ronflement du moteur, la musique des Beatles envahissait la voiture.

À ses côtés, Julien somnolait, jambes repliées, les pieds nus calés dans le vide-poches. Ses cheveux noirs teintés de henné étaient rassemblés en catogan. À leur aspect laineux, on pouvait imaginer qu'une pénurie de shampoing frappait le Moyen-Orient depuis plusieurs semaines. Outre sa chevelure en bataille, le garçon exhalait des senteurs de fromage corse. Sa compagne, beaucoup moins négligée, n'y prêtait plus attention. L'osmose du jeune couple était telle qu'ils partageaient absolument tout, y compris leurs effluves boucanés. À Kaboul, ils s'étaient fait tatouer le même signe sur la cheville gauche, le *gawf** de l'alphabet farsi. Ce symbole aux élégantes volutes représentait leur engagement indélébile, une façon de signifier « Je t'ai dans la peau ». Maud et Julien se désiraient dans les moindres recoins. Dans ses bagages, la jeune fille avait emporté un stock de pilules, des nouveautés payées à prix d'or.

Julien avait déplié la carte routière sur ses genoux. La région regorgeait de lacs. Il imaginait déjà leur soirée au pied des montagnes, à déguster leur éternel bol de corn-flakes devant un feu de bois. Maud, sa guitare et les chansons de Joan Baez feraient le reste. Il adorait. Encore faudrait-il convaincre sa camarade de passer une nuit supplémentaire sous la tente, car, la veille, Mademoiselle avait soudain réclamé une douche chaude et des draps frais. Pétage de plombs à l'approche de l'écurie ? En tout cas, requête inattendue autant qu'inenvisageable au regard de leurs finances. Julien avait argumenté ; certes, leur voyage durait plus longtemps que prévu, mais dans quelques jours, ils seraient à Paris.

En définitive, ils avaient encore une fois planté leur canadienne à l'orée d'une forêt, avaient dîné, chanté puis ils avaient fait l'amour à même le tapis de sol. Vers deux heures du matin, ils s'étaient endormis, apaisés.

*Lettre de l'alphabet farsi, équivalent du « g » de l'alphabet romain.

Ils se relayèrent au volant tout l'après-midi. Après avoir dépassé Munich, ils roulèrent à l'inspiration en direction du nord-ouest. Vers 17 heures, ils atteignirent un gros bourg médiéval aux maisons joufflues, une ville nommée Memmingen située aux confins de la Bavière et du Bade-Wurtemberg. Là, Julien engagea la 2 CV sur une route secondaire. De loin en loin, d'énormes bâtisses ponctuaient les champs et les pâturages. À en juger par les vaches qui les regardaient passer, c'était une région d'élevage.

— Qu'est-ce qu'on fabrique dans ce trou ? s'étonna Maud. Note bien que si on pouvait se payer sur la bête, je me découperais volontiers une entrecôte…

— Ne compte pas sur moi ! Je serais incapable d'abattre une vache, même avec un bazooka.

— Et avec ton Opinel ?

— Arrête, Maud !

— Alors, on fait quoi ?

— Tu verras, dit-il en engageant la deux-pattes dans une cour de ferme.

Face au portail se dressait l'imposante habitation, un bâtiment jaune surmonté d'un toit percé de tabatières. Sur la façade, chaque appui de fenêtre était orné de géraniums multicolores. Au rez-de-chaussée, des voilages défendaient l'intimité de la demeure tandis qu'à l'étage, des rideaux à carreaux rouge et blanc ajoutaient une note pimpante. Sur la droite de la maison, un hangar où s'alignaient deux tracteurs rutilants et des machines agricoles impeccablement entretenues. De l'autre côté, une grange flanquée d'une étable complétait le tableau. Une impression de netteté se dégageait de l'ensemble. Tout cela avait une allure de carte postale.

Julien gara la 2 CV au-delà du porche, sur un emplacement d'où une allée pavée menait au bâtiment principal. Il s'apprêtait à descendre lorsque des aboiements tempérèrent ses ardeurs. Un gros chien noir se précipita sur la voiture, côté conducteur. Julien claqua la portière et rabattit sa vitre avant que la bête ne lui morde le coude. Cet échec déclencha la fureur de l'animal qui se mit à aboyer de plus belle, griffant la carrosserie comme s'il voulait la décaper. Julien se demanda un instant si sa bonne idée en était vraiment une. Maud se serra contre lui, pas franchement rassurée.

— Tu passes la marche arrière ou tu attends qu'il nous bouffe un pneu ?

— T'inquiète, il en aura ras le bol avant nous.

— Mais Titine ?

— Elle en a vu d'autres !

Le chien cessa soudain son charivari, une femme était apparue au seuil de la maison, elle portait une blouse à fleurs sans manches. Ses cheveux blond paille tirés en queue-de-cheval dégageaient un aimable visage taquiné de ridules quadragénaires. Plutôt jolie, en dépit de ses épaules voûtées, elle se déplaçait avec élégance et, à mesure qu'elle approchait, le mystère de son regard s'imposa. De grands yeux bleu clair, très pâles, presque délavés, troublés par une forme de résignation, comme s'ils avaient été dépossédés de leur éclat. La fermière s'avança sans hâte, ses sourcils froncés marquaient davantage la surprise qu'une quelconque animosité. Son étonnement redoubla lorsqu'elle découvrit les plaques minéralogiques et la lettre F dans son ovale blanc placardé sur l'aile avant de la 2 CV. La femme esquissa un sourire puis saisit le chien par le collier pour le mener à sa niche. La bête se laissa attacher sans broncher.

Rassuré, Julien sortit de la voiture. L'air de la ferme sentait bon le laitage. Il tenta de défroisser sa tunique puis de ramener ses cheveux vers l'arrière. S'estimant présentable, il avança vers la femme et lança :

— *Grüssgott* !

— *Grüssgott* ! répondit-elle.

— Heu… *Ich spreche nicht deutsch, can you speak english ? My girlfriend is very tired… Sorry.*

— Je parle français un petit peu, articula la fermière. Longtemps, je ne parlais pas. Depuis plus de vingt ans. Oublié un peu…

— Formidable ! s'enthousiasma Julien, la main tendue.

— Bienvenue, *wilkomen !* le congratula-t-elle. Je peux aider vous ?

— Eh bien, poursuivit-il, nous rentrons en France après trois mois de voyage. Mon amie, Maud, est très fatiguée. Elle aimerait se rafraîchir et se reposer un peu. Si vous pouviez nous héberger dans la grange pour la nuit, ce serait formidable.

— Héberger, je pas comprendre…

— Dormir, *schlafen*, la nuit prochaine…

— *Ach* ! Certainement, *grosse* plaisir d'accueillir jeunes *Französisch*. Vous, garer l'auto près de le grange. Non… la grange… J'ai bien dit ? Je vous installer dans le foin. *Achtung* ! Pas le feu. *Verboten* ! Mon mari fâché si vous fumez. Si vous voulez l'eau, le puits est dans la cour… Ah, bonjour *Fraulein*-Mademoiselle…

— Je m'appelle Maud, dit la jeune femme qui venait de les rejoindre. Bonjour Madame.

— Je suis Birgitte.

— Enchantée. Lui, c'est Julien.

— *Gut* ! Allez vous installer, je reviendrai vous voir plus tard.

— Merci Birgitte ! Vous êtes adorable !

La touffeur de la grange et son entêtante odeur séduisirent Maud d'emblée. Après mille et une nuits passées sur les cailloux, elle tenait enfin son palais où deux charrettes tenaient lieu de carrosses. Une échelle menait à la réserve de foin, dans les combles, tout près du septième ciel. Radieuse, elle y confectionna un nid d'amour où elle s'étendit pendant que Julien vérifiait les niveaux de la voiture.

Vers six heures, Birgitte vint les trouver, accompagnée d'un colosse à l'embonpoint de buveur de bière. Sa calvitie intégrale luisait sous le soleil de fin d'après-midi. D'un ton fort affable, Ernst leur souhaita la bienvenue. Il s'excusa de ne s'exprimer qu'en allemand, langue dans laquelle il prononça un discours incompréhensible, avant de retourner à ses occupations, il lui restait du bois à couper. Julien lui offrit son aide, Birgitte traduisit à son mari qui accepta après avoir jaugé les biscoteaux du jeune Français. Les deux hommes s'éloignèrent tandis que la fermière proposait à Maud une visite de l'exploitation.

Très vite, la discussion des deux femmes s'écarta du registre agricole. Birgitte se montra curieuse de la vie en France, elle aimait tant ce pays où elle n'avait jamais mis les pieds. Il faut dire que le bétail nécessitait une présence permanente, Ernst et elle ne voyageaient donc que par procuration, grâce à la télévision. Les tout nouveaux appareils couleur étant hors de prix, ils se contentaient d'images noir et blanc. Ainsi, avaient-ils suivi les évènements de mai à Paris, auxquels Maud et Julien avaient certainement participé. Ici aussi, les jeunes avaient bougé après l'attentat contre Rudi Dutschke*. À Munich, les étudiants contestaient la société de consommation, la guerre du Vietnam, les journaux de Springer et toute

*Militant de gauche allemand pris pour cible par un forcené le 11 avril 1968.

forme d'ordre établi. Certains prônaient la révolte armée, beaucoup rêvaient de non-violence et de liberté, à l'instar de son grand fils Guenther, éternel adepte du *Peace and Love*.

À 24 ans, Guenther allait finalement soutenir son doctorat d'ingénieur chimiste en octobre, après avoir hésité à partir à Katmandou au printemps dernier. En définitive, la raison l'avait emporté sur la passion ; le garçon était resté en Bavière où il brûlait à sa façon ses ultimes vacances universitaires. Chaque jour, il se rendait à Ulm ou à Munich sur sa vieille moto. Il détestait la campagne. Quand son père le lui demandait, il condescendait cependant à donner un coup de main à la ferme.

Birgitte haussa les épaules, Maud éclata de rire. Manifestement, le courant circulait entre les deux femmes. Tour à tour, elles s'arrêtèrent dans la laiterie, un laboratoire équipé de grandes cuves d'aluminium, puis descendirent à la fromagerie au sous-sol où des rangées de tommes s'alignaient sur des clayettes.

Maud posa mille questions sur l'élaboration de la pâte et sur l'affinage. Cet univers étincelant la fascinait aussi par sa richesse olfactive. Des parfums spécifiques baignaient chaque pièce, chaque recoin. Dans l'étable où régnait une odeur plus forte, la succion des trayeuses imposa d'élever la voix. Birgitte détailla son projet d'acquérir des machines mieux automatisées, un énorme investissement qui leur permettrait enfin de s'absenter plus de quelques heures, car les vaches devaient être traites deux fois par jour. Un vrai bagne !

Maud la citadine n'en revenait pas. Nourrie aux images d'Épinal depuis son enfance – et bercée par le fantasme soixante-huitard d'élever des chèvres dans le Larzac – elle découvrait ici une réalité bien différente. L'existence des fermiers bavarois était rythmée par les bêtes et les saisons, loin, très loin du « jouir sans entraves » placardé sur les murs du Quartier latin. C'était au contraire une vie dure, requérant de la détermination et un investissement permanent. Maud fit part à Birgitte de son admiration puis se présenta à son tour sans fausse honte. Issue d'un milieu "favorisé", elle arrivait d'une autre planète. Fille unique de médecins, elle étudiait le droit et rêvait d'accéder à Sciences Po avec l'ambition de devenir journaliste. Elle avait rencontré Julien à Paris, un soir de barricades. Depuis, ils vivaient ensemble avec un appétit que trois mois de bourlingue n'avaient pas rassasié.

À ces mots, le visage de Birgitte se fissura, un souffle de vulnérabilité balaya son masque paisible, ses yeux se voilèrent de larmes contenues. Maud l'entoura de son bras et la serra contre elle ; une fois encore, elle se rangeait du côté de ceux qui doutent. La fermière lui adressa un sourire d'une extrême douceur avant d'incliner la tête sur son épaule. Le temps se figea quelques secondes, l'espace d'un soupir, la durée d'un câlin. Sans que de grands discours aient été nécessaires, un courant fort s'était établi entre les deux femmes, une confiance spontanée avait émergé. De simples atomes crochus avaient transcendé plusieurs décennies d'hostilités transfrontalières. Cet après-midi, Birgitte et Maud apportaient la preuve par neuf que l'Europe deviendrait tôt ou tard une réalité.

Pour l'heure, l'image que Maud – le rat des villes – percevait de son aînée restait confuse. Elle appréhendait mal le fonctionnement de sa nouvelle amie – le rat des champs – dont le mode de vie se situait aux antipodes du sien. Maud, curieuse d'en apprendre davantage, la pressa de questions. La fermière se livra sans détour, trop heureuse de présenter sa « tribu », en français dans le texte. Outre son aîné Guenther, deux filles complétaient la famille Grübhaldt, Nina, 20 ans, poursuivait ses études à Munich, la plus jeune, Cristina, vivait encore ici. Elle aurait 17 ans en décembre. Les deux sœurs passaient actuellement leurs vacances en Toscane. À mesure qu'elle s'exprimait, les mots de Birgitte coulaient de plus en plus limpides. Les automatismes et les tournures familières revenaient, Maud l'en félicita :

— C'est formidable, Birgitte ! Comme j'aimerais parler aussi bien l'allemand ou l'anglais !

— Question de pratique. Si tu restais ici six mois, tu parlerais couramment…

— Pas sûr ! Je n'ai pas spécialement le don des langues. Et toi, où as-tu appris le français ?

— C'est une longue histoire…

— J'ai tout mon temps… Cela dit, je ne veux pas être indiscrète…

— Il est préférable que je prépare le dîner. Ce soir, vous serez nos invités, je vous mijote une spécialité du Souabe.

— Qu'est-ce que c'est, le Souabe ?

— Le nom de notre belle région.

— Et c'est quoi ton plat ?

— Tu verras.

— Je peux t'aider en cuisine ?

— Je préfère te laisser la surprise et puis, Julien a dit que tu devais te reposer, précisa Birgitte d'un air entendu…

— N'importe quoi !

— Tu n'es pas enceinte ?

— Pas que je sache ! s'esclaffa-t-elle.

— Bon, j'aurais cru… Vous venez à 19 heures ?

— Avec plaisir, merci beaucoup. *Danke !*

— *Bitte !*

*

Le repas fut divin, les *maultsachen** de Birgitte n'avaient rien à envier aux raviolis transalpins, le fromage de la ferme tutoyait le sublime et les

---

*Ravioles rectangulaires, traditionnelles de la région de Souabe.

breuvages locaux facilitèrent les échanges. Au cours du dîner, les deux femmes poursuivirent leur discussion tandis qu'Ernst s'efforçait d'entretenir l'amitié de Julien à grand renfort de bière, de schnaps et de « *Prosit !* » Bientôt, les deux hommes sortirent fumer un cigare dans la cour, laissant à leurs compagnes le privilège de débarrasser et de faire la vaisselle, tâches auxquelles elles s'attelèrent avec bonne humeur.

Confortée par l'intimité de la cuisine, Maud trépignait d'impatience, pareille à une môme avant de se coucher.

— Birgitte ?

— *Ya ?*

— Tu veux bien me raconter ton histoire ?

— Quelle histoire ?

— Tu sais, ta longue histoire, celle de ton apprentissage du français...

— Ah ? Si tu insistes, mais dans ce cas, allons nous installer devant la cheminée. Je pense que nous sommes tranquilles pour un certain temps... Guenther, mon grand fils, m'a appelée, il passe sa soirée chez des amis, il sera ici vers minuit. Quand je lui ai dit que vous étiez là, il a regretté, car, lui aussi adore parler votre langue.

— Dommage pour lui... et pour nous !

— Vous le croiserez peut-être, s'il ne rentre pas trop tard... Tu les entends dehors, les deux autres ?

— Oui, ils chantent faux dans des langues différentes, mais parviennent à s'amuser ensemble ! C'est formidable, le pouvoir de la musique…

— Et celui de la bière ! Allez, viens. Nous, on va prendre une infusion, je préfère…

*

— En 1944, j'avais 18 ans, c'était la guerre. Je vivais ici avec mes parents. Sans être nazis, ils composaient avec les autorités, ils n'avaient pas le choix. Comme beaucoup de leurs concitoyens, ils étaient sans illusion face à la propagande du Reich mais ne cherchaient pas pour autant à savoir ce qui se passait. Je crois qu'en français, on appelle ça “faire l'autruche”. À cette époque, mes frères étaient au front, Franck en Pologne, Gert en France, le Reich avait besoin de toute sa chair à canon pour combler l'appétit du Führer. Ils n'en sont jamais revenus…

La ferme devait fournir des quotas de lait, de choux, de patates et de céréales pour l'armée. En échange de ce racket, le Reich nous fournissait de la main-d'œuvre, des prisonniers de guerre du camp voisin qui ne lui coûtaient rien. Le stalag VII B de Memmingen nous envoyait quotidiennement une dizaine de KG* de différentes nationalités, Anglais,

*KG : Krieg Gefangener, appellation en vigueur dans l'armée allemande pour désigner les prisonniers de guerre. Pour beaucoup, ces hommes portaient l'inscription KG en lettres géantes au dos de leurs manteaux pour être aisément identifiables.

Américains, Français. Ces hommes arrivaient le matin et repartaient le soir, sous escorte, dans des camions bâchés. Ici, ils travaillaient sans conviction, sous la férule d'un garde-chiourme, un retraité pas méchant mais vénal. Sous son déguisement militaire, Fritz veillait au respect des règlements et à l'avancement des travaux. Tout le jour, il fumait son éternelle pipe sans jamais manquer de tabac.

Les hommes que l'on nous envoyait étaient prisonniers depuis des mois, voire des années. En discutant avec eux – ce qui était formellement interdit – j'appris qu'ils avaient déambulé dans le froid pendant des centaines de kilomètres, en guenilles, dormant dans les fossés, crevant de faim, avant d'atteindre le stalag. Là, hébergés dans des baraques en planches, mal chauffées, sans aucun sanitaire, ils subsistaient dans des conditions de précarité extrême. Leurs visages creusés et leurs silhouettes décharnées en disaient long sur leurs souffrances. « Kriege, gross malheur ! » comme on répétait à l'époque. Papa et Maman les nourrissaient le mieux possible avec des patates, du lait, du fromage, quand ils arrivaient à en mettre de côté… Parfois un peu de saucisse. Pour ces prisonniers, venir travailler chez nous était une aubaine, car cela répondait à leur premier besoin, manger. Ils se bousculaient pour venir ici. En effet, beaucoup d'autres "employeurs" les traitaient comme des chiens. Ils les considéraient comme des esclaves.

C'était une sale époque. Dans les campagnes, on vivait mieux qu'à la ville, mais il fallait se méfier de tout. Les ordres du Reich étaient très fermes vis-à-vis des captifs : pas de contact avec la population. Pour une liaison avec une femme allemande, les KG encouraient la peine de mort. Le Führer voulait avant tout préserver la race aryenne. Pas de mélange de genres. Pourtant, les occasions étaient nombreuses à l'extérieur des camps, dans les usines ou dans les fermes. L'enrôlement de tous les mâles allemands valides dans la Wehrmacht ne faisait pas que des heureuses. En conséquence, toutes les ruses étaient bonnes pour se ménager quelques instants d'intimité internationale. Avec ça, tu l'imagines, les dénonciations allaient bon train, il fallait se cacher, mentir en permanence.

Je te raconte tout cela pour que tu comprennes cette période où nous manquions de tout, de nourriture, mais surtout de la possibilité de rêver, de se projeter dans l'avenir. Vous autres avez cette chance aujourd'hui. Quand je vois mon fils Guenther, toi ou Julien, je pense que vous avez bien raison. Chaque génération porte une croix plus ou moins lourde. La nôtre a pesé des tonnes, j'espère que la vôtre sera plus légère.

Mais je m'égare. Pour revenir à nos moutons, comme on dit, j'ai appris le français – et l'anglais – au contact des prisonniers. Tous les jours, je leur servais le repas de midi et, moyennant quelques patates supplémentaires, Fritz me laissait discuter avec eux. Nous parlions de tout et de rien, ils se montraient particulièrement curieux de l'état des offensives alliées en Italie ou de la situation sur le front russe. L'information que nous possédions n'avait aucune valeur puisqu'elle provenait du Reich. Qu'importe, ils voulaient quand même savoir. Certains demandaient parfois un service, des vêtements de rechange ou une paire de chaussures, ou voulaient acheter de la nourriture pour la revendre à des camarades moins chanceux. À l'époque, les prisonniers disposaient de leur propre monnaie, les marks de camp réservés aux échanges entre eux ou à quelques transactions par voie officielle. Cet argent n'avait pas cours dans le pays, il était interdit aux Allemands d'en accepter. Tout était fait pour empêcher les KG de se mêler à la population.

Malgré cela, j'échangeais quotidiennement en anglais et en français avec eux. J'avais 19 ans, à peu près l'âge que tu as aujourd'hui, celui de l'insouciance. Les femmes ne sont jamais aussi jolies qu'à 20 ans ! Profites-en, ma belle ! Moi aussi, j'étais mignonne, et tous ces hommes vivant comme des bêtes depuis des mois ou des années rivalisaient de courtoisie pour m'approcher. J'étais une princesse inaccessible, un conte de fées. C'était devenu un jeu, chacun devait m'apprendre un mot différent chaque jour. C'est ainsi que mes connaissances en français et en anglais ont progressé. Peut-être davantage en français avec un groupe de trois copains qui sont restés chez nous pendant plusieurs mois. Ils s'appelaient Valentin, Lucien et Francis. Je me souviens d'eux comme s'ils étaient encore là, nous avons passé des moments merveilleux ensemble.

Mais voici nos hommes qui rentrent, et Ernst déteste que j'évoque cette sale période. Allons les accueillir, suis-moi !

*

Le lendemain, le coq bavarois n'eut aucune pitié de la grasse matinée des jeunes Gaulois. Dehors, le jour commençait à poindre. Maud se réveilla embrumée par l'odeur du foin et le manque de sommeil. À ses côtés, la tête enfouie dans son duvet, Julien tentait de s'offrir un petit rab. Jalouse, elle l'en empêcha, jugeant qu'il avait suffisamment abusé avec ses ronflements de tronçonneuse. Déjà, hier soir, ou plutôt ce matin très tôt, lorsqu'ils s'étaient allongés, il s'était endormi d'un sommeil d'ivrogne, incapable de lui faire l'amour. Autrement dit, il avait commis un crime de lèse-majesté dont elle demandait réparation immédiate.

Quelques minutes plus tard sous les assauts de sa compagne, Julien avait recouvré sa fougue. Le grincement du portail les surprit en pleins ébats.

— Hou hou, les amoureux, je peux entrer ? lança Birgitte. Je vous apporte du café tout chaud et des tartines. Je pose tout ça sur le marchepied de la charrette. Descendez quand vous voulez…

— Merci ! hurlèrent-ils en chœur.

Une heure plus tard, Maud et Julien, rincés à l'eau froide du puits, brillaient comme des sous neufs. Le café avait fini de les réveiller, leurs bagages étaient rassemblés, ils s'apprêtaient à les transporter jusqu'à leur voiture, lorsque Guenther les rejoignit. Il portait un gros sac à dos.

De jour, le grand Bavarois en imposait moins que la nuit. Sans doute ses vêtements y étaient pour beaucoup puisqu'il avait troqué son cuir de motard pour un jeans et une chemisette à fleurs.

La veille au soir, en arrivant, il avait croisé Maud et Julien dans la cour de la ferme. Ils avaient fumé quelques cigarettes ensemble et avaient sympathisé autour d'une dernière bière avant de se coucher. Le français impeccable de Guenther avait facilité le contact. Comme sa mère, il était fan de la France. Il y avait séjourné à deux reprises, une fois à Lyon, une autre fois sur la Côte d'Azur, mais rêvait de mieux connaître Paris où il n'avait jamais fait que de courtes haltes. Malheureusement, son antique BMW R2 n'était plus en mesure de le transporter aussi loin. Et puis, ses vacances se terminaient puisqu'il soutenait son diplôme dans quinze jours…

Maud n'avait fait ni une ni deux. Sans même consulter un Julien trop imbibé, elle avait proposé à Guenther de les accompagner à Paris. Ils partaient le lendemain et, en se serrant un peu, ils lui feraient une place dans la 2 CV. Contrairement à sa vieille BM, Titine était suffisamment vaillante pour gagner la France sans embarras. Et puis, ils connaissaient assez de monde à Paris pour héberger Guenther pendant une semaine… Le grand gaillard avait affecté une mine étonnée, sa barbe soigneusement taillée dissimulait mal son sourire réjoui.

— Tu sais, Maud, mon plus beau rêve ?

— Non ?

— C'est de boire une bière Place du Tertre.

— Alors, banco ?

— Banco !

Sur ces paroles définitives, ils étaient partis se coucher.

*

Le soleil éclairait la cour où Guenther et Julien chargeaient la deudeuche tandis que Maud ramenait le plateau du petit-déjeuner à la cuisine. En passant devant l'étable, elle aperçut Birgitte occupée à la traite. La fermière s'interrompit pour accompagner la jeune femme jusqu'à la maison. Là, après s'être lavé les mains, elle ôta sa blouse puis invita Maud à boire un café avec elle. Machinalement, elles s'installèrent autour de la table aux mêmes emplacements que la veille au soir. Birgitte paraissait tendue, presque crispée, des cernes violets entouraient ses yeux transparents.

— Tout va bien ? demanda Maud. Tu as l'air fatiguée…

— J'ai peu dormi cette nuit, j'ai écrit une lettre…

— Une lettre ? À qui ?

— Tu sais, je ne t'ai pas tout dit hier. Je me méfie de mes souvenirs et peut-être je devrais en rester là… En vérité, je te connais à peine, mais j'ai envie de te faire confiance.

— C'est sympa, merci !

— Tu vois, Maud, je t'ai parlé de ces trois prisonniers français que j'ai rencontrés en 44, ceux avec qui j'ai appris votre langue.

— Tu me l'as déjà dit.

— S'il te plaît, ne m'interromps pas, c'est suffisamment difficile comme ça…

— Entendu, je me tais.

— L'un de ces trois hommes était particulièrement séduisant. Et drôle ! Brun, élancé, la trentaine, un corps très mince, le visage émacié, le regard espiègle, il parlait avec un accent du sud de la France. On aurait dit qu'il chantait. Valentin adorait faire le pitre ; chaque jour, il se démenait pour faire oublier le stalag à ses copains. Il prétendait que c'était une technique de survie. La première fois que je l'ai vu, c'était fin 43. Les prisonniers étaient rassemblés autour d'un vieux poêle, dans l'appentis, derrière la grange où vous avez dormi. Je leur apportais de la soupe au chou et des patates pour leur déjeuner. Chaque jour, les gars m'attendaient avec impatience, tous me dévoraient des yeux. Parmi eux, Valentin m'a observée avec plus d'acuité que les autres, son sourire était triste comme s'il s'excusait de ne pas m'emmener valser. Cela m'a émue, tu sais comme on est romantique à 18 ans ! Nos regards se sont incrustés l'un dans l'autre. Il a fallu le coup de sifflet du contremaître et les railleries de ses copains pour décider Valentin à reprendre le travail. Il n'avait pas touché à sa nourriture. En achevant de débarrasser les gamelles, je me suis débrouillée pour frôler sa main décharnée. Un flot d'énergie bienveillante m'a envahie aussitôt. J'ai tout de suite compris que j'étais amoureuse.

— Aïe !

— J'ai pensé à lui toute la nuit suivante. Et ça a continué, je passais mes journées à le regarder travailler, je l'observais de loin par la fenêtre, car il était interdit d'approcher les hommes, sauf pour les repas. Petit à petit, moyennant compensation sous forme de saucisse, Fritz a accepté de fermer les yeux. Et puis, lorsque les autres prisonniers de l'équipe ont compris notre situation, ils ont tout fait pour nous faciliter les choses. C'était fou la solidarité de ces garçons ! Ils se sont débrouillés pour abattre le boulot en l'absence de Valentin à qui Fritz accordait chaque jour un bon de sortie d'une demi-heure. De mon côté, je devais me méfier des regards indiscrets, mes parents ne devaient en aucun cas connaître notre secret. Nous avancions donc sur une corde raide. On se retrouvait dans le petit bois où, avant la guerre, mes frères avaient aménagé une cabane. C'est là que nous avons échangé toutes nos promesses, c'est là que nous nous sommes aimés. Nous avons vécu plusieurs mois de folie jusqu'à ce jour maudit, début 44, où Valentin m'a déclaré qu'il voulait partir, rentrer en France. Pour moi, ce fut un choc énorme, un coup sur la tête, j'étais déboussolée. Cependant, j'ai écouté ses arguments, j'ai fait semblant de les comprendre. Il n'en pouvait plus de la captivité et, selon les rumeurs, la victoire des Alliés ne faisait plus de doute. Il désirait en être acteurs, participer aux combats. Sa décision était difficile à prendre, il s'en voulait de me causer de la peine, tiraillé entre notre amour impossible et son engagement dans la lutte. Il disait qu'il fallait finir cette guerre au plus vite pour revenir me chercher. J'étais sa « Nine », prétendait-il, la femme de sa vie. Il m'a convaincue, j'étais amoureuse. Pour lui, j'étais prête à tout, je l'ai aidé à s'évader.

— Et alors ? Tu l'as revu ?

— Non ! Valentin n'a plus donné signe de vie. Je n'ai jamais su s'il avait réussi à rejoindre la France ou s'il s'était fait prendre ou tuer. J'ai écrit aux autorités françaises, je n'ai jamais obtenu de réponse. Avant de partir, Val m'avait laissé une adresse sur la Côte d'Azur où il était pêcheur avant la guerre. Je lui ai envoyé plusieurs lettres, elles me sont presque toutes revenues.

— Tu as dû être malheureuse ?

— Les premières années, j'ai vécu un calvaire... Avec le temps, on apprend que la vie est faite de soubresauts, d'incertitudes. J'ai relativisé. Et puis j'avais rencontré Ernst à la fin de la guerre, il était lui aussi au bord du gouffre. Il sortait d'une sale histoire. Ernst est un garçon prévenant, patient, attentif. On a rassemblé nos misères pour devenir plus forts, et on a réussi. Je suis heureuse de ce que nous avons bâti, je suis fière de notre famille, mais je n'ai jamais oublié Valentin. Alors, puisque le destin t'a conduite ici cette nuit, je lui ai rédigé une lettre. Je te la confie, Maud, son adresse figure sur l'enveloppe. Essaie de savoir ce qu'il est devenu. Voici mon téléphone à la ferme, tu me diras... Évite toutefois de m'écrire ici. Ernst serait mécontent d'apprendre que je recherche Valentin.

— Je comprends. Je ferai l'impossible pour t'aider, Birgitte, mais la Côte d'Azur ce n'est pas tout à fait la banlieue proche de Paris. Cela risque de demander un peu de temps...

— J'attends depuis 25 ans, alors quelques mois de plus ou de moins, quelle différence ?

Deux brefs coups de klaxon les rappelèrent à l'ordre. Birgitte écarta le voilage. Ernst avait rejoint les deux garçons, son tracteur paraissait énorme à côté de la 2 CV. Il discutait avec son fils pendant que Julien astiquait le pare-brise et les phares. Le grand départ approchait.

— Encore une chose, Maud. Guenther m'a dit que vous l'emmeniez à Paris. Merci pour lui, mais pas un mot de tout cela ! Dissimule cette lettre dans ton sac, qu'il ne reconnaisse pas mon écriture. Allez, viens m'embrasser, jeune fille, c'est l'heure de partir. Je te souhaite beaucoup de bonheur avec Julien !

I

Mai 1969

L'aiguille du compteur dépassait les 160 km/h, Julien conduisait, le nez tendu vers l'avant, les yeux exorbités, les mains crispées sur le curieux volant de l'ID19. À mesure qu'il accélérait, les ponts enjambant la route lui paraissaient de plus en plus minuscules. Quelle sacrée bagnole, ça changeait de la deudeuche ! Maud avait manœuvré avec diplomatie, son cher papa leur avait finalement prêté sa voiture pour leur escapade dans le Midi, un week-end à rallonge permettant de commencer le mois de mai en fanfare, puisque cette année le 1er et le 8 tombaient un jeudi. Mieux qu'un viaduc ! Julien et Maud avaient décidé de sécher les trois journées de cours pour bénéficier de dix jours de vacances. Le jeu en valait la chandelle, surtout avec la fête que Thadée – un de leurs amis – organisait à Mandelieu, dans les Alpes-Maritimes.

Thadée et Julien s'étaient connus deux ans plus tôt, à l'université de Jussieu. Les deux garçons avaient sympathisé, par le plus grand des hasards, lors d'une séance de travaux pratiques. Maladresse, erreur d'inattention ? Thadée avait percuté le chariot poussé par Julien. Résultat, des cartes perforées répandues aux quatre coins de la pièce et le programme sur lequel ils devaient travailler rendu inutilisable. Leurs TP étaient foutus, l'assistant en pétard les avait sanctionnés d'un zéro, l'affaire était montée en mayonnaise. Il s'en était suivi quelques semaines inconfortables avant que tout revienne dans l'ordre. Embarqués dans la même galère, les deux garçons s'étaient rapprochés. De fil en aiguille, ils avaient fréquenté les mêmes soirées, avec la même bande, au point devenir inséparables. Deux mois plus tard, leurs potes les avaient surnommés « Cul et Chemise ». Aujourd'hui, ils terminaient leur maîtrise d'informatique, un truc d'avenir.

Les parents de Thadée habitaient le XIIIe arrondissement, ils possédaient aussi une villa à La Napoule, qu'ils n'occupaient que l'été. À l'occasion de ce super-viaduc de mai, Thadée y avait convié une joyeuse clique d'étudiants pour célébrer l'anniversaire de mai 1968 au bord de la Grande Bleue.

*

La fête, débutée le vendredi soir, s'était prolongée non-stop jusqu'au dimanche. On y avait dansé, joué de la musique, refait le monde, fumé des herbes de Provence, mangé des merguez carbonisées et bu des litres de sangria ou de mauvais whisky. On avait peu dormi, beaucoup baisé aux accents des Pink Floyds. L'ambiance baba cool n'avait pas empêché les plus lucides de commenter le scoop de la semaine précédente : la démission du Général de Gaulle. Sanctionné par le NON à son référendum, le Grand Charles avait choisi de s'exiler à Colombey. Entre deux pétards, les discussions s'étaient enflammées sur l'identité du prochain élu. Pompidou, Poher, Duclos, Deferre ? Ici, on roulait surtout pour le PSU de Rocard, le seul à porter des valeurs d'avenir.

Le lundi, la plupart des jeunes avaient regagné Paris, à l'exception de Maud et Julien ; Thadée et Flora – sa copine – eux resteraient toute la semaine. Au terme d'une grasse matinée à rallonge, Flora avait préparé des œufs au plat, des toasts, une cruche d'aspirine effervescente et trois litres de café, de quoi adoucir leur gueule de bois. Il était 14 heures, le rez-de-chaussée de la villa semblait avoir été balayé par une tornade. Bien qu'ils n'aient utilisé que des gobelets en plastique et des assiettes en carton, la montagne de vaisselle était impressionnante. Les quatre s'attelèrent à la tâche comme des zombies, tout le restant de l'après-midi. Quand ils en eurent terminé, vers 18 heures, le soleil n'était plus assez ardent pour profiter de la piscine. Personne n'était très chaud pour un apéritif, un rinçage à l'eau douce s'imposait, au moins le temps d'une soirée. Maud proposa une promenade à bicyclette,

Flora et Thadée déclinèrent, trop fatigués, Julien accepta.

Ils laissèrent leurs vélos face à l'usine de l'Aérospatiale. Sur la plage de La Bocca dorée par les ultimes rayons du soleil, Maud fit une tentative de trempette. Elle ressortit rapidement ses pieds de l'eau avant de poursuivre sa promenade, les chaussures à la main. Julien, en tongs, avait enlacé ses épaules, l'ombre démesurée de leur hydre à deux têtes les précédait, songeuse.

— Ça va, Julien ?

— Une grosse fatigue… J'ai un peu mal aux cheveux, mais ça s'arrange.

— Tant mieux… Si tu es en état de rouler, je te proposerais bien d'aller jusqu'à Théoule, ça nous ferait respirer.

— C'est loin ?

— Non, deux ou trois kilomètres, par là-bas. La route longe le bord de mer, c'est presque tout plat.

— Ce coin de la côte est à l'ombre, on va se cailler… Qu'est-ce que tu veux faire à Théoule ?

— Tu te souviens de Birgitte ?

— La mère de Guenther ? Bien sûr…

— C'est ça ! Tu te rappelles qu'elle m'avait confié une lettre ?

— Vaguement, c'est un peu lointain. Et alors ?

— Alors ? Birgitte m'a demandé de remettre ce courrier en mains propres à un monsieur Valentin Moriceau…

— Jusque-là, je te suis…

— Et si tu me suis jusqu'au bout, tu vas m'accompagner à l'adresse du fameux Valentin, 89 rue des Pignes, à Théoule.

— Pas mal, en effet ! Mais pourquoi n'a-t-elle pas envoyé cette lettre par la poste ?

— Parce qu'elle lui serait revenue par retour, comme toutes les précédentes. Birgitte m'a demandé d'aller voir sur place… si nous avons la chance de le trouver.

— « D'ma ligne de chance, dis-moi, chéri, qu'est-ce que tu en penses ? » chantonna Maud.

— « Ce que j'en pense, quelle importance ? C'est fou ce que j'aime ta ligne de hanches », lui répondit Julien sur le même air.

— Allons-y, Alonzo !

*

Depuis la mer, la rue des Pignes serpentait pour se perdre dans la pinède. Après quelques hectomètres, Julien et Maud mirent pied à terre, incapables de poursuivre leur ascension. Ils laissèrent leurs bicyclettes sur le bas-côté et continuèrent à pied jusqu'au n° 89, une maisonnette au crépi décati, à laquelle on accédait par un chemin couvert d'aiguilles de pin. Julien frappa à la porte puis s'effaça derrière Maud. Un bruit de pas, la clef qui joue dans la serrure, le battant qui s'ouvre dans un miaulement de chat égorgé. Devant eux, un homme âgé – soixante-cinq ans peut-être ? – au regard étonné et aux charentaises éculées. Ses moustaches blanches jaunies aux extrémités masquaient sa lippe. Sa petite stature lui imposa de lever les yeux pour s'adresser à ses visiteurs.

— Qu'est ce que c'est ?

— Bonjour Monsieur, lança Maud avec un sourire gigantesque.

— B'jour, maugréa l'ancien.

— Nous sommes de passage dans la région... Une amie nous a indiqué cette adresse comme celle de monsieur Moriceau... Nous aurions aimé le rencontrer ou, à défaut, savoir où le trouver...

— Pas ici !

— C'est bien le 89 rue des Pignes ?

— Si !

— Et vous n'êtes pas monsieur Moriceau ?

— Non ! Et vous, vous êtes qui ?

— Nous sommes en vacances à La Napoule. Je m'appelle Maud Buisson, lui, c'est Julien Puig.

— Vous avez dit Puich ?

— Oui, rétorqua Julien, Puig.

— Vous êtes catalan ?

— Si ! répéta Julien, mon grand-père a fui Barcelone à la Retirade.

— Entrez, mes enfants, entrez ! Mon nom est Luis Marquès.

Ils pénétrèrent dans un living-room constitué de deux petites pièces chichement meublées. Du rustique brut fleurant la fabrication maison. La femme, absorbée par une émission de télévision, ne leva pas les yeux à leur approche. Monsieur Marquès s'installa à la table et pria les jeunes de s'asseoir face à lui. Il interpella son épouse :

— Carlota, *Diou biban* ! Apporte-nous le pastis !

— Inutile, implora Julien.

— Si, si ! C'est pas tous les jours que l'on a de la visite de "pays".

— Dans ce cas…

— Alors, comme ça, vous cherchez un dénommé Moriceau ? Inconnu au bataillon… Désolé. Et toi, ça te parle, Carlota ?

Tout en servant le pastaga, la femme eut une mimique de dénégation.

— Jamais entendu ce nom-là, lâcha-t-elle. Vous voulez des glaçons ?

— Non merci, dit Maud. Avec beaucoup d'eau, s'il vous plaît.

— Vous habitez ici depuis longtemps ? enchaîna Julien.

— Ça doit faire une vingtaine d'années. On a galéré en quittant l'Espagne, on s'est beaucoup baladés à gauche et à droite. Finalement, on a trouvé du travail par ici après la guerre, lorsque le tourisme a redémarré. Depuis, nous bossons pour des hôtels, je suis plombier, Carlota est femme de chambre. À nous deux, on arrive à joindre les deux bouts. On vit en paix, c'est l'essentiel. Vous avez de la chance de nous trouver là, le lundi est notre jour de repos à tous les deux.

— Quand avez-vous acheté la maison ? demanda Maud.

— On aurait bien aimé, mais on n'est pas assez riches !

— On la loue ! ajouta la femme.

— Vous connaissez le propriétaire ?

— On ne l'a jamais rencontré. J'ignore même son nom. Chaque mois, on verse notre loyer à une agence. Tout se passe bien.

— C'est une agence locale ?

— Bien sûr ! Roucaou Immobilier, à Mandelieu.

— Vous les connaissez ?

— Je leur apporte un chèque mensuel, c'est tout. Si on a des ennuis avec la maison, on les contacte. Mais en général, je règle ça moi-même, je suis un peu bricoleur. Et je préfère, parce que Monsieur Roucaou, il est brave, mais avant de se bouger, il faut d'abord qu'il termine sa partie de pétanque... Son agence est une entreprise familiale. Il aime la tranquillité.

— Vous avez son adresse ?

— Évidemment ! affirma Marquès. Carlota *amor*, donne-leur la carte qui est sur le frigo, *si us plau*... Et pendant que tu es debout, apporte-nous des olives... et à part ça, vous faites quoi dans la vie, les jeunes ? Vous bossez ?

— Pas encore, on est étudiants, à Paris.

— Ouh là là ! Des grosses têtes…

— Oh, vous savez, on a la chance de suivre des études, rien de plus.

— Tant mieux pour vous ! La fête au mois de mai, l'an passé, c'était bien ?

— Superbe ! C'est même là qu'on s'est connus.

— C'est bien, les petits. J'aurais aimé être avec vous, même si je n'ai plus l'âge de faire POUM ! Allez, à la vôtre ! *Salut !*

— Santé !

— À la vôtre ! enchérit Carlota, le verre à la main. Alors comme ça, vous cherchez un Monsieur Moriceau ?

— Oui.

— Pourquoi vous ne demandez pas à la police ?

— Euh… disons que cette démarche ne nous concerne pas directement. Nous la faisons pour une amie qui vit à l'étranger, c'est une vieille histoire, un peu compliquée, avoua Maud.

— Une histoire d'amour ?

— Oui.

— J'adore les histoires d'amour… confessa Carlota. Alors je vais vous confier une chose…

— Nous vous écoutons, dit Maud tout excitée.

— Les premiers mois où nous habitions ici, en 1947, nous avons reçu un courrier adressé à un monsieur Moricéü. La lettre provenait d'Allemagne. Je m'en souviens, car elle est restée plusieurs semaines sur le buffet. Tu te rappelles, Luis ? Il y avait un grand timbre vert sur l'enveloppe.

— Vaguement, mais le nom ne me dit rien.

— C'est qu'à l'époque, supposa Julien, vous l'avez prononcé à la catalane. Moriceau devient Moricéü et, dans votre mémoire, il est resté Moricéü.

— Possible, mon garçon. Encore un petit pastaga ?

— Non merci, il va falloir qu'on y aille.

— Cette lettre, insista Maud, vous l'avez lue ?

— Non. Je dois vous avouer que j'en ai eu très envie, car c'était une écriture féminine et, comme je vous l'ai dit, j'adore les histoires d'amour. Mais cela n'aurait pas été correct. Alors, je l'ai rapportée à la poste et ils l'ont retournée à l'envoyeur.

— Dans ce cas, il nous reste à vous remercier. Désolés pour le dérangement.

— Quel dérangement ? Pour nous, c'est toujours un plaisir de parler avec des jeunes. N'hésitez pas à repasser si vous avez besoin de quelque chose, *Adiou* !

*

Julien et Maud durent attendre le mardi matin pour se rendre à l'agence immobilière, fermée le lundi. Ils avaient troqué leur jeans et leurs tuniques indiennes contre des vêtements récupérés dans l'armoire des parents de Thadée. Pour Julien, un costard prince de Galles, trop grand, porté sur une large chemise blanche égayée d'une cravate à pois ; pour Maud, une robe de soirée lui écrasant la poitrine, sur laquelle elle avait épinglé une broche en toc véritable figurant un rameau d'olivier. La jeune femme avait dégoté également une paire d'escarpins à sa pointure. Julien, quant à lui, s'était montré inflexible au sujet des chaussures, il garderait ses Clarks. Tous deux avaient ramené leurs cheveux en arrière à l'aide d'un serre-tête, de manière à paraître respectables.

Ainsi fagotés, ils se présentèrent à l'agence où madame Roucaou, la gérante, accepta de les recevoir sans rendez-vous. Ils jouèrent aux jeunes mariés en quête d'une location dans la région. Ils prétendirent avoir rencontré monsieur et madame Marquès à Théoule, qui leur avaient vanté les mérites de l'agence. Les Marquès habitaient une maison tout à fait dans le style de ce qu'ils recherchaient. Peut-être que son propriétaire possédait d'autres locations dans la région ?

La grosse dame ne releva pas. Tout en tripotant ses bagues, elle mit en garde ses visiteurs contre les loyers élevés des bords de mer. Pour un jeune couple, elle conseillait plutôt les faubourgs de Cannes, à l'intérieur des terres. Elle sortit plusieurs dossiers, leur détailla des photos, discuta des plans et leur donna des estimations de prix. Julien tenta de revenir à la charge, maladroitement, pour connaître le nom du propriétaire du 89, rue des Pignes. La gérante abrégea l'entretien au prétexte d'un rendez-vous.

Une fois dehors, Maud et Julien s'empressèrent de libérer leurs cheveux au vent, de façon à éclaircir leurs idées. Quelque peu dépités par leur fiasco, ils établirent la suite de leur plan de bataille dans un café. Onze heures venaient de sonner à l'église du bourg, ils disposaient d'un peu de temps devant eux. Avant tout, ils avaient hâte de retrouver leur véritable peau, Maud étouffait dans cette robe trop étroite et Julien avait déjà arraché sa cravate. À la villa, ils se changèrent en silence en prenant garde de ne pas réveiller Thadée et Flora encore endormis. Si le monde appartenait à ceux qui se lèvent tôt, il ne leur resterait que des miettes à ces deux-là, tant pis pour eux !

De nouveau à l'aise en jeans et shetland, Maud et Julien se rendirent à bicyclette à la mairie de Théoule, étape suivante de leur investigation. L'employée municipale du cadastre les reçut aimablement. La complexité des registres leur demanda quelques efforts de compréhension, une vingtaine de minutes leur fut nécessaire pour identifier la parcelle occupée par la maison des Marquès. Elle appartenait à un dénommé Roubault. Autrement dit, un inconnu…

Faute de Valentin Moriceau au cadastre, il fallait le chercher ailleurs… Mais où ? À l'école, à l'église, sur les listes électorales ? En interrogeant des voisins ? Ils s'y emploieraient cet après-midi, car pour l'heure, les commerces et les administrations fermaient. Dehors, le soleil invitait à la pause, l'instant était parfaitement choisi. Ils s'attablèrent à la terrasse d'un bistrot où ils déjeunèrent d'une *socca*. Après s'être restaurés, Maud irait à la poste consulter les annuaires tandis que Julien se rendrait au cimetière de Théoule.

*

De nouveau, Julien laissa son vélo au pied de la pente. Il termina l'ascension à pied, le soleil commençait à chauffer sérieusement lorsqu'il atteignit la grille du cimetière, un enclos aux dimensions modestes, situé au sommet du coteau. Le faible nombre de sépultures lui facilita la tâche et, bien vite, il découvrit un caveau familial au nom de Moriceau. Un sentiment de triomphe l'inonda, bientôt tempéré à la lecture plus attentive des épitaphes gravées dans le marbre noir : *« Abel Moriceau, 1885-1916, mort au champ d'honneur - Berthe Moriceau née Gervex, 1890-1942. »*

Le couple qui gisait là appartenait à une autre génération, il s'agissait de Moriceau anciens, peut-être des parents de Valentin. Les dates collaient avec un fils qui aurait eu trente ans à la Libération. Mais cette hypothèse n'expliquait pas tout, car si elle s'avérait, pourquoi Valentin aurait-il laissé leur adresse à Birgitte avant de disparaître ? L'homme aurait-il péri pendant son évasion ? Julien imagina de vérifier auprès des services ministériels compétents quand il rentrerait à Paris. Il existait certainement des listes des disparus ou des morts pour la patrie durant la Deuxième Guerre mondiale. Nourri de cette nouvelle perspective, il regagna la villa où ses amis l'attendaient. Maud avait passé deux heures à éplucher sans succès les annuaires du Var et des Alpes-Maritimes. Pas l'ombre d'un Moriceau au numéro demandé, pas d'abonné au téléphone en tout cas. Pas de trace non plus sur les listes électorales actuelles. À l'église, rien non plus, toutefois rien ne prouvait que Valentin Moriceau eût été baptisé, il faudrait s'en assurer auprès de Birgitte. Pas davantage de chance avec les archives de l'école communale qui avaient brûlé à la Libération. Les registres disponibles commençaient en 1945 et ne faisaient état d'aucun élève du nom de Moriceau. Maud avait remué beaucoup de paperasses sans obtenir de résultat. Bilan, une journée « sans ».

De leur côté, après un réveil tardif, Thadée et Flora avaient passé leur temps à glander au bord de la piscine. L'oisiveté, mère de tous les vices, se parait parfois de vertus insoupçonnées. Les amoureux pétaient la forme, la fête continuait, ils avaient acheté des grillades et un cubi de rosé pour une soirée barbecue.

*

Il progressait tous feux éteints à travers la ville déserte. À cette heure avancée de la nuit, les éclairages publics n'étaient guère brillants, il se perdit à plusieurs reprises dans la pénombre des rues, avant d'atteindre sa destination. Une fois sur place, il dissimula sa bicyclette dans un renfoncement, écouta le silence avec une certaine excitation et fut rassuré. A priori, pas un chat ne rôdait dans les parages. Il se coiffa d'un bonnet, décrocha sa trousse à outils du porte-bagages puis s'avança vers la boutique. C'était le moment de se rappeler les conseils de Roger, son pote Mao-Spontex qu'il avait côtoyé en mai 1968. Avec lui, il avait participé à des travaux pratiques sur le maniement des armes, la stratégie des barricades et le crochetage des serrures, symboles de la propriété privée, donc, du capital triomphant. L'idée de ces séances était de ne rien laisser au hasard afin d'être opérationnel pour le grand soir. Ces entraînements bihebdomadaires étaient également une excellente occasion de recruter et de compter ses troupes.

Il se mit au boulot. En l'absence de rideau métallique ou de grille de protection, seul un volet roulant masquait la vitrine. Par ailleurs, un store de toile opaque occultait la face intérieure de la porte de verre. Vu l'activité de l'établissement, la probabilité qu'il soit équipé d'un système d'alarme était infinitésimale. Lors de sa visite, ce matin, il n'avait pas remarqué de capteurs d'intrusion. Il pria néanmoins Satan pour que ses désirs soient des réalités, avant de s'attaquer aux serrures de sécurité. Il commença par la plus accessible, celle située à hauteur de la poignée. Il fouilla, essaya plusieurs clefs, fourragea sans succès. En douze mois, il avait perdu la main. En dépit de la fraîcheur de fin de nuit, des flots de sueur inondaient ses aisselles ; de temps à autre, il jetait un regard derrière lui pour se rassurer. Sa fébrilité l'empêchait de bien sentir sa serrure, le calme et l'observation étaient pourtant le b.a.-ba du casseur, ils déterminaient le premier principe de la cambriole. Il recula de deux pas puis retourna à la case départ. Quelques inspirations profondes l'aidèrent à retrouver son flegme, il fit craquer ses doigts puis se remit à l'ouvrage avec davantage d'application. Un quart d'heure plus tard, la première fermeture avait cédé. Bien joué, Callaghan ! Dans la foulée, il s'allongea sur le trottoir pour entreprendre la deuxième serrure située au ras du sol. Concentré, il batailla encore une dizaine de minutes avant d'obtenir le sésame.

Il rassembla ses outils, poussa la porte et entra. Une fois à l'intérieur, à la lumière de sa lampe de poche, il se dirigea directement vers l'armoire renfermant les archives-clients. Les dossiers suspendus établis au nom des locataires étaient classés par ordre alphabétique. Ce fut un jeu d'enfant de retrouver celui des Marquès qu'il étala sur le bureau de madame Roucaou. Dans la sous-chemise estampillée « *Propriétaire* » Julien trouva ce qu'il cherchait.

D'une part, une fiche-propriétaire établie au nom de Lucien Roubault, demeurant rue du Varech à Erquy, dans les Côtes-du-Nord et, d'autre part, une liasse de bordereaux attestant les virements mensuels sur le compte de Roubault à la Banque Maritime de l'Ouest. Le loyer lui était adressé par l'agence Roucaou, non par les locataires.

Par acquit de conscience, Julien griffonna les coordonnées de Roubault sur son paquet de Gitanes, puis il replaça tous les documents dans les dossiers, et les dossiers dans les armoires où il les avait pris. Après un ultime coup d'œil pour s'assurer de la transparence de son passage, il referma la porte, boucla les deux serrures et enfourcha son vélo.

Lorsqu'il atteignit la villa, à 4 heures 47, tout le monde roupillait à poings fermés. Julien pénétra dans sa chambre sur la pointe des pieds, il se déshabilla et, pareil à un chat, se glissa sous les draps. Peu à peu, il put distinguer dans l'obscurité les traits détendus de sa compagne. Elle était si jolie ! Les dernières informations qu'il avait glanées ne méritaient certainement pas de troubler le sommeil de sa belle endormie, ils auraient tout le loisir d'en discuter au réveil. Néanmoins, s'il devait tirer un enseignement de leur journée, ils avaient beaucoup brassé pour de maigres résultats. Au mieux, soit le fameux Moriceau Valentin était un sacré menteur, soit il avait péri au cours de son évasion. Dans tous les cas, la piste s'arrêtait à Théoule. Maud pourrait appeler Birgitte dès leur retour à Paris pour l'informer de l'échec de leurs recherches.

Julien se pencha vers sa compagne, lui effleura les lèvres d'un baiser. Son souffle exhalait une douce chaleur aux senteurs de myrtille. Il s'endormit, bucolique, des papillons plein les yeux.

II

— Allô, Birgitte ?

— *Jawohl* !

— C'est Maud. Maud de Paris, bonjour !

— *Ach*, Maud ! *Grüssgott* ! Quel plaisir ! Comment vas-tu ?

— Bien et toi ?

— Bah ! Toujours le travail à la ferme avec Ersnt, les vaches, le fromage, les foins… Les filles ont repris leurs études, le train-train quoi. Sauf pour Guenther, il a déménagé, il habite un studio à Schwäbing.

— Oui, je sais. Il nous a écrit pour nous donner son adresse. Il a l'air content de son travail à Munich.

— Je l'espère, car on ne le voit presque plus à la ferme et, comme il n'a pas encore le téléphone, je suis sans nouvelles, de lui. C'est désolant !

— Les petits deviennent grands, il faut l'accepter… C'est si dur que ça de couper le cordon pour une maman ?

— Ce n'est pas évident, surtout son silence.

— Ne t'en fais pas ! Tu sais, les garçons n'éprouvent pas le besoin de parler comme nous. Je suis certaine que Guenther va bien. S'il ne te donne pas de nouvelles, c'est qu'il fait des tas de projets. Tiens, je te parie qu'il a une petite amie.

— Tu crois ?

— Beau mec comme il est, le contraire serait étonnant ! Alors, oublie-le, il reviendra vers toi, n'aie pas d'inquiétude et pense à autre chose ! Ce ne sont pas les occupations qui te manquent ; comme je te connais, tu ne dois pas prendre le temps de t'ennuyer…

— Tu as raison. Je me fais du souci pour rien. Et toi ? Toujours avec Julien ?

— Oui, mais avec les examens qui approchent, chacun révise de son côté. On passe moins de temps ensemble en ce moment, on se contente du samedi soir et du dimanche.

— Et vous vous en sortez ?

— On y arrive, mais c'est frustrant… Il paraît que dans certaines périodes de la vie, il faut savoir sacrifier le présent au bénéfice de l'avenir.

— Tu en es sûre ?

— Pas vraiment. Julien et moi on serait plutôt *carpe diem*… mais comme ils ont bradé les examens l'an dernier, tout le monde prévoit une sévère sélection cette année. Alors on fait comme les copains, on se laisse influencer et on bûche. Et puis on vient de prendre des petites vacances, une dizaine de jours dans le Midi, Julien et moi, sans la famille. C'était super.

— Vous vous êtes baignés ?

— Tu plaisantes, la mer est trop froide ! Par contre, comme on était à Mandelieu, on est allés porter ta lettre à Théoule. Je t'avais promis de le faire…

— Et alors ? s'impatienta Birgitte.

— On peut parler ?

— Oui, Ernst est à Ulm toute la journée, les filles sont à l'université, je suis toute seule à la ferme et tout ouïe. Raconte !

— Allons-y Alonzo !

— Quoi ?

— Rien… Pardonne-moi, Birgitte, c'est un truc à nous, avec Julien. Ça vient d'un film…

— Alors, Maud. Vous l'avez retrouvé mon Valentin ?

— Tu veux dire l'homme invisible ? Non, malheureusement ! On a fouillé toute la région, remué ciel et terre, rien ! Au cimetière, Julien a déniché des tombes au nom de Moriceau. Probablement celles des parents de Valentin. Son supposé père serait mort à la guerre de 14 et sa mère serait décédée en 1942. Ce qui signifie que Valentin aurait pu effectivement vivre à Théoule chez sa maman jusqu'à son incorporation, d'où l'adresse qu'il t'a donnée.

— Et vous y êtes allés ?

— Bien entendu !

— Et c'est comment ?

— Oh, une petite maison, mal entretenue, avec un potager. Les locataires sont des Catalans, ils habitent là depuis une vingtaine d'années.

— Non ?

— Si ! On a eu tous les détails, les Marquès sont des gens épatants. Mais s'agissant de Valentin

Moriceau, ils n'ont pas été bavards. Ils ne le connaissent pas et ne l'ont jamais vu. Par contre, la femme s'est rappelé le nom figurant sur une lettre reçue rue des Pignes, début 47. Ils venaient d'emménager et ont tardé à réexpédier cette correspondance à l'envoyeur.

— Je m'en souviens, c'est le premier courrier qui ait été retourné à la ferme. J'ai continué à écrire à Valentin tous les mois pendant encore une année, toutes les lettres me sont revenues. La poste me les renvoyait directement. J'ai arrêté fin 48, à la naissance de Cristina, consciente du mal que je me faisais à remuer le passé. En plus, je redoutais qu'Ernst redécouvre ces courriers. Nous avions tous les deux fait le vœu de vivre en paix, notre couple tenait sur un fragile équilibre. Je ne voulais pas le trahir.

— Je comprends.

— Aujourd'hui, de l'eau a coulé sous les ponts, les enfants ont grandi, et je ressens quelque chose de bizarre, c'est comme s'il manquait des pages à mon histoire. J'ai besoin de savoir. Qu'est devenu Valentin maintenant, est-il mort, disparu ou bien encore vivant ? Oh, Maud, « quelle connerie la guerre… » Et pourquoi n'a-t-il jamais répondu à mes appels ? Mais j'y pense, les locataires de sa maison doivent savoir où le trouver, ils payent bien un loyer ?

— On a eu la même idée que toi, ma belle. On a recherché le propriétaire. Ça n'a pas été facile, mais Julien a fini par le dégoter. Il s'appelle Roubault, rien à voir avec Moriceau. Encore une fois, on est à côté de la plaque.

— Tu as bien dit Roubault ?

— Oui, Roubault. Lucien pour les intimes, ça ne s'invente pas !

— Bon sang, Maud ! Tu te fous de moi…

— Je te jure que c'est la vérité ! Ce type vit en Bretagne, il encaisse les loyers de Théoule chaque mois.

— Impossible !

— Pourquoi ?

— C'est incroyable alors, totalement invraisemblable !

— Qu'est-ce qui te dérange ?

— Lucien Roubault a travaillé à la ferme de 43 et 44, en même temps que Valentin. C'était un de ses meilleurs copains, un maçon béarnais.

— Tu es certaine ?

— Oui, je me rappelle son terrible accent, il roulait les « r » en chantant, un homme très discret, adorable.

— Pas possible !

— Si je te le dis.

— Alors, qu'est-ce qu'il vient faire sur la Côte d'Azur ? Il aurait eu une résidence secondaire ?

— Sûrement pas…

— Alors, comment l'expliques-tu ?

— Je n'explique rien, je suis complètement perdue, mais laisse-moi te raconter. À deux, on sera certainement moins bêtes. Tu as un moment ?

— Pour toi, j'ai toujours le temps, Birgitte, même en période d'examens.

— Dans ce cas, je vais te rappeler, car la communication risque de coûter cher.

— Tu plaisantes ? Je téléphone de chez mes parents… Ils peuvent participer au remboursement des dommages de guerre…

— Comme tu voudras… comme je te l'ai déjà dit, des prisonniers venaient travailler à la ferme tous les jours. Je m'étais particulièrement liée avec un groupe de trois Français : Lucien, Valentin et Francis. Trois copains qui partageaient tout, ou presque. Ils se sont évadés ensemble, c'est moi qui leur ai fourni de faux *ausweiss*, je leur ai aussi procuré des habits civils et deux bicyclettes. Je les ai très bien connus, tous les trois, Lucien Roubault, Francis Lanfranchi et mon cher Valentin.

— Et tu n'as jamais eu de nouvelles d'eux non plus ? Quelle ingratitude !

— À la guerre comme à la guerre, comme vous dites en français… j'ai adopté cette phrase pour m'aider à accepter. Longtemps après l'armistice, nous avons reçu des cartes d'Angleterre, des États-Unis ou de France, souvent à la période de Noël, des KG nous écrivaient pour nous remercier ou nous donner des nouvelles. Mais jamais rien de ces trois-là. J'ai cru qu'ils avaient péri, mais je n'ai jamais pu m'y résigner. Pour moi, Valentin était immortel. Il m'a fallu attendre 1950 pour recevoir une longue lettre de Lanfranchi. Tout d'abord, Francis s'excusait de son silence à mettre au compte d'une grave blessure dont il guérissait tout juste. Il me remerciait pour tout ce que j'avais fait pour lui, il n'oublierait jamais. Il m'expliquait aussi que leur évasion avait mal tourné, qu'il avait été repris. Les Allemands l'avaient interné à Memmingen dans un baraquement disciplinaire où il avait failli mourir. Lorsque les Américains avaient libéré le camp, le 29 avril 45, il crachait du sang et respirait avec difficulté. Ils l'avaient transféré d'urgence dans un hôpital de campagne avant de le rapatrier en France dans un sale état. En 1950, Francis partageait son temps entre son domicile, à Chartres, et le sanatorium. Sa pension d'invalidité et la prise en charge des soins par la Sécurité Sociale lui permettaient de vivre en célibataire assisté. Après m'avoir parlé de lui, Francis me questionnait sur ses copains. Ni Valentin ni Lucien ne s'étaient manifestés. Inquiet de savoir s'ils avaient survécu, il avait écrit au Ministère de la Guerre pour un avis de recherche. La réponse ne lui était pas encore parvenue. Dans sa lettre, il me demandait si, de mon côté, j'avais des nouvelles récentes et, pour le moins, si j'avais une idée d'où ils habitaient afin de les contacter. Il me remerciait d'avance de mon aide et se permettait de m'embrasser tendrement.

— Aïe, aïe, aïe ! intervint Maud. Francis était dans le même brouillard que toi…

— Oui, c'est pourquoi je me suis contentée d'une réponse gentille, sans indiquer quoi que ce soit à Francis. Je n'avais pas le cœur à partager mes angoisses avec lui.

— C'est quand même dingue ! s'insurgea Maud. Après tout ce que tu as fait pour ces trois types, après tout l'amour que tu as donné à Valentin, ils n'ont pas pu te laisser tomber comme une vieille chaussette !

— Sans doute est-ce mon destin de femme ? se résigna-t-elle.

— Arrête avec ça ! Relève la tête et fais front ! Nous vaincrons, ma sœur ! Excuse-moi si je m'emporte, Birgitte. Nous ne partageons pas le même vécu… Les mots d'ordre du MLF doivent te paraître bien légers.

— Pas forcément, mais je dois admettre que la ferme, Ernst, les enfants et mon passé me suffisent amplement. Je n'ai nullement besoin d'autres combats, j'ai ce qu'il faut à la maison.

— Je comprends.

— Je ne suis pas certaine que tu puisses comprendre, mais c'est gentil d'essayer. Veux-tu que je te donne l'adresse de Francis, au cas où ?

— D'accord, mais cette fois, je ne te promets rien.

— Tu as raison, Maud, c'est de l'histoire ancienne qui ne mérite sans doute pas toute l'attention que je lui porte. Cela dit, j'ai d'excellents prétextes de m'obstiner même si tu me trouves fleur bleue. En fait, comme toi, je suis une grande romantique et, au fond, j'ai la certitude que Valentin vit toujours. Quand j'en rêve la nuit, quand je pense à notre passé, une petite lueur scintille dans mon ciel. Et puis…

— Et puis quoi ?

— Rien… Il faut juste que je me calme. D'ailleurs, c'est l'heure de traire mes vaches. Tu as de quoi noter ?

— Oui, pourquoi ?

— Francis Lanfranchi vit à Chartres, au 21 rue de la Clef. Merci de m'avoir écoutée. Je t'embrasse.

— Merci à toi, et désolée de n'avoir pas été plus efficace.

— Une autre fois, peut-être…

— Qui sait ? Ciao. Fais des bises à Guenther quand tu le verras !

— *Tschüss* !

*

* *

Le dimanche suivant, après avoir sacrifié au rite du gigot-flageolets chez ses parents, Maud s'empressa de prendre son café pour sortir s'aérer. Une demi-heure plus tard, elle frappait à la chambre de Julien, à la Cité universitaire, Boulevard Jourdan. Elle poussa la porte et le trouva allongé sur le ventre, à même le sol, le nez plongé dans une BD. Il releva à peine la tête pour l'accueillir. Dans la petite pièce, l'air saturé de fumée de Gitanes vibrait aux accents du saxo de Coltrane soutenu par les pleins ou les déliés d'une flûte et d'une trompette… *Olé !* le morceau fétiche de Julien, celui qu'il passait en boucle du matin au soir sur son vieux Teppaz.

Maud posa sa veste sur le lit, se pencha vers son compagnon et l'embrassa sur le front. Au passage, elle jeta un coup d'œil à sa lecture.

— Salut, amour ! Désolée de te déranger en plein boulot… Mais, ça ne serait pas le dernier Philémon que tu es en train de te goinfrer en solitaire, mon cochon ? Et moi alors, je compte pour des prunes ? Dis donc, ça pue drôlement le tabac dans ton bouge ! ajouta-t-elle en ouvrant la fenêtre. Et puis, il faut que je me lave les dents, je n'arrive pas à me défaire de cet horrible goût de mouton ! Ah, maman et ses gigots du dimanche, je te jure…

— Eh bien moi, j'ai ouvert une boîte de raviolis. Froid, c'est super ! apprécia Julien. Cela dit, je t'attendais pour le dessert, dit-il en se redressant d'un bond, j'ai hâte de te dévorer.

— Goulu !

Ils se retrouvèrent au lit, déterminés à compenser leur semaine d'abstinence. Entre deux galipettes, ils dégustèrent à quatre mains la nouvelle BD de Fred. Une fois encore, c'était l'imagination au pouvoir. Vers cinq heures, enfin apaisés, ils prirent une tasse de thé puis se décidèrent à sortir. La main dans la main, ils arpentèrent le parc de la Cité qu'ils préféraient aux allées embourgeoisées de Montsouris. L'air était chaud, la lumière, douce ; la nature assoiffée exhalait ses parfums de printemps, ils étaient bien.

Ils parlèrent de leurs révisions et, au-delà, évoquèrent leurs vacances en forme de point d'interrogation. Julien envisageait de prendre un job d'été, car sa 2 CV l'inquiétait. Titine aurait rapidement besoin d'une remplaçante. La pauvre affrontait les affres de la vieillesse, elle toussait, crachotait, faisait de l'huile et refusait de monter les côtes. Impossible de compter sur elle pour voyager.

— Soit on part en stop, soit on bosse en juillet et on part en août…

— À voir. Il faut d'abord réussir ces putains d'exams… avec ma bulle en TP, ma moyenne n'est pas terrible, j'ai intérêt à faire le plein à l'écrit.

— Pas de panique, ça va aller !

— Moi aussi, Maud, je suis super optimiste pour toi. Cela ne m'empêche pas de baliser à titre personnel.

— Pour être honnête, je suis sur la même longueur d'onde…

— On verra bien… Au pire, on restera ici pour réviser la session de septembre. Il paraît que Paris au mois d'août, c'est chouette !

— Et puis, si on ne part pas, on pourra s'occuper des affaires de Birgitte.

— Je l'avais oubliée, celle-là !

— Pas moi ! Je pense sans arrêt à ce qu'elle m'a dit au téléphone.

— Tu parles ! C'est des conneries… Son Moriceau, il a passé l'arme à gauche depuis longtemps ou bien il s'est foutu d'elle dans les grandes largeurs. Voilà ce que je crois. On a perdu assez de temps avec ces histoires à dormir debout !

— Je ne suis pas forcément d'accord avec toi. Admets que cette affaire de maison n'est pas banale, ces gens qui disparaissent sans laisser de traces, cette baraque qui change de mains entre copains… On ne peut pas dire que ce soit limpide…

— Moi, je pense que Valentin a donné sciemment une fausse adresse à Birgitte et, faute d'imagination, il lui a refilé celle de son pote Roubault.

— Pourquoi ?

— Parce que ce Moriceau n'a dragué Birgitte que pour avoir les moyens de s'enfuir. Une fois son objectif atteint, salut la compagnie… Peut-être avait-il même une famille en France, dans ce cas, il a voulu la préserver et se mettre hors de portée de son amante…

— Hypothèse recevable. Toutefois, elle postule la malhonnêteté de Valentin que j'ai du mal à accepter… Je ne sais plus que penser. J'aimerais comprendre ce qui s'est passé. Autant pour Birgitte que pour moi.

— On va s'en occuper !

III

Fin juin 1969

Le président Georges Pompidou venait d'être élu. Chaban-Delmas nommé Premier ministre avait, quelques jours plus tôt, prononcé son discours de politique générale. Il y instituait, héritage direct de mai 1968, “la nouvelle société” basée sur l'élargissement des libertés publiques, la participation dans les entreprises, l'accroissement des pouvoirs régionaux et le développement de la solidarité. La droite lucide poussait le curseur à gauche pour un dépoussiérage en règle. La majorité des Français attendait cette inflexion. Les vacances s'annonçaient sous d'heureux auspices.

*

Julien et Thadée buvaient un pot à la Rhumerie, Boulevard Saint-Germain. Ils célébraient tranquillement l'obtention de leur diplôme d'informatique. Depuis la veille, ils pouvaient envisager leur avenir avec sérénité. La rumeur certifiait que Bull et CGE embauchaient des jeunes, il serait grand temps d'aller se présenter en septembre. D'ici là, ils avaient leurs dernières vacances d'étudiants à vivre, il s'agissait de ne pas les galvauder.

À quelques encablures de là, rue d'Assas, Maud faisait les cent pas d'une démarche mécanique. Toutes les trois minutes, elle consultait sa montre. Les résultats de ses examens devaient être affichés à 17 heures. Avec la ponctualité des services universitaires, elle s'attendait à faire le pied de grue au moins jusqu'à 18 heures, raison pour laquelle elle avait refusé que Julien l'accompagne. En outre, elle ne souhaitait pas lui faire partager ses angoisses ni subir sa nervosité. Le retard anticipé ne l'empêcha pas de pénétrer dans le bâtiment à 17 heures précises. Une foule de visages tendus se pressait dans le hall. Maud adressa quelques signes de reconnaissance à droite ou à gauche sans jamais engager la conversation. Comme ses camarades, elle restait dans sa bulle. Les uns et les autres s'épiaient, se jaugeaient dans des attitudes crispées, guettant un signal. Soudain, une rumeur s'amplifia suivie d'un mouvement de foule en direction du secrétariat. Il était 17 heures 28, une femme en blouse blanche punaisa quatre feuilles 21x27 dactylographiées sur le panneau de liège, la liste des impétrants. Autour d'elle, les étudiants se mirent à bourdonner comme des mouches dans une bousculade indescriptible. Une fois son travail terminé, la secrétaire dut jouer des coudes pour regagner son bureau où elle s'enferma loin du brouhaha.

Dans le couloir, les cris de joie se mêlaient aux larmes, certains se congratulaient tandis que d'autres réconfortaient les recalés. Au milieu de cette pétaudière, Maud parvint à se faufiler jusqu'au panneau d'affichage. Elle détailla la liste à deux reprises pour constater que son nom ne figurait pas à la lettre B, B comme Buisson. Prise de panique, incrédule, des larmes lui montèrent aux yeux. Elle avait pourtant la conviction d'avoir rendu des copies de qualité !

Le ciel venait de lui tomber sur la tête. Le dos rond, le front bas, elle traversa la masse humaine occupant le couloir, elle avait besoin d'être seule, le temps de réaliser ce qui lui arrivait. Et avec ça, Julien qui l'attendait à la Rhumerie pour faire la fête ! C'était réussi ! Soudain, une main amicale lui caressa l'épaule.

— Bravo Maud ! s'enthousiasma Marie.

— Fiche-moi la paix, Marie ! Je ne suis pas d'humeur à plaisanter.

— Mais voyons, Maud ! Mention TB, tu es major, c'est fantastique ! Comme je suis heureuse pour toi ! Ton entrée à Sciences Po est assurée ! C'est génial ! Moi je n'ai qu'une mention AB, mais je suis super-contente aussi.

— Qu'est-ce que tu me racontes ? balbutia Maud. Je n'ai pas vu mon nom à la lettre B.

— Tu n'as pas regardé au bon endroit ! Les mentions sont en tête de liste, vous êtes trois à avoir décroché le pompon ! En tête, *gold metal*, Buisson, Maud ! C'est bien toi ?

— Oui, bredouilla-t-elle…

— Retourne voir par toi-même si tu ne me crois pas !

Un quart d'heure plus tard, Maud se dirigeait vers la Rhumerie d'une démarche immatérielle, elle flottait sur le bitume. Perchés dans les platanes du boulevard Saint-Germain, les moineaux piaillaient d'allégresse, ils commentaient l'événement. Alléluia !

Attablés en terrasse, Thadée et Julien attaquaient leur quatrième punch coco. Ils commençaient à parler créole couramment. Sitôt qu'il aperçut Maud, Julien s'élança vers elle sans parvenir à masquer totalement ses doutes. Elle le rassura d'un sourire éclatant avant de se jeter dans ses bras. Fous de joie, ils esquissèrent quelques pas de tango sur l'air du *Chien andalou* que Julien fredonnait à tue-tête. Le flic en faction au coin de la rue Mabillon les regarda, éberlué.

Depuis la terrasse où il n'avait rien perdu du spectacle, Thadée avait déjà commandé une nouvelle tournée. La réussite de Maud fut célébrée comme il se devait.

Plus tard, ils retrouvèrent Flora à Denfert-Rochereau. Ils dînèrent d'un sandwich, car Julien avait réservé des places au théâtre de la Cité universitaire. Ce soir, Le Grand Magic Circus y donnait une représentation exceptionnelle.

*

Deux jours plus tard, Julien et Maud décidèrent d'aller faire un tour en forêt de Fontainebleau. Après un mois et demi d'ascèse, ils ressentaient un désir profond d'oxygène. Au démarrage, leur 2 CV pétarada, elle avait des fourmis dans les pneus. Cela ne dura pas, car sitôt qu'ils eurent passé la porte d'Orléans, le moteur émit un bruit de casserole, le véhicule s'immobilisa dans un magnifique panache de fumée blanche… Ils réalisèrent rapidement qu'il ne s'agissait pas de l'élection d'un nouveau pape, mais de l'agonie de leur chère Titine, la pauvresse venait de rendre l'âme, carter fendu, radiateur explosé, en proie à une incontinence globale. Diagnostic, mort subite du moteur. Vu le délabrement de la carrosserie, il était inconcevable de réparer. Voilà qui n'arrangeait pas les projets de vacances des tourtereaux. Le bec dans l'eau, ils appelèrent un dépanneur qui les remorqua jusqu'à la casse. Là, ils firent leurs adieux à leur vaillante monture, celle qui les avait conduits, un an plus tôt, au bout du monde.

Pris de court, Maud et Julien évoquèrent à nouveau la possibilité de travailler durant le mois de juillet pour s'offrir un voyage en août, mais le cœur n'y était pas. À leurs yeux, c'était mettre la charrue avant les bœufs, leur urgence était de jouir du présent ; aux pavés, ils préféraient nettement la plage et se voyaient mal mitonner dans la fournaise parisienne de début juillet. Il ne leur manquait qu'un moyen de locomotion et un peu d'argent. Comme toutes leurs économies s'étaient envolées sur les routes d'Afghanistan, l'été précédent, leurs finances, aujourd'hui, n'étaient pas reluisantes. Les cours de maths donnés par Julien tout au long de l'année avaient alimenté les dépenses courantes, cinémas, restaus, soirées... Bien sûr, les parents de Maud seraient ravis de gâter une fois encore leur si brillante chérie. Mais la jeune fille rechignait à les solliciter, du haut de sa fierté, elle souhaitait se débrouiller toute seule.

La question de la voiture fut réglée par un heureux concours de circonstances. Marie, la camarade de Maud, possédait une Fiat 500 en état de rouler dans des conditions normales de température et de pression. Or, Marie partait au long cours avec la 4 L de son copain Paul, direction la Turquie via la Yougoslavie et la Bulgarie. Comme beaucoup, ils voulaient éviter la Grèce et ses colonels, pas question de cautionner un régime facho. Ils pensaient voyager jusqu'à la mi-août. Apprenant les déboires de sa copine, Marie avait proposé à Maud de lui prêter sa Fiat, le temps de son périple.

— Tope là, super sympa, je te revaudrai ça !

C'est ainsi que Maud déboula Boulevard Jourdan

au volant d'une Cinquecento rouge d'âge mûr. Julien émit un sifflement admiratif, sa magicienne avait encore fait un miracle ! Poussé par la curiosité, il inspecta le véhicule et découvrit deux autocollants géants « *J'aime Swipe* » placardés sur les portières. Si cette bagnole ne s'était pas échappée de la caravane du Tour de France, c'était bien imité. Maud expliqua que sa copine Marie s'était investie dans la vente à domicile de produits ménagers, ces pubs faisaient partie intégrante de son contrat.

— Et pour nous, ajouta-t-elle, c'est le seul prix à payer pour disposer de la voiture pendant un mois et demi. Avoue que ce n'est pas cher !

— Ouais, mais faire de la pub pour de la lessive, quelle classe !

— En tout cas, grâce à ça, Marie a gagné de quoi s'offrir une balade en Turquie. En prime, nous disposons de sa voiture. Où est le mal ?

— Tu dois avoir raison… Bien vu !

— Allez, monte !

Julien se contorsionna pour s'installer aux côtés de Maud, ses genoux cognaient dans le tableau de bord si bien qu'il recula le siège au maximum contre la banquette arrière. Le faible espace augurait mal d'un mois de vacances en camping, il faudrait sérieusement se limiter en matériel. Loin de ces considérations pessimistes, Maud démarra et prit la direction d'Orly, histoire de tester la bête sur la nationale. Petite désillusion, le bolide ne dépassait pas le 70 km/h et, si par malheur cela advenait, il entrait en résonance et menaçait de se disloquer.

De retour à la chambre, ils prirent rapidement leur décision. La minceur de leur budget comme la santé du véhicule leur interdisaient un voyage trop lointain. Ils décidèrent de partir en Bretagne ; le temps de s'organiser, ils seraient à pied d'œuvre dans deux jours. Ce choix n'était pas tout à fait anodin, du moins dans l'esprit de Maud toujours aussi attachée à satisfaire les vœux de Birgitte que sa propre curiosité. Elle voyait là une occasion d'aller fouiner plus avant sur les traces de Valentin Moriceau. En effet, leur route les conduirait immanquablement vers Chartres puis, selon le sens du vent, vers les Côtes-du-Nord, notamment Erquy où habitait Lucien Roubault.

Pour le financement de leur voyage, Maud se résolut finalement à accepter l'offre de ses parents. Julien et elle s'engageaient à rembourser rapidement, soit avec leurs payes du mois d'août – s'ils travaillaient – soit avec les premiers salaires de Julien à la rentrée. Monsieur Buisson père ne se fit pas tirer l'oreille, il se montra généreux avec sa fille unique et leur souhaita de bonnes vacances. Ce préalable acquis, Julien et Maud rassemblèrent leur équipement, tente, duvets, camping-gaz, gamelles en alu et, grand luxe, une bouteille thermos. La canadienne qui avait été repliée humide quelques mois plus tôt nécessitait d'être aérée, elle sentait le moisi. Julien l'étendit au soleil, sur le gazon de la résidence universitaire.

L'après-midi précédant leur départ, il prit soin de la voiture, vérifia les niveaux, fit gonfler les pneus à la station-service de la porte d'Orléans, au coin de la N20. Enfin, il passa deux heures à résoudre le casse-tête du chargement. Un chausse-pied géant aurait été bienvenu.

Pendant que Julien se débattait avec les contingences matérielles, Maud organisait leur itinéraire. Une première étape à Chartres lui parut raisonnable ; d'une part, la faible distance à parcourir leur permettrait de tester leur équipage en grandeur réelle, d'autre part, la perspective de rencontrer Francis Lanfranchi ne lui déplaisait pas. En effet, le copain de Valentin Moriceau et de Lucien Roubault, le troisième larron de l'évasion, était susceptible d'apporter un éclairage nouveau aux questionnements de son amie.

Elle appela le numéro indiqué par Birgitte, à Chartres. L'aide ménagère de monsieur Lanfranchi lui répondit, son patron était en cure, elle se trouvait par hasard chez lui, pour nettoyer l'appartement en son absence. Monsieur était parti en thalassothérapie à Saint-Malo. Il devait y rester quinze jours avant d'être transféré chez sa nièce, en Savoie. Maud remercia son interlocutrice. Le nez dans la carte Michelin, elle situa Saint-Malo par rapport à Erquy. Les deux villes n'étaient distantes que de 45 km. Les vacances s'annonçaient passionnantes. Sa décision prise, elle adressa un télégramme à Guenther pour lui signaler – comme elle le lui avait promis lors de sa visite à Paris – qu'elle partait en Bretagne avec Julien. Selon ses estimations, ils seraient dans la région d'Erquy, la deuxième semaine de juillet.

IV

Saint-Malo, vendredi 4 juillet 1969

Au rythme de barcarole de la Cinquecento, ils n'atteignirent la mer que quatre jours plus tard. Les retrouvailles avec le camping sauvage avaient été sévères. Ils n'avaient guère dormi la première nuit malgré le secours des matelas pneumatiques. La deuxième nuit, une averse les avait surpris alors qu'ils n'avaient pas monté leur double toit, la tente avait pris l'eau. Fort heureusement, le lendemain, un ciel dégagé leur avait permis de faire sécher leurs duvets et leurs vêtements. Ils n'avaient repris la route que très tardivement, le soir, pour parcourir 50 kilomètres avant de réinstaller leur campement.

Aujourd'hui, l'insouciance était à nouveau à l'ordre du jour, malgré la brume montant de la mer. Sur leur droite s'étendait un océan de coton, d'où émergeait à grand-peine la flèche du Mont Saint-Michel. Fort heureusement, à quelques kilomètres de là, passé le Couesnon, le soleil avait fait sa réapparition. Bienvenue en Bretagne ! Après Cancale, la route côtière puis un chemin de traverse les conduisirent vers le havre de Rothéneuf, un petit coin de paradis où deux voiliers paressaient au mouillage face à l'île Besnard. C'est là qu'ils firent halte. La nature vibrait autour d'eux, la mer, le vent, le cri des goélands. Sur la lande mouchetée de bruyères, les fleurs d'ajonc dissipaient leur improbable parfum de noix de coco… Il ne manquait que dix degrés pour se croire sous les tropiques.

Ils finirent la soirée enlacés au coin d'un feu, sur la grève, enveloppés par la nuit sous un chapelet d'étoiles. Seule leur manquait la guitare de Maud, laissée à Paris, car trop encombrante pour la Fiat 500.

*

Le lendemain matin, ils arrivèrent vers 11 heures au centre de thalassothérapie de Saint-Malo, une magnifique bâtisse XIXe érigée sur le front de mer, offrant ses balcons et ses terrasses aux brises océanes. L'hôtel de Paramé constituait un ensemble majestueux, chic et imposant.

Tandis que Julien attendait dans la voiture, Maud se présenta à la réception où elle demanda monsieur Lanfranchi, prétextant qu'elle était sa fille. La préposée ne fit aucune difficulté pour lui indiquer le numéro de la chambre au deuxième étage. Elle précisa toutefois qu'elle avait peu de chances d'y trouver son père. En effet, la plupart des curistes consacraient leurs matinées aux soins. De surcroît, compte tenu de son handicap, le programme de monsieur Lanfranchi était établi longtemps à avance, certains traitements nécessitant la présence d'opérateurs supplémentaires. Si Maud souhaitait connaître les détails de ses horaires, qu'elle s'adresse à l'accueil de la thalasso, au sous-sol. S'il n'y avait pas urgence, en revanche, il serait plus sage de revenir en milieu d'après-midi, après la sieste, à l'heure du goûter.

Maud remercia et rejoignit Julien. Dehors, le ciel colorait la mer d'un camaïeu de bleus éclatants, c'est à peine si quelques nuages épars jouaient à cache-cache avec le soleil. Une invitation à découvrir la ville. Bras dessus bras dessous, ils empruntèrent la digue du Sillon jusqu'à l'intra-muros. Parvenus à la porte Saint-Vincent, ils grimpèrent sur les remparts et en firent le tour, émerveillés par les points de vue sur les bassins du port, les plages, la baie, l'entrée de la Rance et, plus loin, sur Dinard la victorienne, encadrée de villas accrochées aux falaises.

Maud et Julien estimèrent que la situation justifiait une première ponction dans leur budget. Après tout, Saint-Malo valait bien une galette complète et une bolée de cidre ! Au sortir de la crêperie, ils se rendirent à la plage. Au programme, sieste et bronzette. Une fois cuits à point, un peu plus tard dans l'après-midi, ils s'essayèrent aux bains de mer. L'élan de Julien s'arrêta à la hauteur des genoux. L'eau, certes vivifiante, était trop fraîche à son goût. Maud, plus courageuse prit le temps de s'immerger, elle parvint à nager quelques brasses. Quelques minutes plus tard, elle ressortait couverte de chair de poule.

— Tu crois qu'on va s'y habituer ? s'inquiéta-t-elle.

— P'têt' ben qu'oui, p'têt' ben qu'non… Cela dit, le bleu de ta peau est en parfaite harmonie avec celui de tes yeux. Tu es superbe !

— Idiot !

— Tu sais, 17 degrés, c'est beaucoup pour du gros rouge, mais pour la mer, c'est un peu frisquet. Allez, viens te sécher au soleil !

*

À 16 heures 15, Maud gara la Cinquecento devant la thalassothérapie. Avant de quitter le véhicule, elle se refit une beauté dans le rétroviseur, lissa ses cheveux encore humides puis invita Julien à l'accompagner. En passant à l'accueil, elle adressa un signe entendu à la réceptionniste et, sans attendre, se dirigea vers l'ascenseur. À l'étage, de larges couloirs aux moquettes épaisses desservaient les chambres, il y régnait une ambiance feutrée. Impressionnés par le luxe suranné du décor, Julien et Maud se rendirent sur la pointe des pieds jusqu'à la chambre 307. Un silence de cathédrale imposait le respect. Plantés devant la porte, ils rectifièrent une dernière fois leur tenue, puis Julien cogna énergiquement au battant. Il dut insister avant d'obtenir une réponse.

— Qu'est-ce que c'est ? demanda une voix éraillée.

— Des amis, lança Maud d'un ton enjoué.

— Qui êtes-vous ?

— Des amis… de votre nièce, improvisa-t-elle avec un clin d'œil à Julien.

— Une minute, je vous prie.

L'homme leur ouvrit sans quitter son fauteuil roulant. Son peignoir blanc, brodé au nom de l'établissement, enveloppait un torse dissymétrique du fait d'un bras atrophié. Avec une épaule droite deux fois plus large que la gauche, il paraissait bancal, impression renforcée par sa jambe amputée juste au-dessus du genou. Son moignon, à demi recouvert par les plis du peignoir, semblait inutile. Il redressa son crâne dégarni et leur adressa un regard empreint de méfiance. Son inspection terminée, il esquissa une grimace puis s'effaça pour les faire entrer.

La chambre était spacieuse, équipée d'un lit médicalisé, d'un placard-penderie, d'une table et de deux chaises. Sur la droite, une porte ouvrait sur la salle de bains tandis que, côté mer, une baie vitrée diffusait la douce lumière de l'extérieur. Un bouquet de fausses fleurs décorait la table de chevet.

— Ainsi, vous êtes des camarades de Monique ? s'enquit Lanfranchi.

— Oui, poursuivit la jeune femme. Je m'appelle Maud, lui, c'est Julien. On voit Monique de temps en temps, quand elle vient à Paris, elle loge chez nous…

— C'est curieux qu'elle ne m'ait pas annoncé votre visite. Pourtant, elle m'appelle souvent…

— Elle a dû oublier… parce que la dernière fois qu'on l'a rencontrée, on a parlé de vous.

— En bien, j'espère ?

— Tout à fait ! Vous êtes son sujet de discussion favori, elle vous adore ! Elle m'a demandé de vous embrasser de sa part. Je peux ?

— Si vous voulez…

— Voilà ! Vous pourrez témoigner que j'ai tenu parole.

— Je n'y manquerai pas.

— Vous allez rester longtemps en cure à Saint-Malo ?

— Encore une dizaine de jours, pourquoi ?

— Simple curiosité. Julien et moi, on passe nos vacances dans la région, alors on a eu l'idée de venir vous dire bonjour. Après, nous pensons établir notre base à Erquy.

— Connais pas.

— Nous non plus. C'est un peu plus loin, de l'autre côté du cap Fréhel. Il paraît que c'est magnifique, c'est pour cela qu'on y va…

— Tant mieux pour vous. Moi, voyez-vous, je ne peux plus guère bouger.

— Je croyais pourtant qu'après votre séjour ici, vous alliez en Savoie…

— Vrai ! Mais c'est une véritable expédition pour se rendre chez ma nièce, ambulances, trains, taxis médicalisés… Et, là-bas, sa maison est spécialement agencée pour me recevoir. Je ne veux pas m'apitoyer sur mon sort, mais, franchement, je suis devenu mauvais à tout, même plus bon à rien !

— Voyons, Monsieur Francis, il faut vous ressaisir ! l'exhorta Julien.

— Je n'arrête pas, mon garçon ! Et ça va faire 25 ans que ça dure, alors vous savez, les conseils amicaux et la commisération, vous pouvez vous les coller où je pense ! La souffrance est une affaire personnelle, mes enfants, vous n'y pouvez rien ! Les seuls responsables sont ces salauds de politiques et de militaires.

— Vous avez été blessé à la guerre ?

— Plus ou moins…

— Comment ça ?

— C'est une vieille histoire pas bien passionnante… la mienne… Mais, vous me donnez le tournis à rester debout. Asseyez-vous à la table, et vous, jeune homme, versez-moi un verre d'eau. La bouteille de Plancoët est à côté du lit. Merci… Au début de la dernière guerre, j'ai été fait prisonnier avec le gros de l'armée française. Cela m'a valu de passer quatre ans en Allemagne dans un camp. On appelait ça un stalag. Ça n'avait rien d'un club de vacances, je peux vous l'affirmer. Bref ! La seule envie que l'on avait là-bas, c'était de foutre le camp et de retourner chez nous ! Après quatre ans de captivité, une occasion de m'évader s'est présentée, vous pensez que je l'ai saisie. Pour être honnête, je devrais dire « nous évader », car nous étions trois sur le coup, trois copains pensionnaires forcés du stalag VII B à Memmingen. Mais tout cela n'a plus aucune importance aujourd'hui, il y a prescription.

— Au contraire, monsieur Lanfranchi, votre récit m'intéresse ! s'enflamma Maud. Figurez-vous que je suis étudiante en histoire contemporaine et que, l'an prochain, je dois soutenir mon mémoire de fin d'études. J'ai commencé à y travailler. Le thème que j'ai choisi concerne précisément « Les prisonniers de guerre français en Allemagne de 39 à 45 ». On est dans le vif du sujet ! Mon père, comme vous, a passé cinq ans de sa vie derrière des barbelés à cette époque, son histoire n'est pas étrangère à mon choix.

— Je comprends mieux. Il était où, votre papa ?

— En Prusse orientale, inventa Maud qui avait vaguement préparé ses arrières.

— Ah ? se désola Lanfranchi. Alors, on n'a pas pu se rencontrer, car la Bavière, c'est à l'autre bout du pays. Vous savez, on a été un million et demi de prisonniers français, on ne pouvait pas tous être au même endroit. D'autres, des martyrs, ont été concentrés, on sait ce qu'ils sont devenus. Nous autres, les prisonniers de guerre, les PG comme on disait, on nous a éparpillés sur tout le territoire. Nous représentions une main-d'œuvre gratuite dont toute l'Allemagne devait profiter.

— Ce qui m'a toujours étonnée, releva Maud, c'est que sur ce grand nombre d'individus revenus de captivité, très peu acceptent aujourd'hui de témoigner. Même mon père, parfois, se réfugie derrière sa sensibilité, comme si ses souvenirs ne méritaient pas que l'on s'y attarde. Une espèce de fausse pudeur, ou peut-être de honte ? Je l'ignore.

— On peut le comprendre quand on sait comment on nous a traités à la fin de la guerre. Nous sommes passés totalement inaperçus, nous étions las, crevés, malades, épuisés au point de devenir transparents aux yeux de la population. On nous avait baptisés « les absents ». À l'inverse des résistants déportés, nous n'inspirions ni fierté ni mansuétude, nous ne jouissions pas davantage de la sympathie accordée aux travailleurs enrôlés de force au STO*. On nous considérait comme des moins que rien, des soldats qui s'étaient rendus sans même combattre, nous étions des enfants de la défaite, suspects de couardise. Alors, quand on nous posait des questions, on se réfugiait derrière quelques anecdotes, toujours les mêmes, car nos véritables souvenirs étaient trop abjects, ils puaient la honte, la misère et la merde, vous comprenez ?

— Oui…

*Service du Travail Obligatoire : réquisition et transfert vers l'Allemagne de centaines de milliers de travailleurs français contre leur gré, afin de participer à l'effort de guerre allemand pendant l'Occupation.

— Tout ça parce que nos stratèges s'étaient foutu le doigt dans l'œil jusqu'au coude. Vous avez entendu parler de la Drôle de guerre ?

— Oui, bien sûr !

— Le gros des troupes françaises capturé sans coup férir. Moi, j'étais dans les Ardennes, les gradés nous ont ordonné de rendre nos armes. Du jour au lendemain, on s'est retrouvés prisonniers des Allemands, sans rien sur le dos, juste notre uniforme. À partir de là, on a marché, marché, marché, pendant des mois. Je vous passe les ordres, les contre-ordres, les séparations, la schlague, les coups de crosse, les regroupements, la faim omniprésente, le froid, les pieds meurtris et gelés, le bordel, quoi ! Nous avons erré à travers l'Allemagne pendant six mois avant d'être internés à Memmingen. À l'arrivée, avant toute chose, nous avons été épouillés, récurés, mis nus et passés au DDT. Il fallait éviter les épidémies et les petites bestioles. Devant l'affluence croissante, les Allemands manquaient de place, aussi notre premier boulot a-t-il été d'agrandir le camp, construire de nouvelles baraques, faire du terrassement, creuser des feuillées, tout cela au début de l'hiver, avec l'estomac vide, sous la garde de sentinelles souvent stupides… On en a chié, je peux vous l'affirmer, au figuré comme au propre, avec la dysenterie qui sévissait ! Une fois répartis dans les baraquements, les Allemands ont nommé des responsables de chambrée, puis chacun s'est vu attribuer un châlit. Ces deux mètres carrés allaient devenir pour chacun d'entre nous un espace personnel, une chasse gardée, si tant est que l'on puisse encore parler de vie privée dans ces circonstances. C'était l'endroit où chacun punaisait la photo de sa fiancée ou de sa mère, c'était aussi le lieu où l'on élevait ses propres puces. La promiscuité, c'était la grande affaire ! Nous étions parfois jusqu'à plusieurs centaines par baraque, des sortes de hangars encombrés de lits superposés et chauffés par un poêle anémique.

— Je comprends que vous ayez eu envie de vous enfuir…

— Envie, certainement, dès le premier jour ! Mais vu les nombreux copains qui s'étaient fait pincer, j'ai attendu d'avoir une réelle opportunité. Cela a demandé du temps, beaucoup de temps, puisque nous ne nous sommes évadés qu'en février 1944.

— En plein hiver ?

— Oui. C'était délibéré pour ajouter à l'effet de surprise… Au départ, nous étions trois, Lucien, Valentin et moi. Trois potes. Au camp, nous formions ce que l'on appelait une popote. Nous mettions tout en commun, les colis que nous recevions, les combines pour essayer de vivre un peu moins mal, bref, nous étions très proches et nous nous soutenions mutuellement. Au stalag, selon les termes de l'armistice, les prisonniers étaient tenus de travailler pour l'économie allemande. Le plus incroyable c'est que nos officiers – ces gens mieux élevés que nous, puisqu'issus de la bourgeoisie – jouissaient d'un statut différent dans leurs oflags. Aucune obligation de travailler notamment. Pendant la guerre, la lutte des classes continuait ! Cela dit, je ne pense pas qu'ils aient été moins malheureux que nous, mais je n'ai jamais compris la farce des conventions de Genève. Comme si la guerre pouvait être encadrée par des lois ! La guerre, mes enfants, c'est l'anarchie, tout y est permis pourvu que vous restiez en vie. Certains y ont vu un espace de liberté, pas moi. C'est une horreur. Je vous souhaite de ne jamais connaître ça !

— Pour l'instant, notre génération est plutôt chanceuse, observa Julien…

— C'est vrai, vos grands-pères ont eu 14, vos pères 40, vos frères aînés l'Algérie… Tant mieux pour vous !

— Et votre évasion ? recadra Maud. On était en février 1944…

— C'est là que ma vie a basculé ! En 43, les Allemands m'avaient affecté en milieu rural. Avant la guerre, j'étais ébéniste, j'ignorais donc tout de l'agriculture, mais les Schleus ne s'arrêtaient pas à ce genre de détail. La ferme se trouvait à une quinzaine de kilomètres du camp, tous les matins et tous les soirs, nous faisions la route, entassés dans des camions. Les fermiers qui m'employaient étaient de braves gens, essayant de comprendre notre situation. Ils nous nourrissaient convenablement et, en dépit des consignes du Reich, discutaient avec nous à chaque occasion. Le problème de la langue n'empêchait pas d'échanger des regards de sympathie ou tout simplement d'humanité. Nous étions une vingtaine de PG à travailler dans leur ferme. Pas un d'entre nous n'aurait cédé sa place pour tout l'or du monde, car cet emploi représentait une formidable aubaine, une sorte de havre au cœur de l'enfer. Quand, le soir, j'entendais les récits de camarades bossant ailleurs, ce n'étaient que brimades, coups, insultes, horaires infernaux… Alors que nous, nous avions tiré le gros lot, nous mangions à satiété ! Avec la belle saison, nos fermiers ont eu besoin de davantage de main-d'œuvre. J'ai intrigué pour que Lucien et Valentin me rejoignent comme ouvriers agricoles. Voilà comment tout a commencé…

— Comment ça ?

— Versez-moi un peu d'eau, s'il vous plaît… Merci. Les fermiers avaient une fille âgée de dix-huit ans. Birgitte était une blondinette au visage rieur, aux yeux vifs, mignonne comme un cœur. Tous les midis, elle nous apportait la soupe maison et prenait le temps d'échanger quelques mots avec chacun. Il fallait voir cette meute d'affamés, sexuellement sevrés aussi, tenter de capter l'attention de la *gretchen*. À ce jeu, Valentin Moriceau s'est détaché du lot. Val était ce qu'on appelle un tombeur, beau gosse, plein d'humour, élégant. Très vite, Birgitte et lui ont échangé des regards, des frôlements, puis, avec notre complicité et celle de notre gardien, ils ont pu s'isoler de temps en temps. Pour courir de tels risques, ils étaient certainement très amoureux. Cette situation a duré plusieurs semaines jusqu'à ce que Valentin convainque sa fiancée de nous aider à nous enfuir. Birgitte a été magnifique d'abnégation. Jamais, depuis, jamais je n'ai rencontré une personne capable d'irradier autant d'amour. Elle n'a posé aucune question, s'est contentée d'affirmer qu'elle nous comprenait. Elle ne demandait qu'une chose, que Valentin revienne la chercher à l'issue du conflit. Notre chère *gretchen* s'est débrouillée pour nous fournir de l'argent, une carte de la Bavière et du Bade Wurtemberg, des *ausweiss* parfaitement en règle, des vêtements civils à nos tailles, tout en s'excusant de ne nous donner que deux bicyclettes, des équipements introuvables en ces temps de réquisition. Je n'ai jamais su comment Birgitte avait réussi ces prodiges, mais elle avait bien fait les choses.

Notre décision prise et nos préparatifs terminés, le rituel se mit en place au camp. Une baraque, jamais la même, créait une diversion. Les prisonniers tapaient en rythme sur leur gamelle, bientôt imités par leurs voisins de chambrée. Petit à petit, l'agitation se répandait à tout le stalag, et les Allemands furieux nous faisaient sortir pour pratiquer un appel. L'appel… c'était leur passe-temps favori. Imaginez plusieurs centaines de prisonniers à moitié gelés, en rangs d'oignons face à un sous-off' comptant et recomptant ses troupes. Rien de plus facile que de l'embrouiller pour qu'il doive recommencer, parfois pendant plusieurs heures... Les copains s'y sont si bien employés que les Allemands ont mis plus d'une journée avant de découvrir notre escapade.

Cette maigre avance et nos deux vélos nous permirent de nous éloigner du camp. Malgré la neige et le froid, nous progressions, pédalant à tour de rôle sur les routes secondaires de préférence aux grands axes. Ni Lucien ni moi ne parlions l'allemand ; Valentin, lui, baragouinait quelques mots, trop peu toutefois pour faire illusion. Aussi évitions-nous les points de contrôle comme la peste bubonique. Tout s'est à peu près bien passé pendant les cinq premiers jours, la nuit, c'était plus difficile, car le froid nous empêchait de dormir. Nous essayions de marcher en silence jusqu'au petit matin. C'est le cinquième soir que tout a foiré par ma faute !

— Que s'est-il passé ?

— Nous avions enfin atteint la voie ferrée repérée sur la carte. À cet endroit, une forte courbe imposait aux locomotives de ralentir. Nous l'avions choisi pour monter clandestinement à bord d'un train de marchandises. Cela nous rapprocherait de chez nous. Après plusieurs heures d'attente, dissimulés dans le sous-bois, le ahanement d'une machine à vapeur s'est fait entendre, bientôt suivi de crissements de freins. Nous nous sommes approchés de la voie, sans nous montrer. Bien nous en a pris, car un wagon blindé inaugurait le convoi, truffé de militaires en armes sur le toit. Nous nous sommes faits tout petits pour les laisser disparaître derrière le virage. J'ai alors senti le moment venu d'écrire mon destin. Sans concerter mes camarades, je me suis élancé, pensant qu'ils m'imiteraient et que nous nous retrouverions sur le train. Devant moi roulait un wagon-citerne, autrement dit un espace ouvert où il était impossible de se planquer. Quelle mouche m'avait donc piqué ? L'angoisse, la précipitation, le désir de fuir ? C'est sans doute la plus mauvaise décision que j'aie prise dans mon existence. Toujours est-il que j'ai sauté sur le marchepied. À l'impact, la vitesse m'a fait perdre l'équilibre. Je suis resté en suspens quelques secondes, tentant de me raccrocher à une barre métallique à portée de ma main. Manque de chance, c'était un levier de sécurité qui a basculé sous mon poids. Je suis retombé sur la voie, les quatre fers en l'air. Brutal retour à l'envoyeur ! Une onde de choc m'a aussitôt broyé, j'ai senti mon corps se déchirer. Immédiatement, j'ai su que ma jambe avait trinqué, mes côtes aussi, mon bras gauche n'était guère mieux. Mon genou me lançait abominablement ; je ne respirais plus, je sifflais. J'ai essayé de ramper sur le bas-côté, la souffrance m'interdisait de prendre appui, j'étais au-delà de la limite, au bord de l'évanouissement. Assailli de pensées morbides, je me disais que j'allais terminer là seul, au petit feu d'indicibles supplices, à moins qu'un prochain train ne m'écrabouille pour sceller un point final. Le désespoir et la perspective de la mort m'envahissaient peu à peu lorsque les voix de mes camarades m'ont rasséréné. Ainsi, ils n'étaient pas montés dans le train eux non plus ? Sans tenir compte de mes hurlements, ils m'ont ramené à couvert dans le sous-bois. Là, Lucien a essayé de me parler, j'ai cillé, il m'a fait avaler un comprimé avec de la neige fondue, puis a ficelé ma jambe à une branche pour la consolider, il en a fait de même avec mon bras. Je ne conserve que de vagues souvenirs de ces heures désolantes, des bribes de conversation échangées entre mes deux camarades où il est question de garrot, de quantité de sang perdu… Plus tard, dans la profondeur de la nuit, j'étais allongé sous un abri de branchages chauffé par des braises rougeoyantes. La douleur venait de me réveiller. À nouveau, je percevais la discussion de mes deux compagnons et, malgré mes souffrances, je m'efforçais de les écouter. Le ton s'était envenimé. J'étais au centre de leur altercation. Lucien Roubault était partisan de renoncer à l'évasion, de bricoler un brancard puis de m'amener au plus vite chez un médecin ou de me remettre aux autorités militaires. On était comme les trois mousquetaires, disait-il, un pour tous, tous pour un ! En désaccord total avec lui, Valentin Moriceau prêchait pour la continuité de l'opération, il affirmait qu'il fallait savoir sacrifier les planches pourries. Pour lui, il suffisait de me déposer sur la route, une patrouille allemande finirait par me ramasser… Incapable de réagir à leurs propos, à demi engourdi par le froid, assommé par mes souffrances, je sombrais doucement dans la résignation. Ma vie allait peut-être s'achever dans ces sous-bois, cet hiver 44, à quelques mètres d'une voie ferrée, entouré de mes deux meilleurs copains…

— Finalement, vous vous en être sorti ?

— Avec le recul, je me demande encore comment.

— Ils vous ont donc tiré de là ?

— Pensez-vous ! Durant cette interminable nuit, je ne sais plus très bien ce qu'il s'est passé. Par moments, des éclairs de lucidité me permettaient de réaliser le pétrin dans lequel je m'étais fourré, mais la plupart du temps, je restais dans ma prison, cerné par mes idées noires, totalement fermé aux évènements extérieurs. Quand le jour s'est enfin levé, le feu était éteint, j'avais de la fièvre, je grelottais dans une mare de sang. Mes compagnons s'étaient envolés. Valentin avait su imposer son option.

— Quels salauds ! s'insurgea Julien.

— Avaient-ils réellement le choix ? C'était eux ou moi… J'en ai tiré une seule certitude, jeune homme, c'est que tant que vous n'avez pas vécu une situation, gardez-vous de juger les autres. Vous ne savez pas ce que vous auriez fait à leur place.

— Quand même ! Vous abandonner agonisant au fond d'un bois…

— Désormais, j'étais résigné à me laisser mourir. Entre parenthèses, j'ai réalisé ce matin-là que c'était probablement la décision la plus difficile à prendre pour un homme. Même dans mon état de délabrement, l'espoir d'un lendemain possible et le refus d'abdiquer restèrent chevillés à moi jusqu'au bout. Top faible néanmoins pour poursuivre le combat, je me sentais partir lorsque qu'une invraisemblable sensation de chaleur nappa mon visage. Étaient-ce les prémices de l'enfer ou le souffle brûlant des démons ? À grand-peine, j'ouvris un œil et découvris deux bergers allemands tenus en laisse par des soldats vert-de-gris. Les molosses léchaient le sang sur mes joues, je n'avais rien vu ni entendu venir. À présent, les hommes de la Wehrmacht discutaient entre eux. Je suppose qu'ils hésitaient à me donner le coup de grâce ou à me transporter à l'hôpital.

— Ils vous ont sauvé ?

— Évidemment, puisque je suis là ! Ils m'ont emmené je ne sais où. Là, on a réduit ma fracture à la jambe, on m'a plâtré le bras à la va-vite et, sans trop se soucier de mes côtes ni de mes problèmes pulmonaires, j'ai été renvoyé à Memmingen où m'attendait le sort des évadés repris. Cachot, baraquement disciplinaire, corvéable à toute heure du jour et de la nuit, spécialement encadré par une bande de sadiques, l'idéal pour une convalescence.

— Vous avez réussi à vous en sortir ?

— Grâce au médecin du camp, un brave type égaré dans cet univers de cinglés. Il s'est intéressé à mon cas, il aimait pratiquer le français… Coup de chance et antibiotiques ont fait que j'ai réchappé là-bas à la tuberculose. En revanche, il a fallu m'amputer, la gangrène commençait à bouffer ma jambe.

— Vous revenez de loin ! Mais, dites-moi, monsieur Lanfranchi, accepteriez-vous que je mentionne votre témoignage dans mon mémoire ? sollicita Maud.

— Si cela peut vous servir, pourquoi pas ? Dans ce cas, je vous demanderai de ne pas citer les véritables noms. Inutile de peiner les familles… s'il en reste.

— Avez-vous revu vos "copains" après la guerre ? Savez-vous s'ils ont réussi à regagner la France après vous avoir abandonné ?

— Ça, c'est encore une autre affaire ! Pensez bien qu'après ce qui s'était passé et ce que j'en avais compris, je vouais à Moriceau une haine féroce. Ce salopard n'avait pas levé le petit doigt pour me sortir du bois. Tous pour un, tu parles… Tout pour sa gueule, plutôt ! Bref, quelques années après l'armistice, quand j'ai commencé à reprendre forme, je me suis préoccupé de retrouver mes amis. Entre deux séjours au sanatorium, avec mes moyens très limités, j'ai essayé de savoir. J'ai d'abord récupéré l'adresse de la ferme à Memmingen et j'ai écrit un courrier à Birgitte. Sans bien entendu lui dévoiler quoi que ce soit, je prenais de ses nouvelles, je m'inquiétais de savoir si elle avait retrouvé Valentin ou s'ils vivaient ensemble. Dans le cas contraire, avec mille précautions, je lui demandais si elle connaissait son adresse. Ce courrier ne m'a jamais été retourné, mais je n'ai pas reçu de réponse non plus. Le sort de Birgitte et de Valentin est longtemps resté pour moi un mystère.

— Parce qu'aujourd'hui vous avez appris quelque chose ?

— Valentin Moriceau est mort au champ de déshonneur… Je m'explique. Parallèlement à mon courrier à Birgitte, j'ai entrepris des démarches auprès du Ministère de la Guerre. De nos jours, on appelle ça le Ministère de la Défense. Les mots changent, on les habille de majuscules, mais les hommes sont immuables. Bref, j'ai écrit à divers services pour accéder aux listes des disparus. Cela m'a demandé beaucoup d'énergie. Un vrai parcours du combattant, c'est le cas de le dire. Finalement, en mars 1960 – je me souviens de la date comme si c'était hier – j'ai reçu une réponse m'informant du décès de Moriceau Valentin au cours d'une tentative d'évasion. Longtemps porté disparu, son corps a été retrouvé en avril 1944, au sud de la Bavière. La fiche du Ministère notait aussi l'absence de famille ou d'ayants droit. Voilà… Tout ce merdier pour en arriver à ce que j'appelle un non-lieu.

— Et votre autre camarade, Roubault ?

— Aucune nouvelle non plus. A priori, il ne figure pas dans les registres du Ministère, donc il s'en serait sorti. Tant mieux, car c'était un chic type… Est-il encore en vie aujourd'hui ? C'est une autre paire de manches. En 25 ans, il peut se passer bien des choses. Chaque destin est une loterie, le tout c'est d'avoir un ticket gagnant.

— Vous aimeriez le revoir ? demanda Julien.

— Qui ?

— Ben, Roubault !

— Lucien ? S'il est encore de ce monde, pourquoi pas ? Je serais certainement content de le rencontrer. On s'appréciait, et je suis même étonné qu'il n'ait jamais cherché à me contacter. Pourtant, il était facile de me retrouver, moi qui ne bouge pas beaucoup. Mais Lucien a dû refaire sa vie et, comme la plupart d'entre nous, il a pensé ne pas avoir grand-chose à gagner à remuer cette merde. C'est compréhensible. C'est humain.

— Sans doute… Toutefois, aimeriez-vous que l'on vous aide à le retrouver ? proposa Maud à brûle-pourpoint.

— À quoi bon, finalement ? Je ne vois pas bien ce qu'on aurait à se dire, si longtemps après. Et puis, vous savez, mon passé ou mes camarades de captivité ne me manqueront jamais autant que ma jambe. J'ai survécu à mon amputation, j'ai appris à vivre avec cette absence, à l'apprivoiser. À côté de ça, croyez-moi, le reste, c'est de la gnognotte… Ce sera ma conclusion, mes enfants, j'ai été très bavard. J'espère que vous allez passer d'excellentes vacances. Je souhaite également que votre mémoire soit un succès, Mademoiselle. Lorsqu'il sera écrit, je serais honoré d'en recevoir un exemplaire…

— Je n'y manquerai pas.

— Maintenant, si vous le voulez bien, je souhaiterais me reposer.

— Merci, monsieur Lanfranchi. Merci beaucoup.

— Et bien des choses à Monique de notre part ! ajouta Julien avec ironie.

*

* *

De retour à Rothéneuf, Maud se déclara à la fois soulagée et déçue. Double désillusion en effet : d'une part, pour son amie Birgitte qui aurait mérité un *happy end* plus romantique à son histoire d'amour ; d'autre part, la contrariété de terminer brutalement la partie de cache-cache à laquelle ils avaient pris goût depuis un an.

Parallèlement, Maud appréciait l'éclaircissement de la situation ainsi que le soulagement qui en découlerait pour Birgitte. En définitive, le décès de Moriceau expliquait son silence, sans remettre en cause sa passion. Valentin n'avait pas trahi sa *gretchen,* comme certains avaient pu le prétendre. Son amie serait donc rassurée, même si elle était condamnée à aimer le fantôme d'un salopard. Mais cela, comme certaines mauvaises vérités, il était inutile de lui en faire part. Birgitte poursuivrait ainsi son rêve.

Maud proposa d'écrire à son amie dès le lendemain. Julien l'en dissuada. Il fallait prendre davantage de recul. Pour lui, leur quête n'était pas terminée, non qu'il mette en doute les assertions de Francis Lanfranchi, mais parce que l'affaire de la maison de Théoule demeurait un mystère entier, a fortiori avec le décès de Moriceau pendant la guerre. De deux choses l'une, soit pour une raison qui restait à élucider, Roubault avait acquis la propriété de son infortuné compagnon d'évasion, soit – hypothèse peu vraisemblable – Moriceau était un franc salaud qui avait refilé à Birgitte l'adresse d'une improbable résidence secondaire de Roubault à Théoule. Pour en avoir le cœur net, il aurait fallu un complément d'enquête à Mandelieu avec des moyens dont ils ne disposaient pas. Certes, l'historique de la propriété pourrait apporter la lumière, mais cela nécessiterait de consulter les actes officiels… Travail impossible à effectuer à distance. Par ailleurs, jamais un notaire ne dévoilerait ce genre d'information sans raison valable. Autre solution, lancer un appel à témoins dans la presse, à supposer que, 25 ans après, des observateurs potentiels aient conservé la mémoire d'un dénommé Valentin Moriceau… démarches longues ou coûteuses qu'ils n'avaient pas entreprises lors de leur séjour là-bas.

— On a suffisamment travaillé du chapeau ! décida Maud. On est en vacances, après tout... On verra par la suite. De toute façon, puisque Valentin n'est plus de ce monde, on ne peut plus rien de concret pour Birgitte. Rien ne presse, tu as raison, il est inutile de raconter des salades. Attendons quelques jours. La rencontre avec Roubault nous éclairera peut-être davantage... Qui sait ?

— Dans l'immédiat, tu pourrais mettre la bouteille de muscadet au frais dans la mer pendant que j'ouvre les huîtres ? J'ai une faim de loup.

— Entendu. On décolle demain matin ?

— Oui, quand on sera levés !

V

Erquy, samedi 5 juillet 1969

Au terme d'une nuit paisible, ils avaient plié leur campement. Restait à entasser leur barda dans la Fiat 500. Une bonne demi-heure d'efforts leur fut nécessaire pour réaliser le miracle. Impossible, à présent, d'ajouter une boîte d'allumettes dans l'habitacle, il était plein comme un œuf. Ils démarrèrent sous un soleil généreux, le moral au beau fixe, sans se soucier davantage de Birgitte et ses amours contrariées. Maud et Julien avaient décidé de tourner la page pour se consacrer à leurs vacances.

Ils traversèrent la Rance par le barrage de l'usine marémotrice inaugurée deux ans plus tôt. À l'extrémité de la digue, un feu rouge bloqua la circulation, c'était l'heure de l'écluse. Devant eux, la route se dressa lentement à la verticale pour livrer passage aux navires, les uns rejoignant la pleine mer, les autres regagnant leur mouillage sur le fleuve. Curieux d'y regarder de plus près, Julien et Maud sortirent se dégourdir les jambes. L'air était vivifiant, la brise légère ; en amont, les remous des turbines hachaient le plan d'eau, en aval, l'estuaire s'évasait entre Dinard et la tour Solidor, puis vers Saint-Malo et le grand large. Somptueux point de vue, modernité triomphante et innovation technologique sans précédent, celle d'utiliser l'énergie des marées à la fabrication d'électricité. Devant le regard émerveillé de Julien, Maud se laissa aller à un commentaire élogieux sur la politique novatrice du Général de Gaulle. Celui qu'ils avaient tant honni en 68 n'était-il pas le visionnaire à l'origine de ce programme futuriste ? Julien haussa les épaules en allumant une Gitane.

— Tu me donnes une taf ? demanda Maud.

— Avec plaisir si tu retires ce que tu as dit.

— Qu'est-ce que j'ai dit ?

— Du bien du grand Charles…

— Idiot ! Alors cette taf ?

— Voilà, espèce de réac !

— Si ça peut te faire plaisir, mais dans ce cas, laisse-moi assumer.

— Comment ça ?

— En tant que fille de bourges, je revendique un minimum de confort…

— Je ne vois pas le rapport.

— Tu ne vas pas tarder à le voir. On y va ?

— Où donc ?

— À Erquy ?

— À Erquy !

Pendant les deux heures de route les séparant de

leur destination, Maud négocia âprement leur installation dans un camping. Sachant qu'ils envisageaient de rester plus d'une semaine sur place, cela ne nuirait pas à leurs vacances. Julien se fit tirer l'oreille, mais finit par lui donner raison. À Erquy, ils optèrent pour le terrain municipal de Caroual situé à dix minutes du bourg. Au pied d'un imposant viaduc, logé entre la route et la côte, une centaine de tentes, caravanes et voitures s'organisaient en rangées perpendiculaires à la mer. Les emplacements les plus prisés se situaient en bordure de la plage de sable fin. La modestie des tarifs, la propreté des sanitaires et la présence d'une épicerie emportèrent leur décision. Le paradis à portée de la main, avait déclaré Maud.

Ils plantèrent leur canadienne entre deux grosses tentes bleues, non loin du rivage, sur un emplacement libéré le matin même. Le camping était occupé en majorité par des familles avec de jeunes enfants. Ces habitués possédaient des caravanes ou des tentes volumineuses équipées de tout le confort moderne, table et chaises pliantes, cuisinière à deux feux, matelas pneumatiques, poste à transistors… Dans un tout autre registre, à l'image de Maud et Julien, des étudiants en vacances, des chevelus, campaient a minima.

Leur mise en place achevée, Maud et Julien se rendirent au bourg. À “l'Économique”, ils firent le plein de pâtes, de riz et de conserves sans omettre les incontournables packs de lait et les corn-flakes. Cela fait, ils déposèrent leurs commissions dans la voiture pour partir découvrir la ville. Leurs véritables vacances commençaient enfin ! À 18 heures passées, sous le soleil encore très haut, les familles rentraient de la plage, le moniteur du club Mickey remisait ses agrès pour le week-end et les amateurs d'apéro investissaient les terrasses des cafés. Maud et Julien longèrent la plage du Centre. À marée haute, elle se résumait à une étroite grève bordée de dunes. Plus loin, au-delà des dériveurs remisés à sec sur le sable, se profilaient le port de pêche et ses caboulots, un univers qu'ils se promirent d'explorer dès le lendemain. Pour l'heure, ils souhaitaient terminer leur installation à la lumière du jour. Ils retournèrent au camping.

Après avoir dîné, ils partirent se balader bras dessus bras dessous vers la digue de Caroual. Ce soir, les amoureux n'y étaient pas seuls au monde. La moitié des campeurs semblaient s'y être donné rendez-vous pour admirer l'incendie embrasant le ciel. Là-bas, de l'autre côté de la baie, le jour agonisait dans les feux du couchant. Maud, trop peu couverte, resserra son étreinte contre son compagnon. Julien lui proposa de rentrer. Fascinée par le spectacle de la nature, elle refusa. Ils déambulèrent alors loin de la foule, bien au-delà des villas du front de mer, presque jusqu'à la limite de Saint-Pabu. À la nuit tombée, ils revinrent sur leurs pas par la digue à présent déserte. Plus un chat ne rôdait dans les parages. En revanche, à l'entrée du camping, la terrasse éclairée de La Potinière* était comble. Par curiosité, Julien jeta un coup d'œil à l'intérieur de l'établissement. À l'entresol, la petite épicerie était fermée, mais, à en croire l'horaire affiché, elle ouvrait tous les jours, à 8 heures le matin. L'écriteau « *Dépôt de pain* » augurait de savoureux petits-déjeuners.

La voix de Johnny Hallyday interrompit ses rêves gourmands. « *Que je t'aimeu…* » Cela provenait de l'intérieur. Attiré par la musique, il entraîna Maud vers le bar. Toutes les tables étant occupées, Julien laissa sa compagne auprès du juke-box pour aller commander deux chocolats chauds. Ils avaient besoin de se réchauffer. Il ne put se frayer un chemin jusqu'au comptoir investi par trois lascars d'une vingtaine d'années. Vêtus d'un blouson de cuir, ils sirotaient leur bière en gesticulant beaucoup. Leurs éclats de voix couvraient la musique. Le plus grand des trois arborait une coiffure à la Johnny Cash, une sorte de banane noire relevée au-dessus du front, il ne cessait de tripoter la gourmette dorée entourant son poignet gauche. Son visage en lame de couteau n'inspirait pas une franche sympathie, pourtant, Julien décela dans ses traits quelque chose

*Établissement n'existant plus aujourd'hui, son emplacement est occupé par une habitation de construction récente, située à une cinquantaine de mètres du bar-crêperie-restaurant actuel, homonyme.

de familier. Il ne savait pas quoi. Leurs regards se croisèrent, l'autre le dévisagea avec mépris, sans s'écarter d'un pouce. Lorsque Julien s'avança pour accéder au bar, il ne put éviter un contact de l'épaule, rien de méchant, un simple frôlement qui suffit cependant à déclencher la fureur du buveur de bière.

— Pardon, s'excusa machinalement Julien.

— Tu me cherches ? demanda le rocker.

— Non, merci ! J'ai tout ce qu'il me faut, plaisanta Julien.

— Ça vaut mieux pour toi, mec, parce que moi, si tu me cherches, tu me trouves ! Et puis, je me méfie des buveurs de lait ! Pas vrai, les gars ?

— Je ne vois pas en quoi cela vous regarde, je bois ce que je veux !

— Pas forcément ! rétorqua le jeune. Ici, t'es pas chez toi ! D'où tu sors ?

— OK ! lui accorda Julien. Bonne soirée, les amis ! poursuivit-il en saisissant les deux tasses.

— Je t'ai posé une question, mec ! C'est pas poli de pas répondre, hein, les gars ? Alors, dis-moi, d'où tu sors ? J'ai jamais vu ta bille de clown à Erquy.

Le patron du bar, un costaud, adressa à Julien un sourire apaisant. Paupières baissées, il lui signifia de ne pas broncher, il allait prendre les choses en main. Visiblement, les trois loustics n'en étaient pas à leur première bière.

— Du calme, Serge ! lança le patron.

— Je suis calme, t'inquiète pas.

— Écoute-moi, je vous offre un café à tous les trois et après, vous mettez les voiles. C'est d'accord ?

— Tu nous fous dehors ?

— Pas vraiment, mais il y a beaucoup de monde ce soir, il faut faire un peu de place. C'est les vacances, chacun son tour…

— Chacun son tour, si tu veux, mais moi, je n'ai pas fini le mien…

— Écrase, Serge ! Et fais ce que je te demande, asséna le patron…

— Bon ! Alors, d'accord pour trois cafés, conclut-il en bousculant volontairement Julien.

Sous le choc, le contenu des deux tasses versa sur le sol. Julien avait du chocolat plein les mains, son pantalon était taché. Les trois garçons ricanèrent, il dut prendre sur lui pour ne pas foncer dans le tas.

— Calmos ! s'interposa un nouveau venu. Serge, tu vas foutre le camp d'ici avec tes deux guignols et laisser les gens profiter de la soirée. Merci !

— Ouah l'autre, hé ! De quoi je me mêle ?

— Fais ce que te dit Jean-Yves ! exigea le patron. Je ne veux pas d'histoires ici, Serge ! J'ai de quoi te calmer, menaça-t-il, en faisant claquer un gourdin sur le comptoir. Va prendre l'air tout seul, ce sera moins agité que si je sors avec toi ou que si j'appelle ton vieux. Allez, casse-toi !

Dans le bar, tous les regards s'étaient focalisés

vers le comptoir. Les yeux dans les yeux, le patron jouait avec sa matraque tandis que Serge le défiait en manipulant nerveusement sa gourmette. En fond sonore, la voix de Johnny continuait inexorable : « Que je t'aimeu… » En définitive, Serge termina sa bière d'un trait, rota comme un porc, lança une pièce de 5 francs sur le bar puis tourna les talons, suivi par ses deux sbires.

— Ça va ? demanda le patron à Julien.

— On va faire aller, répondit celui-ci en brossant son pantalon.

— Tenez, essuyez-vous avec ce torchon, poursuivit le balèse. Ne vous en faites plus, ils ne reviendront pas, je les connais. Je vous prépare deux nouveaux chocolats.

— Merci.

— Soyez tranquille. Ici, ce n'est pas le Far West. Chez moi, on ne joue pas bagarre au saloon ! Alors tant que les clients ne font pas de grabuge, je les accepte, mais là, ils sont allés trop loin.

— Tu veux dire qu'ils sont carrément chiants ! intervint Jean-Yves.

— OK ! abrégea le taulier, on ne va pas passer le réveillon là-dessus…

— Tu as raison, approuva Jean-Yves. Oublions tout ça. Et toi, ajouta-t-il à l'adresse de Julien, viens nous rejoindre avec ton amie, il y a deux chaises disponibles à notre table, là-bas, à côté du juke-box.

Une tasse dans chaque main, Julien traversa la

salle sans, cette fois, renverser la moindre goutte de chocolat. Une prouesse. Il invita Maud à rejoindre la table où Jean-Yves avait pris place en compagnie d'une jolie fille aux boucles brunes.

— En dehors de ces excités, c'est plutôt sympa ici, apprécia Maud une fois assise. C'est plein comme ça, tous les soirs ?

— Y'a pas toujours autant de monde, dit le garçon, c'est samedi !

— Et le dimanche, ça ferme de bonne heure, ajouta la fille toute bronzée. Vous venez d'arriver ?

— Oui ! On est au camping, à côté !

— Bienvenue ! Je m'appelle Béatrice, mes parents ont une villa dans le lotissement de Caroual, tout près d'ici. Je viens en vacances à Erquy depuis l'âge de 2 ans ! Lui, c'est Jean-Yves, il habite ici toute l'année. On s'est connus il y a un certain temps… en faisant des pâtés de sable. Depuis, on est copains…

— Ravie de vous rencontrer ! Moi, c'est Maud, lui, c'est Julien, nous aussi, on a quelques affinités. On vient de Paris, pour passer nos vacances.

— Si toutefois ça ne dérange personne, ironisa Julien.

— Arrête, Julien ! C'est juste un coup de pas de chance de tomber sur ces abrutis… Inutile de ruminer, il ne s'est rien passé. On est ici pour se faire du bien, plaida Maud.

— Maud a raison. Oubliez cette petite friction. Erquy regorge de gens formidables.

— Je veux bien le croire… Reste que ces mecs sont des casse-burnes !

— Je connais bien Serge, il a eu des problèmes, il a besoin de jouer les terreurs pour se donner de l'importance. Alors, oubliez-le, buvez vos chocolats et changeons de sujet. Vous êtes étudiants ?

— Oui dit Maud, moi en droit, lui en informatique…

— Et, vous connaissez du monde à Erquy ? demanda encore Jean-Yves.

— Pas vraiment…

— Eh bien, on va arranger ça ! Manque de pot, ce soir, la plupart de nos copains et copines sont allés voir le dernier Truffaut à l'Éden.

— *La sirène du Mississippi*, précisa Béatrice. Je l'ai vu à Rennes avant de partir…

— Moi, indiqua Jean-Yves, je préfère carrément passer ma soirée avec Béatrice plutôt qu'avec Deneuve. C'est comme ça ! Et puis, on n'est pas bien ici ?

— Sans la castagne, c'est super !

— Au fait, reprit Jean-Yves, ce soir, après le cinéma, on a prévu d'aller faire un tour au Portuais avec les potes. Si ça vous botte, vous pouvez venir avec nous. On doit se retrouver vers onze heures.

— C'est quoi le Portuais ? demanda Julien.

— Une plage sur la côte sauvage du cap. Un endroit magique, on y va en vélo ou en mob et on termine à pied, on fait un feu sur la grève, on chante, on fait de la zique. Le pied !

— Sympa, dit Maud. Vous avez une guitare ?

— Oui, bien sûr ! Gérard et Patrick jouent souvent ensemble.

— Et vous n'avez pas entendu Maud, vanta Julien… C'est Joan Baez en mieux !

— Arrête, Julien ! Tu m'embêtes avec ça.

— On verra tout ça plus tard, éluda Jean-Yves. Une petite mousse en attendant ? C'est ma tournée de bienvenue !

— Sympa, Jean-Yves. Le chocolat m'a réchauffé, il est temps de me rafraîchir la glotte ! Je te revaudrai ça, promit Julien.

— "John Courage" pour tout le monde ? proposa l'enfant du pays.

— Connais pas, confessa Julien.

— Moi non plus, dit Maud. Elle est comment ?

— Une anglaise blonde, sous pression, costaude et corsée, répondit Jean-Yves.

— N'hésite pas, Julien ! Il paraît que les hommes préfèrent les blondes, lâcha Béatrice…

— Pas tous, s'insurgea Jean-Yves en lui claquant une bise.

Pendant qu'il allait au bar chercher les consommations, la voix veloutée de Léo Ferré s'imposa par-dessus les conversations. Les clients baissèrent d'un ton pour mieux apprécier. « Une robe de cuir comme un fuseau, Qu'aurait du chien sans l'faire exprès… » Dès les premiers accords, le regard de Maud s'embrasa de désir. « C'est extra… », le premier slow qu'elle avait dansé avec Julien. Toujours envoûtante, la chanson conservait toute sa puissance érotique. L'arrivée de Jean-Yves avec les bières calma ses ardeurs naissantes.

— Y'a des boîtes à Erquy ? demanda Julien, les lèvres ourlées de mousse.

— Pas vraiment, rétorqua Béatrice. Mais on se débrouille pour danser. Les jours de mauvais temps, on fait des boums chez les uns ou chez les autres, et puis il y a aussi les soirées jeunes, en ville, le mercredi. Ça vaut le déplacement.

— Si vous êtes fanas de night-clubs, précisa doctement Jean-Yves, il faudra aller sur la route de Saint-Brieuc ou à Saint-Cast. Pour ça, mieux vaut être motorisé. Vous avez une voiture ?

— Oui, opina Julien. On a une Fiat 500. C'est pas un bolide, mais elle roule. Et puis, tu sais, Maud adore danser, moi aussi, mais l'ambiance des boîtes nous gonfle, impossible de se parler, c'est infernal il faut hurler… Pas mal, la bière ! apprécia-t-il.

— Qu'est-ce que tu dis ? demanda Béatrice, l'oreille tendue.

— Je disais… Je disais que j'adore danser, mais que j'aime surtout les soirées où l'on peut discuter, se rencontrer, faire connaissance…

— Toi, tu dis ça parce que t'es casé, pointa du doigt Jean-Yves…

— Casé ? Mon œil ! se rebella Maud. On passe nos vacances ensemble, basta ! Après, on verra…

— Bon, mes amis, c'est pas que je m'ennuie, mais si nous voulons être à l'Éden à onze heures, il va falloir mettre les bouts… À moins qu'on prenne votre bagnole ?

— Délicat, estima Maud. Elle est garée à l'intérieur du camping. À cette heure, on va réveiller tout le monde. Et puis la marche à pied, c'est excellent pour la santé, ajouta-t-elle en se levant.

Dehors, le ciel s'était assombri. À présent, de gros nuages masquaient les étoiles ; dans la lumière des lampadaires, les bourrasques soulevaient le sable, des gouttelettes de bruine mouchetaient la nuit. En l'espace de deux heures, la météo avait viré. Jean-Yves expliqua qu'en bord de mer, c'était chose courante à la bascule de marée. Du coup, leur projet au Portuais avait du plomb dans l'aile. Il proposa d'aller malgré tout rejoindre leurs copains à la sortie du cinéma. Maud prétexta la fatigue du voyage pour décliner. En fait, ce caprice du ciel tombait à pic, car les accents de Léo Ferré résonnaient toujours dans ses reins. Son désir de Julien primait sur toute autre urgence.

Jean-Yves, déçu, haussa les épaules. Il enfila son ciré et s'éloigna dans la nuit. Quelques minutes plus tard, il réapparut casqué, sur sa mobylette bleue pétaradante. Béatrice s'installa sur la selle biplace. Avant de quitter Maud et Julien, ils promirent de se retrouver le lendemain. Jean-Yves et Béa leur présenteraient leurs copains à la plage de Caroual. Vers 15 heures, pas avant, car, le dimanche, la plupart d'entre eux étaient de corvée familiale. Ils les trouveraient sur la plage au niveau des trois tentes rayées bleu et blanc, autour du filet de volley, leur quartier général.

Comme pour saluer ses nouveaux amis, Jean-Yves fit vrombir brièvement son moteur à deux reprises. Béatrice se blottit contre lui, la mobylette disparut dans les ténèbres avec un rugissement de fauve enroué.

VI

Erquy, dimanche 6 juillet 1969

Le temps s'était arrangé au cours de la nuit, ce matin, un soleil taquin se plaisait à jouer avec les touristes en mal de bronzage. Julien et Maud, levés tardivement, s'attardaient autour du petit-déjeuner. Assis dans l'herbe, devant la tente, ils discutaient de leur soirée de la veille. Toujours partisane de la bouteille à moitié pleine, Maud se réjouissait de leur rencontre avec Béa – vachement sympa – et Jean-Yves – bien organisé. Leur ouverture, leur connaissance du terrain et leur réseau de copains laissaient augurer des vacances bien remplies. Tant mieux !

Moins enthousiaste que sa compagne, Julien conservait en filigrane le regard fielleux du grand mec à la gourmette, celui qui lui avait cherché des crosses au bar. Sans monter l'incident en épingle, il espérait simplement que cette dispute en resterait là. Julien n'avait jamais craint la bagarre, au contraire. Il s'était toujours montré disponible quand le jeu en valait la chandelle, pour la défense d'une bonne cause par exemple. Mais, en l'occurrence, l'attitude de Serge ne rimait à rien. Ils ne se connaissaient pas, n'avaient aucune raison de se haïr. Si le garçon était sujet à des montées de lait, il lui recommanderait de se faire soigner… En tout cas, leur soirée de la veille se soldait par une sorte de match nul, ils avaient rencontré de nouveaux amis, mais aussi de satanés bourrins. Aujourd'hui était un autre jour… Ils décidèrent de musarder sans programme préétabli, leurs pas les mèneraient au fil de leur inspiration, peut-être au cap d'Erquy ou bien même jusqu'à cette fameuse plage du Portuais.

Passé le bourg, ils longèrent le boulevard de la Mer jusqu'au port où, le dimanche, l'activité se résumait aux trois bistrots du quai. Aux terrasses, l'apéritif battait son plein, au contraire des bateaux de pêche sagement amarrés au mouillage, repos dominical oblige. Pour l'essentiel, la flottille rassemblait des chalutiers d'une dizaine de mètres de long, équipés d'engins disparates. Sans doute les fameuses dragues évoquées par Jean-Yves entre deux bières. Fils de pêcheur lui-même, il leur avait promis une visite du port en bonne et due forme, à la première occasion. Pour cette raison, Maud et Julien ne s'attardèrent pas davantage sur les quais, préférant prendre de la hauteur sur les coteaux de Tu es Roc. Au terme d'une montée plutôt raide, à la sortie de l'épingle à cheveux, une voie plus étroite partait vers la droite. La rue des Terre-Neuvas s'étirait alors en une succession de petites maisons de grès rose agrémentées de jardinets ou de terrasses plein sud. À l'heure du déjeuner, le quartier désert baignait dans une douce quiétude. Ils marchèrent encore un bon quart d'heure puis décidèrent d'obliquer vers les plages sauvages, sans trop savoir où elles se situaient. Faute de boussole ou de plan, ils tentèrent de se guider au soleil, mais les entrelacs de Tu es roc se révélèrent plus complexes que les couloirs du métro parisien. Maud commençait à tirer la patte, Julien à avoir faim. Comme d'habitude, ils étaient partis sans même une bouteille d'eau. Avec ça, pas un commerce en vue ni même un bistrot, mais des habitations de plus en plus clairsemées le long de passages envahis de végétation. À première vue, ils étaient paumés. Ils firent demi-tour avec l'idée de demander leur chemin, voire de cogner à la porte d'une maison s'ils ne rencontraient personne. Une ruelle qu'ils n'avaient pas encore empruntée descendait sur leur gauche en direction du bourg. En s'y engageant, Maud jeta machinalement un coup d'œil distrait à la maison d'angle. La jeune femme marqua un temps d'arrêt, elle retint Julien par le bras, en lettres blanches sur fond bleu, la plaque indiquait « *Rue du Varech* ».

— Vl'a aut'chose, bougonna Julien, tu ne veux plus avancer ?

— Regarde, Julien !

— Quoi ?

— Le nom de la rue. Ça ne te dit rien ?

— Bon Dieu ! Rue du Varech ! C'est pas l'adresse de Roubault ?

— Tu te souviens du numéro ? C'est toi qui l'as noté.

— T'es marrante, ça fait plus d'un an !

— Tu n'as pas conservé le papier ?

— Si, bien sûr, il est dans mon sac à dos, au camping.

— Dommage !

— En réfléchissant, je crois que c'est le 3.

— 3, rue du Varech, ça sonne bien !

— On n'a rien à perdre à aller jeter un œil.

Au numéro 3 s'élevait une villa cossue, deux niveaux d'habitation sur sous-sol. Son empâtement s'étendait sur environ cent mètres carrés, de quoi héberger une famille nombreuse. On était loin des maisons de poupée de la rue des Terre-Neuvas. Ici, c'était de la construction moderne en béton et parpaings enduits, un édifice, vaste, aéré, coiffé d'un toit d'ardoises, éclairé de grandes baies vitrées, flanqué d'un hangar fermé de bonne dimension, le tout posé sur un terrain gazonné dont le tiers était occupé par un potager. De la rue, un portail à claire-voie s'ouvrait sur l'allée cimentée conduisant à l'entrepôt, il était suffisamment large pour permettre le passage d'engins de chantier. L'accès au jardin et à la maison se faisait par une porte de bois masquée dans la haie de thuyas.

S'approchant de la boîte à lettres métallique,

Julien étouffa un cri de victoire. Il leva le pouce en direction de Maud.

— C'est là, Maud ! On est chez Roubault ! Qu'est-ce qu'on fait ?

— Facile ! On sonne, on raconte qu'on est perdus, on demande notre chemin. S'ils nous offrent un verre d'eau ou un café, c'est encore mieux.

— Tu crois ?

— Il faut rester naturel, Julien, coller à la réalité.

— Alors, c'est toi qui sonnes ! commanda-t-il en s'effaçant.

— Si ça peut te faire plaisir, pour ce que ça change…

— Rien, tu as raison !

— Ça n'a pas l'air de répondre.

— Laisse-leur le temps de réagir, ils sont probablement à table, commenta Julien en insistant sur la sonnette.

— J'espère qu'ils ne font pas la sieste, sinon on va déranger.

— Trop tôt pour la sieste, diagnostiqua-t-il.

— Peut-être que la sonnette est cassée ? suggéra Maud.

— Non, je l'entends, écoute plus attentivement. Je recommence.

— T'as raison, Léon… Il n'y a personne.

— Allez, un dernier coup de carillon, pour vérifier.

— Non, cette maison est vide.

— Moteur, action ! déclara Julien.

Il fonça vers le portail avec l'idée de l'enjamber. Avant qu'il ne prenne son élan, Maud fit jouer la poignée qui libéra le battant. La chance était avec eux, ils pénétrèrent dans le jardin. L'entrée de l'habitation se situait une dizaine de mètres plus loin. Ils avancèrent courbés en avant, le dos voûté, le plus silencieusement possible, à la manière des Indiens comanches dans les westerns. Au sommet des trois marches du perron, la porte vernie était équipée d'un heurtoir en forme de main. Par acquit de conscience, Julien cogna à plusieurs reprises. Toujours sans réponse, il tenta de pousser le battant qui, cette fois, résista. Leur aventure s'arrêtait là pour aujourd'hui, car, ici, pas question de forcer la porte ! D'une part, il n'avait pas emporté ses rossignols avec lui, d'autre part, la fermeture cinq points lui donnerait certainement trop de fil à retordre, en outre, il n'avait aucune raison objective de s'introduire dans la maison de Roubault. Perplexe, Maud colla son oreille au trou de la serrure puis, plaçant son index devant ses lèvres, elle intima le silence à Julien. Elle se releva bientôt, persuadée d'avoir entendu un fond musical à l'intérieur. Julien à son tour s'essaya à la manœuvre, sans résultats évidents.

— Non, je n'ai rien ouï, plaisanta-t-il… Tu dois entendre des voix, Jeanne, déclama-t-il enfin sur un ton sépulcral.

— Je ne rigole pas, s'énerva-t-elle. Je te jure qu'il y a une musique de fond.

— Alors, je dois avoir les portugaises ensablées, car, franchement, je n'entends que dalle ! Et puis, avec le raffut qu'on a fait, tu penses bien que s'il y avait quelqu'un, il se serait déjà manifesté. Non, les Roubault ont dû oublier d'éteindre leur transistor, voilà tout !

— Peut-être…

— D'ailleurs, on ferait mieux de se tirer avant qu'ils reviennent, car nous n'avons rien à faire ici. Quoique…

— Quoique quoi ?

— Je jetterais bien un œil au hangar.

— Chiche ?

La porte coulissante joua facilement. À l'intérieur, la lumière du jour pénétrait par des impostes. Ils découvrirent un mur de rayonnages sur lesquels s'entassaient toutes sortes de quincaillerie inox, de manilles, de chaînes, de cordages, de bouées, de lignes et de flotteurs, de peintures et de produits chimiques. Du matériel professionnel. Le long de la paroi opposée s'élevait un empilement de casiers pour la pêche aux crustacés. Dans le coin, sur l'établi, le morceau de chaîne bloqué dans l'étau était encore tiède, tout comme la pane du chalumeau déposé à ses côtés. Une odeur de chaud, de soudure ou d'acétylène dominait. À l'évidence, Roubault avait bricolé ici, le matin même. Julien en déduisit qu'il ne devait pas être loin, et, deuxième enseignement, qu'il travaillait dans le secteur de la pêche. Vu la qualité de son installation, vu le confort apparent de sa maison, ses affaires devaient être florissantes.

Maud le tira par la manche, il était temps de s'éclipser, ils en avaient assez vu. Inutile de courir davantage de risques. La rue du Varech descendait en pente douce, ils supposèrent que c'était en direction du bourg. Avant que la maison ne disparaisse derrière eux, Maud tourna la tête pour en inspecter une dernière fois la façade.

— Julien ! hurla-t-elle.

— Quoi ? Tu as marché sur une vipère ?

— Non ! Regarde, à l'étage, sous le chien-assis, la deuxième fenêtre à gauche. Vite !

— Quoi ?

— Le rideau, Julien, le rideau !

— Quoi, le rideau ? Oui, je le vois, et alors ?

— Quand je me suis retournée, le voilage s'est rabattu précipitamment, mais j'ai eu le temps d'apercevoir une silhouette.

— Homme ou femme ? Peut-être un chat ?

— Je n'en sais rien, ça s'est passé beaucoup trop vite, mais un chat qui écoute la radio, ça commence à faire beaucoup.

— Tu as dû rêver une nouvelle fois. Après les voix, voici les apparitions ! Il faudrait arrêter la fumette, jeune fille.

— Je ne plaisante pas, Julien ! Je suis sûre de moi ! Et si tu regardes bien ce rideau, il bouge encore un peu.

— Maud, ma jolie, je crois qu'avec la fatigue notre lucidité bat de l'aile. Nous ferions mieux de rentrer avant de voir des petits hommes verts débarquer !

— Fous-toi de moi ! se vexa-t-elle. Je suis certaine de ce que j'avance.

— N'en parlons plus. Viens, ma douce, rentrons. On a de la route à faire, on est paumés et j'ai la dalle…

Après des tours et des détours à travers le bourg désert, ils atteignirent le camping peu avant 14 heures. Autour d'eux, les familles terminaient de déjeuner, des fumets de maquereaux grillés flottaient encore dans l'air comme si tous les amateurs de barbecue s'étaient donné le mot. Cela ne fit qu'attiser la fringale de Julien et Maud, affalés devant leur tente, incapables de faire un pas supplémentaire. Harassés, tétanisés, les jambes en compote, ils avalèrent un bol de corn-flakes pour tout festin. Sans regretter le gigot de sa mère, Maud aurait volontiers mangé une salade avec un peu de charcuterie ou de poisson, mais ni elle ni Julien n'avaient plus la moindre velléité de remuer. Allongés sur leur plaid, au soleil, ils dégustèrent leurs "pétales de maïs dorés au four" mélangés au sucre et au lait comme s'il s'agissait de caviar Beluga. Leur balade improvisée les avait occis. Ils mirent ce coup de barre au compte de l'air breton, nettement moins riche en oxyde de carbone que celui d'Île de France. Un temps d'adaptation allait être nécessaire, à commencer par une petite sieste.

Une heure plus tard, ils avaient repris du poil de la bête. Un Nescafé en main, Maud revint sur leur mésaventure de la matinée, notamment sur l'apparition de la maison Roubault. Elle n'en démordait pas, elle n'avait pas eu la berlue. Dans ce cas, soit une personne était séquestrée chez Roubault, soit, plus probablement, quelqu'un les avait vus mais avait refusé de leur ouvrir. Pourquoi ? De moins en moins sceptique, Julien se laissa convaincre de rencontrer Roubault. Ce serait la seule façon d'en avoir le cœur net. Mais dans l'immédiat, priorité aux vacances, ils avaient rendez-vous avec Jean-Yves, Béatrice et leurs amis, à la plage.

Une quinzaine de jeunes était rassemblée autour du filet de volley. Sur le terrain se déroulait une partie acharnée. Malgré le vent de sud-est, ça attaquait, ça défendait, ça contrait ; Julien n'en revenait pas, ils étaient tombés sur une bande de sportifs ! Jean-Yves, qui ne participait pas au match, se leva pour les accueillir. Après les avoir présentés à ses copains, il excusa l'absence de Béatrice, de corvée aux fiançailles de sa cousine. Au mieux, elle se libérerait pour la soirée. En attendant, le monde continuait de tourner. D'ailleurs, ses autres potes étaient des gens tout à fait fréquentables. Pour la plupart, ils se connaissaient depuis des années, les uns – comme lui – résidant à Erquy, les autres y venant en vacances régulièrement. Leurs parcours les avaient conduits du club Mickey aux boîtes de nuit, en passant par la plage ou les festivités locales. Chaque année, de nouveaux venus venaient se greffer autour du noyau dur et, avec le temps, les activités du groupe évoluaient. Depuis deux ou trois ans, volley et soirées dansantes constituaient le cœur de leurs occupations. Bien entendu, il y avait aussi des pique-niques, des sorties en mer, des parties de pêche, mais, au quotidien, le volley restait la grande affaire. Aujourd'hui, le match en cours opposait deux équipes mixtes, une fille et deux garçons de la bande. Ils jouaient l'apéro, c'est pourquoi la partie était très disputée.

— Apéro ou pas, ils se démerdent vachement bien ! apprécia Julien, plutôt versé sur le baby-foot.

— Pierrick et Marc, les deux grandes perches, jouent en club toute l'année, l'un à Laval, l'autre à Saint-Maur. Avec eux, tu as a l'impression d'être bon ! Ce sont les meilleurs joueurs de la plage… affirma Jean-Yves.

— Tu oublies Helmut ! intervint une jolie brunette à ses côtés.

— C'est vrai, j'oubliais Helmut, Nathalie. Mais toi, tu ne l'oublies pas…

— Idiot !

— C'est qui, Helmut ? demanda Maud.

— Un copain, reprit la brunette. Un sacré joueur ! Pierrick et Marc sont jaloux. Helmut vient d'Allemagne, c'est la première fois qu'il passe ses vacances à Erquy. Aujourd'hui, il est allé se balader en moto au cap Fréhel et au fort La Latte… Je n'ai pas pu l'accompagner, c'est dimanche, repas de famille avec les parents. J'ai pu m'échapper après le café. Ils m'ont accordé deux heures de permission. Chez moi, c'est pire qu'à l'armée ! Je dois tout négocier ! Mais demain, ce sera plus tranquille, je pourrai venir tout l'après-midi. Helmut sera là, je vous le présenterai, vous verrez, c'est un mec extra !

— Et beau gosse, ajouta Jean-Yves pour chambrer Nathalie… On attend avec impatience le prochain tournoi, Helmut, Pierrick et Marc vont jouer ensemble, ça va frapper sévère. Il paraît que des grosses équipes sont annoncées, de Saint-Cast, du Val André et même de Binic !

— Un tournoi ?

— Oui, le tournoi de volley du Comité des fêtes. En 3x3 sur la plage, ça joue tout l'après-midi sur plusieurs terrains. C'est génial…

— On verra ça, dit Maud, peu passionnée par la chose sportive. Et si on allait se baigner ? proposa-t-elle. Le temps est magnifique.

— Trop froid pour moi, trancha Julien, et puis ce petit vent…

— Chochotte !

— Allez, je t'accompagne Maud, décida Jean-Yves, magnanime. C'est bien parce que c'est la première fois ! D'ordinaire, je ne me mets à l'eau qu'après un ou deux sets de volley. Quand je suis chaud… S'il y a des amateurs, lança-t-il à la cantonade, on va au jus !

Deux filles et un garçon se joignirent à eux.

Quand ils revinrent du bain, la partie de volley touchait à sa fin. Victoire à l'arraché de Pierrick, Catherine et Joël. La tournée serait pour leurs adversaires, ce soir, à 19 heures, à "l'Étoile du marin", un bistrot sur le port. Rendez-vous était pris. Maud s'éclipsa pour aller se changer.

*

Pressé par la curiosité de Maud, Jean-Yves prenait très au sérieux son rôle de cicérone. Il proposa à ses nouveaux amis de les retrouver dès qu'ils auraient pris une douche pour visiter le port ensemble. Rendez-vous fut donné à la salle de jeux, Jean-Yves disparut sur sa mobylette.

Une demi-heure plus tard, Maud et Julien arrivèrent à l'Éden où Jean-Yves massacrait le flipper. Grand seigneur, il laissa les deux parties gratuites qu'il venait de claquer. Ils gagnèrent alors le front de mer jusqu'au petit port niché à l'abri du cap. À l'extrémité de la jetée, le phare blanc à lanterne rouge signalait le mouillage. Jean-Yves les y entraîna, ils passèrent devant l'Hôtel Beauregard, le Café du Port, puis obliquèrent à gauche pour pénétrer dans la zone portuaire. Côté mer, des familles endimanchées déambulaient sur le quai tandis qu'en face, au pied de la falaise, les terrasses des trois restaurants et du bar affichaient complet. Par contre, la poissonnerie était fermée. Jean-Yves conduisit ses amis jusqu'à l'entrée du môle. Au sol, il leur montra des éléments de voie ferrée incrustés dans le pavage, vestiges du début du siècle, lorsqu'on transférait la pierre du cap d'Erquy sur les bateaux à l'aide d'un funiculaire et de wagonnets. Derrière eux, une bâtisse de grès rose abritait le club de voile ; sur le parking attenant, Canetons, 505 et Vauriens, Ponants et autres dériveurs attendaient des vents favorables. Jean-Yves dépassa le bâtiment des douanes et la capitainerie pour s'avancer sur la jetée. À leurs pieds, une cinquantaine de chalutiers aux coques multicolores, tous de fabrication récente. Parmi eux, quelques doris et quelques barques à voile demeuraient, témoins d'une époque où la pêche côtière se cantonnait à quelques retraités de la marine.

— Par le passé, expliqua Jean-Yves, la vocation du port d'Erquy était surtout le cabotage. Le transport du grès d'Erquy puis le commerce des pommes de terre ont largement participé à son essor. Depuis les années 50, la découverte de l'or rose – *pecten maximus* – a changé la donne. Les innombrables apparaux rassemblés sur les quais s'utilisent à présent pour draguer la praire ou la coquille Saint-Jacques, ou encore pour ramasser des oursins, le tiercé gagnant des pêcheurs réginéens*. Aujourd'hui, les travailleurs de la mer voient la vie en rose, été comme hiver. Les jaloux prétendent qu'un matelot rafle dans sa semaine ce qu'un ouvrier se fait dans son mois.

Ce métier lucratif attirait du monde, Jean-Yves était bien placé pour le savoir. Il y a deux ans, son père avait acheté une télévision et lui avait offert une mobylette pour son bac ! Face à cette manne, de richesses, certains flambaient, d'autres avaient investi, par exemple Roubault.

— Tu as bien dit Roubault ? l'interpella Maud.

— Oui, pourquoi, tu le connais ?

— Non…

— Mon père le cite souvent comme exemple de réussite. Ce type est arrivé à Erquy il y a vingt ans, il ne connaissait rien à la pêche. Il a appris, il a bossé pour d'autres et, aujourd'hui, il est installé à son compte, il a fait construire une maison, il a deux bateaux et une famille… ça carbure à fond pour lui. Tiens, Nathalie, la mignonne que vous avez vue à la plage, la copine d'Helmut…

— Oui, eh bien ?

— C'est sa fille, la petite Roubault.

*Habitants d'Erquy. Jadis, la ville romaine de « Regina » aurait occupé le site d'Erquy.

— Effectivement, elle n'a pas l'air malheureuse, la poulette… Quel âge a-t-elle ? demanda Julien.

— Elle doit avoir 18 ou 19 ans, car son frère en a 21, le même âge que moi. On était ensemble à l'école.

— Son frère ?

— Oui, Serge !

— Serge ? L'affreux jojo du bar de Caroual ?

— Oui, c'est le même !

— Il joue au volley avec vous ?

— Pas vraiment ! Je l'ai perdu de vue après la communale et je crois qu'il n'a jamais beaucoup fréquenté l'école… Longtemps éloigné d'Erquy, il vient juste de revenir. On ne sait pas trop où il était ni ce qu'il faisait… C'est un mec bizarre ! Depuis qu'il est rentré, quand il n'est pas au bistrot, Serge passe son temps à emmerder sa sœur, il la surveille, l'empêche de voir ses copains et ses copines. De temps en temps, il vient rôder à la plage pour vérifier que tout est en ordre. Son ordre à lui…

— Il lui manque une case ?

— Pas vraiment. Il est rebelle, violent, et probablement malheureux. Vu de ma fenêtre, j'ai l'impression que ça barde avec son père… Mais c'est avec Nathalie qu'il faudrait en discuter. Bref… Parlons de choses plus gaies. Si vous n'êtes là que pour une semaine, il y a beaucoup à faire à Erquy… Par exemple, aller à la pêche. Ça vous dirait ?

— Mmm, fit Maud, le mal de mer…

— Et toi, Julien ?

— Moi, ça me botterait.

— Eh bien, on va essayer d'organiser ça ! Soit sur le canot de mon dabe, c'est la coque bleue et rouge, là-bas, la troisième à partir du môle, soit avec le bateau d'un copain… Bon, c'est pas le tout de faire des projets, mais c'est l'heure du bistrot. Et au bar, après l'heure, c'est plus l'heure, ils ne voudront plus nous rincer !

— Allons-y, Alonzo ! lança une fois encore Julien.

— Il faudrait te renouveler, suggéra Maud…

*

Le pot s'éternisait, les tournées de bière se succédaient. La petite salle de l'Étoile du marin résonnait de rires enflammés quand Béa fit son apparition. Coiffée d'un chignon-choucroute, vêtue d'une jupe à volants en Vichy rose, serrée à la taille par une large ceinture, et d'un bustier décolleté, elle paraissait sortir tout droit d'un magazine des sixties. D'un geste théâtral, elle dénoua ses cheveux puis balança ses ballerines à l'autre bout de la pièce.

— Béa ! s'exclama Jean-Yves. Notre Arlésienne, enfin !

— Enfin libre, rectifia-t-elle.

— Une tournée pour la fiancée ! réclama Max.

— Lâchez-moi avec ma cousine, s'énerva Béa. Elle m'a suffisamment pris la tête depuis ce matin. Merci !

— Alors on fait quoi ? On boit de l'eau ?

— Finalement, j'ai ma dose, avoua Max. Je me tire. Salut, à demain !

— Salut, répondit Béa. Sans rancune ?

— Non, c'est partie remise. Pour la tournée, je veux dire…

Béa, haussa les épaules. Son refus doublé du départ de Max sonna comme un signal. Les vaincus du volley réglèrent les consommations puis la troupe se dispersa. Maud, Béa, Julien et Jean-Yves se retrouvèrent entre eux, dans la salle désertée. Seul, un vieux marin, la casquette vissée sur le crâne, finissait son apéritif au comptoir en discutant avec la patronne. Dans la salle, la serveuse débarrassait les tables. Soudain, les néons et les publicités pour la bière s'éteignirent. Le poste de radio s'arrêta net lui aussi, les privant de musique. Panne électrique ! Au même instant, une porte claqua violemment, dehors, le vent s'était levé. Un vent nouveau, venu d'ailleurs, un coup de noroît qui, malgré la protection relative de la falaise, soulevait les parasols de la terrasse comme des fétus de paille.

— Qu'est-ce que c'est que ce foutoir ! tonna la patronne.

Elle se précipita dehors. La mer se creusait à vue d'œil, le vent montait avec une violence inouïe. La flotte au mouillage avait attrapé la danse de Saint-Guy, les coques s'entrechoquaient, les amarres se tendaient au bord de la rupture. Au-delà du môle, la mer moussait d'écume. Et le vent redoublait. Dehors, toutes sortes d'objets voltigeaient, papiers, branchages, sacs en plastique, panneaux de réclame, chaises, tables… La rue était sens dessus dessous. Dans la panique, Jean-Yves et Julien sortirent donner un coup de main à la patronne. Ils s'employèrent à replier les parasols et attacher les tables. Cela fait, Jean-Yves traversa la chaussée pour jeter un œil aux bateaux, celui de son père en particulier. Parvenu en bordure du quai, il trébucha sur un cordage tandis qu'une violente bourrasque le projetait vers l'avant. Il se vit partir pour le grand plongeon, lorsque la poigne de Julien le récupéra in extremis. Sans son intervention, Jean-Yves basculait dans le bassin. Ils échangèrent un regard, et, accrochés l'un à l'autre, amorcèrent un repli stratégique vers le bar. Les deux garçons durent lutter contre le vent pour traverser la rue. Le ciel s'était obscurci, quelques gouttes de pluie zébraient l'espace à l'horizontale. Plus une lumière ne luisait, plus une âme ne hantait les trottoirs, chacun restait à l'abri, une pénombre insolite avait envahi Erquy désertée de ses habitants.

— Vive la Bretagne ! ironisa Julien, une fois rentré.

— Mon père m'a toujours dit que suêt appelait noroît, affirma Jean-Yves, mais là, il l'a appelé vachement fort. Je peux te dire que je n'ai jamais vu ça !

— Moi non plus ! enchérit la patronne.

— Je ne suis pas certain que vous reverrez ça un jour, ajouta le vieux loup de mer en se retournant vers les jeunes. Profitez-en, si j'ose dire !

— C'est notre tente qui va déguster ! maugréa Maud.

— Putain ! C'est vrai… s'exclama Julien. Ça sent le gaz, cette affaire.

— Si la tente est encore là, nous aurons de la chance, poursuivit Maud.

— N'y compte pas trop… En revanche, j'espère que la Fiat 500 ne s'est pas envolée… Au pire, on dormira dedans, pliés en quatre. Excellent exercice d'assouplissement.

— Tu parles d'un programme ! Bonne nuit les petits !

— *Wait and see*… De toute façon, on ne va pas aller voir maintenant. Je crois en notre destin, petite Maud !

À présent, la mer était blanche, bouleversée, pareille à des montagnes russes en rut. Des paquets d'eau soulevés par le vent se mélangeaient à la pluie. Malgré les portes closes, un sifflement de plus en plus prégnant écrasait tout. Il fallait désormais hurler pour se faire entendre. Les quatre s'étaient levés pour rejoindre la patronne, la serveuse et le marin. En rang d'oignon, le nez collé à la vitre, ils contemplaient bouche bée l'apocalypse en marche. Car dehors, le vent poursuivait son escalade. De l'autre côté de la rue, à "l'abri" du môle, des creux de plusieurs mètres chahutaient les bateaux au mouillage. À coup sûr, il y aurait de la casse. La mer piquait une grosse colère, un véritable ouragan se déchaînait, qui n'en finissait plus de monter. Soudain, deux lueurs rouges illuminèrent le ciel, en face.

— Ça à l'air d'être à la Heussaye, déclara l'ancien.

— T'as raison, Capitaine, approuva Jean-Yves. Ce sont des fusées-parachute, des signaux de détresse, nom de Dieu ! Faut que j'y aille !

— Où veux-tu aller ? tempéra le capitaine. Tu n'as pas de bateau et ton père doit être chez lui. Le temps de le prévenir et qu'il rapplique, ce sera trop tard.

— On ne va pas les laisser se noyer, tout de même !

— Espérons que d'autres auront vu ces signaux. De toute façon, il faut lancer l'alerte. Je peux téléphoner ?

— Bien entendu, approuva la patronne en lui tendant le combiné.

À travers les paquets de mer, on parvenait de temps à autre à discerner l'ombre de deux navires en perdition. le vent les poussait vers la pointe de la Heussaye... Pendant d'interminables minutes, les bateaux dérivèrent inexorablement vers les cailloux. Bientôt, cependant, des silhouettes empressées passèrent en courant, elles s'engagèrent sur le môle jusqu'aux échelles d'embarquement puis disparurent dans la pénombre. Jean-Yves, déculpabilisé, crut distinguer la masse d'un coquillier appareillant vers les lieux du drame.

*

Le coup de vent dura pendant trois heures, trois heures de déchaînement intégral. Faute d'électricité, la nuit noircissait le tableau, un sentiment d'angoisse régnait sur le bistrot où les sept avaient lié connaissance. Vers dix heures, la patronne avait cuisiné des œufs au plat, Jean-Yves avait offert une bouteille de beaujolais. Devant l'inquiétude de Maud, Julien avait remis ça, leur souper aux chandelles s'était soldé par un moral à la hausse. Un poste à transistor, sur piles, leur avait permis d'obtenir des nouvelles du cataclysme. Entre trois crachouillis, ils apprirent que la tornade, aussi soudaine qu'imprévue, avait balayé la Bretagne. Le noroît avait soufflé sur Penmarch et sur l'île de Batz à plus de 150 km/h avant d'arriver ici. Les dégâts étaient considérables.

Vers dix heures, la tempête commença à faiblir. À onze heures, ils purent ressortir et marcher sans perdre l'équilibre. Après avoir remercié leurs compagnons d'infortune, ils quittèrent l'Étoile du marin, une excellente étoile. Sur le quai, un groupe d'hommes détrempés était en grande discussion. Ils semblaient revenir de l'enfer, le poids du danger accablait encore leurs épaules, mais d'imperceptibles sourires exprimaient leur satisfaction ou leur reconnaissance. Jean-Yves identifia certains d'entre eux, il comprit qu'il s'agissait des naufragés et de leurs sauveteurs. Épuisés mais radieux, ils allaient boire un verre pour célébrer la vie, car, renseignements pris, tout le monde était sain et sauf. Chapeau ! La solidarité des gens de mer n'était pas un vain mot.*

Jean-Yves, rassuré, organisa à son niveau le sauvetage des Parisiens. Dans les rafales résiduelles et la fraîcheur de la nuit noire, il guida ses compagnons jusqu'à l'Éden. Là, il récupéra sa bécane qui eut le bon goût de démarrer au quart de tour. Il raccompagnerait Béa chez elle pendant que Maud et Julien se réchaufferaient au bar. À l'Éden, comme partout ailleurs, on s'éclairait à la bougie, mais on assurait le service. Jean-Yves promit de venir ensuite chercher Maud afin de la conduire au camping récupérer ce qui restait de leur matériel. Si leur voiture roulait encore, ce serait l'occasion de la rapatrier. Enfin, Jean-Yves les emmènerait chez lui pour passer la nuit à l'abri. Face à cette situation d'exception, ses parents ne feraient aucune difficulté pour héberger

*Allusion au sauvetage le 6 juillet 1969 : au plus fort du baston, 6 plaisanciers à bord d'un Mousquetaire et d'un Golif – ancrés en limite du port et moteur arrière toute – dérivaient vers les cailloux de la Heussaye. Sauvetage à mettre à l'actif des équipages de "l'Océanide" et de "Chaton", deux navires de pêche armés à Erquy.

ses amis. Il ne leur offrait pas un trois-étoiles, mais le garage de la maison était vaste et bien au sec. Le sourire de Maud, doublé de la protestation polie de Julien, lui suffit.

VII

Lundi 7 juillet 1969

Les informations du matin faisaient état de 23 morts sur les côtes françaises. Les dégâts étaient considérables, arbres abattus, toitures envolées, voitures écrasées, lignes électriques endommagées et, surtout, naufrages par centaines. Le mouillage d'Erquy n'ayant pas échappé au massacre, Jean-Yves et son père étaient descendus au port dès l'aube, pour remettre en ordre le chalutier familial, mais surtout, pour donner un coup de main au renflouement des bateaux esquintés. Ils y passeraient au moins le reste de la journée.

Maud et Julien avaient demandé à être réveillés aux aurores. Ils tenaient à être à opérationnels dès le lever du jour pour reprendre ce qui serait récupérable de leur matériel. Le père de Jean-Yves les avait déposés en camionnette alors que le soleil pointait à peine. Le terrain de camping dévasté par la tempête ressemblait à un champ de bataille, partout des tentes déchirées, des caravanes ajourées, du matériel en vrac. Dans le silence recueilli du petit matin, ils se joignirent à leurs voisins pour fouiller l'immense capharnaüm à la recherche de leurs affaires éparses. Pour égayer le tableau, il faisait un froid de canard. Ils retrouvèrent la Fiat 500 là où ils l'avaient laissée, le frein à main avait tenu bon. La chance avait voulu qu'elle soit garée à l'abri du noroît. Seules séquelles du passage de l'ouragan, les deux autocollants « *J'aime Swipe* » avaient été pour partie arrachés. Julien se fit un plaisir de terminer l'œuvre du "vent fripon" et de jeter à la poubelle ces oriflammes consuméristes. Hormis ce clin d'œil malicieux, le typhon ne les avait pas ménagés. Leur tente, fragilisée par la moisissure, s'était déchirée. Son contenu avait été disséminé alentour, les vêtements, les trousses de toilette, les duvets, y compris les sacs à dos, récupérés vingt mètres plus loin contre le mur des sanitaires. Autour d'eux, d'autres campeurs s'affairaient ; pour la plupart, ils avaient passé la nuit à parer au plus pressé. Le visage tiré par le manque de sommeil, un homme leur proposa une tasse de café. Autour d'eux, c'était un concours d'étendage. Personne n'avait été épargné.

Tandis que Maud rassemblait leurs dernières affaires dans la voiture, Julien replia ce qui restait de leur guitoune. Il demanderait à Jean-Yves l'adresse d'un maître-voilier susceptible de rafistoler la blessée. En attendant, Julien avait une faim de loup. Avec la dose de café ingurgitée depuis le matin, son estomac jouait au yoyo. Il fourra leur dernier sac à dos dans la Fiat surchargée, puis se faufila entre les bagages trempés pour s'installer à côté de la conductrice. Une fois dans le bourg, Maud stationna à proximité de la pâtisserie. Malgré la panne d'électricité de la veille, la vitrine regorgeait de gâteaux. À l'intérieur de la boutique, les parfums de viennoiseries mirent immédiatement l'eau à la bouche de Julien. Il dut prendre sa fringale en patience, car plusieurs clients attendaient devant lui. Quand vint son tour, il acheta trois croissants dont il engloutit un spécimen, le temps que la commerçante lui rende sa monnaie.

— Et 32 centimes qui font deux francs. Merci jeune homme !

— Berci, badade, tenta d'articuler Julien, la bouche pleine.

Comme il quittait la boutique, il se heurta à un grand escogriffe. Le gaillard hirsute, dépenaillé, à moitié endormi, portait un blouson de motard, un pantalon couvert de boue et des bottes à bouts arrondis. On aurait dit un vagabond. Julien leva la tête. Il manqua de s'étrangler.

— Guenther ! Qu'est-ce que tu fais là ?

— Je viens acheter un gâteau, comme toi.

— Ça va ?

— Ça pourrait aller mieux, avec ce qu'on a ramassé cette nuit !

— Faut garder le moral ! Tu es à Erquy depuis longtemps ?

— Une dizaine de jours. Je voulais visiter la région avant votre arrivée. Jusqu'à hier, c'était parfait. Je me suis fait des amis, je joue au volley…

— Et ta nouvelle moto ?

— Impeccable ! Heureusement, d'ailleurs, car c'est tout ce qui me reste.

— Comment ça ?

— Figure-toi que… mais on bloque l'entrée de la boutique. Laisse-moi prendre une “merveilleuse” puis on ira boire un café à côté.

— Une merveilleuse ? C'est quoi ?

— Une spécialité de Doudou, le pâtissier ! Un gros chou à la crème pralinée et au chocolat. J'adore ! Après la nuit qu'on a passée, il va bien m'en falloir deux ! Au fait, Maud est dans le coin ?

— Oui, dans la voiture. Je vais la chercher. À tout de suite…

— À tout de suite !

*

Le salon de thé jouxtait la pâtisserie, les deux salles communiquaient. Ils commandèrent des cafés et s'installèrent à une table isolée. Dès le début de leur discussion, l'attitude de Guenther frappa Maud. Leur ami bavarois paraissait métamorphosé. Pas forcément en bien. Dans son regard flottait une part d'ombre semblable à celle qu'elle avait décelée chez Birgitte, une année plus tôt. Elle trouva Guenther moins volubile que lors de son séjour à Paris. Il semblait avoir pris du recul, tout au moins s'efforçait-il d'établir une distance. Sa spontanéité soixante-huitarde s'était envolée. Elle mit cela au compte de son entrée dans la vie active. Nouvel environnement, nouvelles responsabilités, accès au salariat, il y avait là de quoi changer une femme ou un homme. Guenther n'échappait pas à la règle.

Avec ça, la tempête de la nuit dernière l'avait dépouillé. Quand l'ouragan s'était levé, Guenther revenait du cap Fréhel en moto. Devant la violence du vent, il s'était abrité dans une ferme en attendant l'accalmie. Lorsque, vers onze heures et demie, il avait regagné la lande de Saint-Pabu, la place avait été nettoyée par la tempête. Sa tente et son matériel avaient disparu. Toute la nuit, il avait passé le secteur au peigne fin en maudissant le camping sauvage.

— Tu as retrouvé quelques affaires, malgré tout ? s'inquiéta Maud.

— Une serviette de bain déchirée, deux chemises et un slip, rien d'autre.

— Saloperie de vent ! dit Julien. Je ne peux même pas te passer des fringues, tu aurais l'air d'avoir grandi trop vite. Que comptes-tu faire maintenant ?

— Merci quand même… Après un coup pareil, j'ai presque envie de rentrer à Munich. En même temps, il me reste encore dix jours de vacances, j'aimerais en profiter.

— Il faut trouver des solutions, dit Maud. Pour commencer, tu vas loger au sec, avec nous. Je pense qu'on peut arranger ça. C'est dans un garage, mais c'est mieux que rien.

— C'est gentil, Maud. Ce sera nickel pour ce soir car je n'aurai pas le temps de me racheter des fringues, une tente, un duvet et un camping-gaz aujourd'hui.

— Tu as de l'argent ?

— Il me reste cinquante francs et quelques deutsche marks. Sinon, j'ai mon Eurocard, avec ça, je dois pouvoir me débrouiller.

— Ton Euroquoi ? demanda Julien.

— *Ach* ! Petit Français attardé ! On appelle ça une carte de crédit. Vous aurez bientôt ça, vous aussi… Alors, pour ce soir, c'est où ?

— Chez Jean-Yves, un gars de la bande de Caroual, tu vois de qui je parle ?

— Qui ne connaît pas Jean-Yves ? Si vous logez chez ses parents, je viendrai. Malgré tout, je vais aller à Saint-Brieuc aujourd'hui, c'est mieux.

— Tu as raison, il fait froid et tout le monde est occupé à réparer les dégâts, il n'y aura personne à la plage… D'ici un jour ou deux, ça ira mieux.

— J'espère bien, dit Guenther, évasif. J'espère bien…

— Pourquoi ?

— Comme ça ! Parce que j'ai envie de m'éclater avant de reprendre le boulot.

— Et ta nouvelle vie à Munich ? demanda Maud.

— Correcte ! affirma-t-il. Ça change de la fac, mais je ne me plains pas. Mon job est passionnant, j'ai un bon salaire et l'ambiance de la société est sympa. J'habite le quartier des universités. Avec les bars à bière et les boîtes de jazz, je ne m'ennuie pas le soir.

— Tu as une copine ? osa Maud à brûle-pourpoint.

— Secret d'état, se rembrunit le garçon... Non, pas tout à fait, avoua-t-il, encore que... Et vous ? Comment vous allez ?

— Ça baigne ! reprit Julien. Nous avons réussi nos examens, ce qui veut dire que moi, je vais bosser à partir de septembre-octobre et que Maud va intégrer Sciences Po à la rentrée, ajouta-t-il avec la fierté d'un maquignon.

— Super !

— Nous ne sommes pas mécontents non plus ! Et puis, quand j'aurais un salaire, je pense que Mademoiselle et moi, nous nous mettrons à la colle...

— À la colle ?

— Ensemble, quoi !

— Première nouvelle ! s'offusqua l'intéressée. Si c'est une demande en mariage, tu peux toujours repasser.

— Ma très chère Maud, cela est une requête officielle de concubinage notoire. N'est-ce pas, Guenther ?

— *Natürlich* ! Ravi d'être votre témoin !

— Tous pareils, les mecs ! Une bande de machos ! Allemands ou français, vous êtes bons à fourrer dans le même sac ! On reparlera de tout ça calmement, Monsieur le petit-bourgeois.

— À ta disposition.

— Certainement pas maintenant ! coupa-t-elle. Guenther a d'autres chats à fouetter que d'écouter tes délires.

— D'accord, convint Julien.

— Comment vont tes parents ? demanda Maud. Cela fait un moment que je n'ai pas appelé Birgitte.

— Je crois que ça va, répondit Guenther. Vous savez, je ne les vois plus très souvent. Avec mon travail et mes amis à Munich, je suis bien occupé. Et puis, le dimanche, j'ai mes compétitions de volley aux quatre coins de la région. Du coup, je n'ai plus tellement l'occasion d'aller à la ferme.

— Tout de même ! s'offusqua Maud, ce sont tes parents ! Et tes sœurs !

— Il paraît, lâcha-t-il évasif.

— Comment ça ?

— Disons que depuis quelques semaines, mes relations avec ma famille se sont tendues. Il y a de l'eau dans le gaz, comme vous dites. Point final ! Je n'ai pas d'autres commentaires à faire.

— Après tout, déclara Julien, c'est toi que ça regarde.

— Mais ici, relança Maud, tu profites au moins de tes vacances ?

— Comme ci, comme ça ! J'avais rêvé de ce séjour en France. Aujourd'hui, avec la tempête, c'est la merde. En même temps, j'ai la chance de vous retrouver, comme j'ai eu la chance de rencontrer la bande des volleyeurs.

— C'est vrai qu'ils sont sympas, agréa Julien. Cela dit, on ne les connaît pas encore très bien, à part Jean-Yves et Béa…

— Et Nathalie, ajouta Maud avec malice.

— *Ach* ! soupira le gaillard en piquant un fard. Vous avez rencontré Nathalie ?

— Très jolie fille, apprécia Julien. Elle nous a parlé d'Helmut avec des trémolos dans la voix, un grand volleyeur, un Allemand…

— Je sais, admit Guenther la tête baissée. C'est une histoire idiote…

— Tu n'es as obligé…

— Je reprendrais bien un café. Vous en voulez ?

— Non, merci, déclina Maud. Et toi, Juju ?

— Allez, un p'tit jus pour Juju ! Monsieur, s'il vous plaît, deux expressos !

— Bien, reprit Guenther. Comme je vous l'ai dit, j'ai pris une certaine distance avec ma famille, j'étais donc ravi de changer d'air, impatient aussi de vous revoir. Auparavant, je souhaitais passer une semaine seul ici, histoire de faire mes gammes en mode *französisch*. Je me suis installé à Saint-Pabu, sur la lande, face à la mer. J'ai passé mes premières journées à me balader sur les chemins de douane. J'étais là depuis deux jours, je venais de me baigner à Caroual quand j'ai aperçu un filet de volley à l'autre bout de la plage. Je me suis approché, les joueurs avaient une vingtaine d'années, les copains qui les entouraient également. J'ai observé la partie à distance, ils se débrouillaient plutôt bien. À la fin du set, un garçon s'est avancé vers moi. Il s'est présenté : « Jean-Yves », j'ai répondu : « Enchanté, Helmut » et nous nous sommes serré la main. Jean-Yves m'a aussitôt proposé de jouer avec eux. J'ai dit oui, bien sûr, il m'a rapidement présenté à ses potes et on a fait un set. Pourquoi ai-je inventé que je m'appelais Helmut ? Je n'en sais toujours rien, c'est venu comme ça, spontanément. Sans doute, dans ma dynamique actuelle, j'ai ressenti le besoin de changer de peau ? Bref, depuis mon arrivée ici, je suis devenu Helmut.

— Va pour Helmut, approuva Maud. C'est joli !

— Aussitôt baptisé, la bande m'a adopté. Je crois que mon jeu les a impressionnés. Les garçons, tous plus jeunes que moi, rêvaient d'en découdre. Les filles, elles, faisaient semblant de ne pas m'admirer. En plus du volley, ils m'ont invité à leurs soirées, le plus souvent à la plage autour d'un feu, avec les guitares. Ça m'a rajeuni de quatre ou cinq ans, l'époque des week-ends étudiants au bord des lacs. C'est toujours sympa ! Avec Nathalie, dès notre première rencontre, nous avions déjà échangé des regards, comme si d'emblée une complicité préexistait. Il y a des théories là-dessus, on parle de coup de foudre ou je ne sais quoi… Toujours est-il que, le premier soir où elle a pu sortir, nous nous sommes embrassés. Depuis, ce petit brin de femme d'à peine dix-huit ans me colle à la peau. Je n'en ai pas dormi la nuit suivante. Le lendemain, je l'ai emmenée faire un tour à moto. Nous avons marché sur les falaises du cap. Nous avons parlé, beaucoup parlé de nos familles, de nos espoirs, de nos vies, de l'Allemagne et de la France. En marchant, elle me donnait sa petite main qui paraissait perdue dans ma grosse paluche. J'avais l'impression de la protéger. Nathalie a cinq ans de moins que moi, mais je suis si bien avec elle ! Et elle est si bien avec moi…

— Et en plus, ta petite fiancée est vachement mignonne. Je suis content pour toi, le félicita Julien. Vive les relations bilatérales !

— Arrête, Julien. Tu ne vois pas que Guent… Helmut est en train de vivre un truc immense ? Un peu comme nous, sur la barricade…

— Rappelle-toi, Barbara…

— Mon pauvre Julien, tu ne peux vraiment pas être sérieux une seconde !

— Ça me fait du bien de parler avec vous, mes amis. Maintenant, il faut que je m'occupe de mes affaires. Je fonce à Saint-Brieuc.

— Tu as assez d'essence ? s'inquiéta Julien. Sinon, je peux te passer 10 balles.

— C'est bon, j'ai ce qu'il me faut. Merci.

— Laisse les cafés, c'est pour moi. À ce soir, alors ! Tu sais où habite Jean-Yves ?

— Oui, je l'ai déjà raccompagné chez lui.

VIII

Mercredi 9 juillet 1969

Erquy finissait de panser ses plaies, les traces du coup de vent s'effaçaient peu à peu. Le maître-voilier de Dahoüet, un ami du père de Jean-Yves, avait réparé la tente. Depuis 14 heures, Julien et Maud avaient repris leurs quartiers au camping. 48 heures après le cataclysme, tout rentrait dans l'ordre. Le matin même, ils avaient revu Guenther-Helmut. Le Grand leur avait fait part de sa décision de rester, mais il avait dû modifier ses plans, car les vendeurs de matériel de camping étaient en rupture de stock. Faute de trouver une tente à un prix abordable, Guenther s'était contenté de refaire sa garde-robe. De retour à Erquy, il s'était mis en quête d'un logement. Une fois encore, le providentiel Jean-Yves avait été précieux, la mère de son copain Yannick louait à l'occasion une petite chambre. L'affaire s'était conclue pour une poignée de francs et d'une poignée de main. Le grand Helmut résidait désormais Rue Saint-Jean, à mi-chemin entre le bourg et le port.

Après le déjeuner, Julien proposa une balade à

Maud. La température peinait à reprendre ses hauteurs estivales, en outre, la perspective de regarder leurs copains jouer au volley tout l'après-midi ne les enchantait pas. Ni Julien ni Maud n'étaient de grands sportifs, ils retrouveraient leurs amis le soir.

— Et si on allait jusque chez Roubault ? proposa Maud.

— Pas sûr qu'il soit chez lui... Jean-Yves nous a dit qu'il avait deux bateaux. Soit ils ont morflé, auquel cas il les répare, soit il est en mer.

— Tu oublies que les pêcheurs prennent aussi des vacances... De toute façon, ça ne coûte pas grand-chose d'aller voir.

— Une bonne grimpette, rien de plus...

— Fainéant, va !

— Merci du compliment, il est royal. Bien, on y va ?

— Allons-y...

— ...Alonzo !

Trois quarts d'heure plus tard, ils avaient retrouvé la rue du Varech. Ils longèrent la haie de thuyas jusqu'au portail d'où ils embrassaient la totalité du jardin. Quelqu'un travaillait au potager, une femme plutôt menue, vêtue d'une blouse, bataillait avec ses plants de tomates, ses cheveux noirs étaient retenus par un fichu. Maud pinça le bras de Julien, ils étaient au pied du mur. Elle tourna délicatement la poignée du portail et pénétra dans la propriété. Le grincement du battant alerta aussitôt la jardinière qui releva la tête, soupçonneuse. Sans se démonter, Maud s'avança vers elle.

La mère Roubault affichait une quarantaine laborieuse, de profondes rides doublées d'un rictus désagréable affectaient la délicatesse de ses traits. Il émanait néanmoins une certaine grâce de ses mouvements. Avec un gros effort d'imagination, en lui rajoutant un sourire, davantage d'éclat dans le regard, quelques rondeurs supplémentaires, en dénouant ses cheveux sur ses épaules, Maud retrouvait face à elle une copie fatiguée de Nathalie. La mère et la fille se ressemblaient comme deux gouttes d'eau espacées de vingt ans. La femme s'avança vers Maud en s'essuyant les mains dans sa blouse.

— Qu'est-ce que c'est ? demanda-t-elle d'un ton rogue.

— Bonjour Madame, je m'appelle Maud Buisson. Je suis journaliste stagiaire à l'*Éclair de l'Ouest*. Vous êtes madame Roubault ?

— Oui, et alors ? Vous voyez bien que je suis occupée !

— Pardonnez-moi, Madame. Je ne vais pas vous importuner longtemps. Actuellement, je prépare un reportage sur les prisonniers de guerre bretons entre 39 et 45.

— Tant mieux pour vous, mais je n'ai rien à voir avec ça.

— Vous, non, mais votre mari est concerné, car, si mes renseignements sont exacts, Monsieur Roubault a passé cinq ans dans un stalag. J'ai interviewé certains de ses compagnons d'infortune, son témoignage serait bienvenu. Quand pourrais-je le rencontrer ?

— Il est à la pêche ! De toute façon, ça ne l'intéressera pas, affirma la femme. Il a tiré un trait là-dessus depuis longtemps. Vous voyez bien que je suis occupée, Mademoiselle ! Je n'ai pas de temps à perdre. Fichez-moi le camp ! Et une autre fois, sonnez à la porte avant d'entrer chez les gens !

— Vous pourrez dire à monsieur Roubault que son ami Lanfranchi m'a conseillé de le contacter pour recueillir son témoignage sur le stalag VII B à Memmingen ? Francis Lanfranchi, Memmingen… Tenez, je vous note les noms sur cette page de mon carnet. Merci Madame.

— Pour la dernière fois, Mademoiselle, sortez de mon jardin ! exigea-t-elle.

Maud ne se le fit pas dire deux fois. Elle tourna les talons et rejoignit Julien qui piaffait d'impatience dans la rue. Toutefois, avant de lui raconter son étrange interview, elle préféra s'éloigner de la maison. Ayant parcouru une vingtaine de mètres, elle se retourna brusquement. De nouveau, à l'étage, sous le chien-assis, le rideau de la deuxième fenêtre à gauche se rabattit précipitamment. Cette fois, Maud était certaine d'avoir aperçu une silhouette, plutôt grande, mince, dont la vivacité de réaction laissait supposer qu'il s'agissait de quelqu'un de jeune. Roubault, peut-être ? Ou plutôt Serge, le délinquant ? Pour l'heure, elle se garda de tout commentaire, elle se contenta de relater à Julien sa conversation avec madame Roubault.

*

* *

À 20 heures 30 pile, Julien et Maud arrivèrent au rendez-vous. Devant chez Doudou, une file de gourmands faisait la queue pour les glaces. Un peu à l'écart sur le trottoir, Julien identifia facilement les grandes carcasses de Marc, Pierrick et Helmut, ils dépassaient les autres d'une bonne tête, raison pour laquelle Jean-Yves les appelait « Les trois mâts », en hommage à son grand-père cap-hornier. Un surnom justifié, car ils se repéraient de loin ! Avec eux, les copains de Caroual discutaient en attendant l'arrivée du reste de la bande. Par habitude, ils préféraient se rassembler au calme plutôt que d'affronter la cohue en ordre dispersé. Car, de l'autre côté de la rue, à mesure que l'on s'approchait de la mairie, la foule se densifiait sur l'esplanade. Une foule jeune, fébrile, joueuse, trépignant d'impatience, dans l'attente de l'ouverture des portes du grand bâtiment blanc au frontispice duquel s'étalait en lettres géantes : « Salle des Fêtes ». Tout un programme ! Dans cette ambiance joyeuse et bigarrée, beaucoup des 16-20 ans étaient sapés comme pour un baptême. Les filles en minijupes, chemisiers

Cacharel en crépon fleuri, les garçons en jeans à pattes d'èph' et en tissu en peau de pêche, chemisette ou polo, le shetland négligemment enroulé sur les épaules, tous chaussés de Clarkes ou de mocassins. On s'épiait, on s'attendait, on s'impatientait. Les premiers riffs de guitare retentirent enfin et les portes s'ouvrirent. Aussitôt, la grande migration s'amorça vers la salle de la mairie où, comme chaque mercredi de l'été, se déroulait une soirée "jeunes".

À l'inverse de ses camarades, Helmut ne bougea pas d'un pouce. Son air faussement détaché ne trompa pas Julien qui tenta en vain de le dérider. Le Bavarois resta impassible. À l'évidence, le Grand s'inquiétait du retard de Nathalie. De son côté, Maud s'impatientait. Attirée par la musique comme une phalène par une lanterne, elle esquissa quelques pas de danse en direction de la fête. Avant qu'elle ne se perde dans la foule, Julien admira une fois encore la grâce de son déhanché dans les arabesques de sa tunique indienne. Maud possédait un je-ne-sais-quoi de magique, sans cesse renouvelé, dont il ne se lassait pas. Vivement qu'il la tienne dans ses bras ! En attendant, Julien se livrait à une activité beaucoup moins romantique. À la limite du sacerdoce, il faisait le pied de grue avec son copain tandis qu'autour d'eux, des groupes de retardataires continuaient d'affluer des rues alentour, soucieux de ne pas perdre une note de la fiesta. Julien regarda son ami, Guenther faisait figure d'ancêtre parmi ces ados. Certains avaient sept ou huit ans de moins que lui, fallait-il qu'il en pince pour Nathalie pour se prêter à ce jeu !

— Qu'est-ce qu'on fait ? lui demanda-t-il. On attend Godot ?

— Vas-y, Julien, je vous rejoindrai plus tard, lâcha le Grand la mine défaite. Il y a beaucoup de monde. Tu ne vas jamais retrouver Maud.

— Ne t'inquiète pas pour nous… Tiens, voilà une voiture… Peut-être…

Les piétons s'écartèrent pour céder le passage à une R8 Gordini bleue à bandes blanches. Le bolide freina brutalement. La porte arrière droite s'ouvrit sur Nathalie, étincelante dans une minirobe rouge sur laquelle elle portait un shetland très ajusté. Sa beauté éclairait le crépuscule naissant, un ruban vermillon tranchait sur ses cheveux noirs coiffés à la Nathalie Wood. Ses 18 ans s'imposaient comme un soleil… Le claquement de la portière ramena Julien à la réalité. Le visage grimaçant de Serge apparut par la fenêtre avant droite !

— C'est compris, Nat ? Minuit moins le quart. Sois à l'heure !

— Je sais, pesta-t-elle ! Allez, du balai ! Je vous ai assez vus.

À peine la R8 avait-elle disparu dans la montée de la corniche qu'Helmut se précipita. Nathalie se contenta d'un geste du menton en direction de la voiture.

— Mon frère ! se lamenta-t-elle d'un haussement d'épaules. Une vraie teigne ! J'espère qu'un jour, il s'occupera de ses affaires.

— J'ai eu l'occasion de le rencontrer, assura Julien. Je peux confirmer… une vraie teigne !

Sur ces mauvaises paroles, Nathalie et Helmut emboîtèrent le pas à Julien. Ils pénétrèrent dans la salle de danse, un plateau d'environ 500 m² déjà copieusement occupé. À droite en entrant, un bar et des toilettes ; à l'autre extrémité de la pièce, les musiciens sur une estrade ; au centre, délimitée par des piliers, la piste parquetée sur laquelle une vingtaine de couples audacieux s'escrimaient sur *Cours plus vite, Charlie*, le nouveau rock de Johnny. À cette heure, la densité de population permettait encore ce genre d'exercice, néanmoins, les bousculades allaient déjà bon train, les inactifs restaient plaqués aux murs ou attendaient à l'extérieur. Parmi les danseurs, Julien repéra Maud virevoltant aux bras de Pierrick, gracieuse, féline, envoûtée par la musique, en totale symbiose avec le rock'n roll. Qu'elle était belle ! Depuis la petite scène, au fond, les 7 musiciens envoyaient comme des furieux. C'était cadré, en rythme, terriblement dansant. Sur la batterie, leur marque de fabrique en lettres pailletées, "Les Strauss", un groupe originaire du Val-André. Un nom de blue-jeans, leur avait expliqué Jean-Yves. Au départ une bande de copains qui, d'animations en mariages, avaient étoffé leur répertoire au point d'être sollicités de Nantes à Brest en passant par Rennes ou Saint-Malo. Nourris au biberon du rock, ils proposaient aujourd'hui une palette colorée de soul, de pop ou de R & B. À Erquy, les Strauss étaient incontournables, essentiels, fondateurs. Ils affectionnaient particulièrement ces rencontres avec leur public. C'est souvent ici qu'ils testaient leurs nouveautés ou leurs derniers arrangements.

À présent que "Charlie" en avait fini de courir, le groupe attaqua *Noir c'est noir,* toujours Johnny. Dès les premières notes, une clameur parcourut l'assistance. Toute la salle se mit alors à se trémousser sur un jerk ensorcelé. Julien préféra entraîner Maud dans un rock cousu main, leur grand truc à eux. Cela ne dura guère, vaincus par la compacité de la foule, ils rentrèrent dans le rang… La soirée se poursuivit sur des rythmes dynamiques, les chemises se mouillaient, certaines voltigeaient, la salle désormais bondée et enfumée vibrait comme un seul corps. Sur les visages ruisselants de sueur s'affichait l'ivresse de communier dans la danse. De loin, Julien guettait Guenther et Nathalie. Les deux tourtereaux ne se lâchaient plus d'un pouce, la main dans la main comme s'ils redoutaient de s'égarer, y compris pendant les jerks. Le grand gabarit d'Helmut face au module poupée de Nathalie avait quelque chose d'attendrissant.

Une pluie de lumière se répandit progressivement sur la salle, les musiciens avaient activé la boule à facettes aux premières mesures de *Doc of the Bay*. On changeait de registre. La piste fut aussitôt investie à saturation, l'enivrante mélodie d'Otis Redding poussait aux rapprochements, c'était l'heure de l'intimité pour certains ou de l'offensive pour les autres. Dans le trafic, Julien et Maud croisèrent Jean-Yves et Béa, Pierrick et Marie-Claude, Marc et Catherine tous pleinement concentrés sur leur sujet. Il fallait jouer des épaules et des fesses pour se mouvoir dans cet océan de passion. La plupart des couples se cantonnaient à une séance de surplace, à l'instar d'Helmut et Nathalie, immobilisés dans un recoin moins exposé. Hissée sur la pointe des pieds – malgré ses chaussures à talons – Nath enlaçait son compagnon de ses deux bras. Collée à lui, la mini relevée très haut sur ses cuisses, ses hanches esquissaient une danse nuptiale assez éloignée des canons de la chorégraphie. Penchée sur sa jeune conquête, Guenther la dévorait à pleine bouche.

Julien serra un peu plus sa cavalière contre lui. Maud, leva la tête, elle aussi, avait aperçu les débordements de leurs amis. Elle adressa un sourire à Julien, manière de signifier sa satisfaction. Après la grosse raclée subie par Guenther, l'avant-veille, ses vacances repartaient sur des chapeaux de roue. Tant mieux pour lui !

Après la série de slows, la lumière revint progressivement. Les Strauss relancèrent alors la machine

R & B - Rock'n'roll. Comme beaucoup de danseurs, Julien préféra sortir prendre l'air. Dehors, la fraîcheur de la nuit contrastait avec le confinement de la salle. Ayant allumé deux Gitanes, il en glissa une entre les lèvres de Maud. Autour d'eux, de petits groupes discutaient à distance des amplis tandis que, tapies dans les pénombres complices, des silhouettes entrelacées donnaient libre cours à leurs désirs adolescents.

Au moment de regagner la salle, Maud et Julien croisèrent Helmut et Nathalie. Accaparés l'un par l'autre, ils ne les remarquèrent même pas. Les vêtements froissés, le visage en nage, les joues rougies, ils s'éloignèrent en direction de la plage par la rue des Salines.

— Tu crois qu'ils ont besoin d'air frais ? s'étonna Julien.

— Ou d'un peu plus d'intimité ? s'amusa Maud.

*

La soirée touchait à sa fin, cependant, de nombreux couples occupaient encore la piste, indéboulonnables, collés serré, marquant le rythme de leurs pieds sans même prendre la peine de se déplacer. *Que je t'aimeu…* faisait un nouveau tabac. Les musiciens auraient pu jouer le morceau toute la nuit, leur public en redemandait ! Pour sa part, Julien avait fait le tour de la question, il aspirait à une fin de soirée plus intime, plus câline également. Il proposa donc à Maud de rentrer. Avant de partir, il repéra Jean-Yves et Béatrice en discussion avec Marc et Catherine. Il s'approcha d'eux pour les saluer quand une clameur lui fit tourner la tête. Trois loustics avaient fait irruption dans la salle, tous trois vêtus à l'identique d'un jeans, T-shirt et blouson de cuir noir à col relevé, chaussés de Santiags, la clope au bec. Immédiatement, Julien reconnut les trois loubards qui s'en étaient pris à lui quelques jours plus tôt. Parmi eux, Serge, le frangin de Nathalie… De leur démarche chaloupée, ils firent le tour de la salle en dévisageant les couples, les uns après les autres. N'hésitant pas à bousculer les danseurs, ils scrutaient leurs visages sans aucune retenue. Au terme de leur inspection, Serge éructait immanquablement de sa voix pâteuse :

— Putain, ça va chier !

L'intrusion des trois trouble-fête avait clairsemé l'assistance. La perspective de baston avait fait fuir les plus jeunes. En revanche, les volleyeurs que Julien avait rejoints, poursuivirent leur discussion sans s'en préoccuper. Leur groupe faisait bloc, leurs gabarits imposaient le respect, ils n'allaient pas se laisser impressionner. Les trois blousons noirs se maintinrent à distance dans la pénombre, comme s'ils hésitaient à déclencher la castagne. Des vapeurs d'alcool parvinrent à Julien. Si Serge et ses copains étaient à jeun, lui était séminariste ! Le round d'observation se prolongea jusqu'à l'arrivée inopinée d'Helmut et Nathalie. À peine leurs deux silhouettes enlacées s'encadrèrent-elles dans la porte d'entrée que Serge se précipita vers eux. À la vue de son frère émergeant de l'obscurité, Nathalie se glaça. Par réflexe de survie, elle s'éloigna d'Helmut à la recherche d'une échappatoire mais se heurta à son aîné qui, sans une hésitation, l'agrippa aux épaules et la secoua comme un prunier.

— D'où tu sors ? Qu'est-ce que tu es allée fricoter dehors, saleté ? T'es en retard ! Putain, c'est pas compliqué d'être à l'heure ! Allez, on s'en va ! Et ne fais pas d'histoires ou je t'en colle une ! Suivez-moi, les mecs…

Nathalie affecta un sourire résigné sans amorcer le moindre geste. Son frère la bouscula vers la sortie.

— Avance, bon Dieu !

Julien se rapprocha de Guenther, son ami était chaud-bouillant. Ses gros poings serrés ressemblaient à des melons. Fallait-il interpréter la posture de Nathalie comme un SOS ou comme un appel au calme ? Bien malin qui aurait pu le dire. Visiblement, le Grand hésitait à intervenir. Sans se déballonner, il opta pour une solution intermédiaire, s'interposant entre la porte de sortie et les trois terreurs, il planta son regard dans celui du leader du commando. Pendant quelques interminables secondes, les deux garçons se défièrent à distance, l'un tapi dans l'obscurité, l'autre, à deux mètres de lui, le visage illuminé par un spot. Julien imagina une musique d'Ennio Morricone pour ajouter à l'ambiance. Finalement, le frère de Nathalie baissa les yeux le premier. Vexé, il empoigna sa sœur puis, encadré de ses deux acolytes, la propulsa vers la sortie. Déjà, Guenther se préparait à rejouer la percée des Ardennes, Julien le ceintura, il le supplia de se calmer puis l'entraîna à l'écart avant que l'affrontement ne dégénère. Le Grand n'opposa pas de résistance, il se contenta d'un regard dédaigneux à l'endroit des trois garçons. Dehors, la R8 Gordini les attendait, garée en biais sur le trottoir. L'un des sbires ouvrit la portière arrière, Serge projeta sa sœur dans la voiture puis s'y engouffra lui-même. Les deux autres prirent place à l'avant. Claquements de portières, rugissement du moteur, hurlement de pneus, le bolide s'éloigna en trombe, tous feux éteints, vers les ténèbres.

Guenther était groggy, KO debout sans avoir combattu, il ne semblait pas saisir ce qui lui arrivait. Autour de lui, dans la salle, le calme succédait à la tempête. Sur l'estrade, les musiciens rangeaient leurs instruments. En dépit des quatre ou cinq couples stationnés sur la piste, la fête était finie. Maud et Julien tentèrent de réconforter leur ami. Ils sortirent avec lui, ils ne pouvaient pas le laisser dans un tel état. Maud acheta des boissons chez Doudou.

Un peu plus tard, ils se retrouvèrent tous les trois

sur la plage, à l'abri d'une tente, une espèce de guérite de toile dressée sur un mât-parapluie, avec un auvent maintenu par deux poteaux de bois. La marée était basse, le sable mouillé luisait comme un miroir, la nuit s'implantait, le murmure des vagues colporté par la brise berçait le silence lunaire. Insensible à la beauté du jusant, Guenther fixait ses chaussures. Julien décapsula les bouteilles à l'aide de la clef de la Fiat.

— Merci, dit Guenther, en relevant la tête.

— *Bitte*, répondit Julien. C'est du Coca… Maud n'a pas pu trouver de bières.

— Pas de problème ! Non, je veux vous dire merci d'être avec moi, maintenant. Peut-être vous pourrez m'expliquer. Je ne pige pas tout…

— Quoi ? demanda Maud.

— Ces trois mecs avec Nathalie ! Et tout le monde autour qui laisse faire ! Tu ne m'aurais pas retenu, Julien, j'en faisais de la chair à saucisse.

— Et tu aurais gagné quoi ?

— Au moins, je pourrais me regarder dans la glace !

— Peut-être bien, mais avec un coquart ou une estafilade, ça ne sert pas à grand-chose, affirma Maud. Crois-moi, Guenther, la violence n'est jamais une bonne solution. Surtout si, comme je le pense, tu tiens à Nathalie. À mon avis, la meilleure façon de la conquérir n'est certainement pas de désosser sa famille.

— Vrai… et faux ! Oui, je tiens à Nathalie, beaucoup. Encore plus depuis ce soir. Mais faut-il la laisser détruire sous prétexte de ne pas démolir son abruti de frère ? Nous avons beaucoup parlé, Nath s'est confiée à moi. Très sérieusement, elle veut foutre le camp de chez elle. Sa famille est complexe, la relation entre ses parents n'est pas claire, son frère est violent. Né par erreur, enfance difficile, mauvais à l'école, fugueur… tout pour déplaire ! Aujourd'hui, paraît-il, Serge sort de prison. Le père Roubault n'en peut plus des conneries de son fils. Il l'héberge pour éviter les cancans dans Erquy. Quand le père est chez lui, Serge reste cloîtré dans sa chambre. Selon Nathalie, Roubault ne s'intéresse qu'à la pêche, sa famille passe après. Il joue à l'homme tranquille, mais sous son apparente discrétion, c'est un dur avec qui il faut filer doux. Pas de remous, pas de vagues, chacun chez soi et les vaches seront bien gardées. Au moindre pas de côté, il cogne, méthodiquement, sans faire d'éclats.

— Charmante ambiance ! releva Maud.

— Charmant garçon ! ajouta Julien.

— En apparence, c'est maman Roubault qui tient la baraque, reprit Guenther… au moins pour l'intendance. Et comme beaucoup de mères, elle défend son garçon. Là-dedans, Nath n'arrête pas de se faire engueuler, frapper parfois, m'a-t-elle avoué. Elle n'en peut plus de vivre dans cette maison de fous. Avec ça, sa mère ne supporte plus qu'elle sorte, elle voudrait conserver sa fille chez elle comme une relique. Et puisque Serge n'a pas grand-chose à faire, elle l'a chargé de chaperonner sa sœur dès qu'elle met le nez dehors. À ce qu'on a vu ce soir, il prend son rôle très au sérieux avec un certain plaisir sadique…

— Et pourquoi il est comme ça, le frère ? On sait pourquoi il a fait de la prison ?

— J'ai posé la question à Nathalie. Depuis qu'elle le connaît, son frère a toujours été une tête brûlée. Dès l'âge de 12 ans, il s'est mis à courir les filles, à faire les quatre cents coups, à boire, à sécher l'école… Son père a tout essayé pour le remettre d'équerre, mais à la longue, il s'est fâché. Ils se sont battus, le père a ramassé un coup de couteau au visage et il a flanqué son fils à la porte de chez lui, fin 1967. Serge avait alors 18 ans. Huit mois plus tard, au début de l'été 68, Roubault a appris que son fiston avait participé à l'attentat terroriste contre la caserne de CRS, à Saint-Brieuc. Serge était en taule !

— Une action revendiquée par le Front de Libération de la Bretagne, commenta Maud. Je me souviens de cette affaire. De gros dégâts matériels… Début 68, les activistes bretons avaient volé plusieurs quintaux de dynamite dans un dépôt militaire. Fort de cet arsenal, le FLB* avait fait parler la

*Front de Libération de la Bretagne. Mouvement indépendantiste très actif de 1960 à 1983.

poudre, notamment en plastiquant la caserne de Saint-Brieuc. Pendant mai 1968, les militants bretons ont relevé le pied, refusant de mélanger leur guerre d'indépendance à la fronde étudiante.

— Tu es fichtrement calée sur le sujet ! s'étonna Guenther.

— À la fac, j'avais un prof d'histoire originaire de Guingamp. Il nous tenait au courant de la situation, semaine après semaine. Il nous a inoculé le virus. Du coup, j'ai suivi tout ça de très près.

— Je vois…

— En septembre 1968, les attentats ont repris, à Nantes, à Paris. Il en a résulté une vague d'arrestations en fin d'année. Début 69, en dépit des voyages du grand Charles à Brest et à Quimper, les militants incarcérés à la Santé se sont mis en grève de la faim. À l'image de leurs homologues irlandais, ils réclamaient le statut de prisonniers politiques et un procès public. Ça bardait terriblement. La situation n'a fait que s'envenimer jusqu'en avril dernier, quand le NON au référendum nous a enfin débarrassés de Charles de Gaulle. Aussitôt, son successeur, le président Pompidou, a joué les pompiers pour éteindre l'incendie indépendantiste. Pour commencer, il a nommé un Breton de souche au Ministère de la Justice. Avec René Pléven, le dialogue a pu s'instaurer, les négociations reprendre. À présent, les choses sont apaisées. Le procès réclamé n'a pas eu lieu, mais une loi d'amnistie pour tous les membres du FLB a été votée. Depuis un mois, les prisonniers sont libérés au compte-gouttes. À l'heure actuelle, il ne doit plus en rester beaucoup sous les verrous. Je présume que Serge est dégagé de ses obligations pénitentiaires depuis peu…

— Tu parles comme un livre d'histoire, releva Julien avec ironie.

— Oui… Je crois que c'est ça, admit Guenther. Serge est rentré chez lui depuis deux semaines. Son père l'appelle « Le Terroriste », il ne lui adresse plus la parole, il refuse de le voir à sa table. Sa mère, à l'inverse, le cajole. Tellement heureuse d'avoir récupéré son fils, elle lui passe tout. En échange, Serge ne lâche plus les baskets de sa sœur, il rapporte tout à la mère.

— C'est pas forcément idiot, releva Julien, moqueur. La petite paraît délurée…

— C'est un crime de vouloir s'amuser ? C'est anormal de tomber amoureuse à 18 ans ? Pas pour moi ! s'emporta Guenther.

— Tu as raison ! lui accorda Maud. Mais, sans vouloir leur chercher d'excuses, on peut essayer de comprendre. Comme nos parents, les Roubault appartiennent à la génération qui a connu la guerre. Après des années angoissantes de privations, ils souhaitent à présent une existence confortable et paisible. Alors nos *peace and love*, nos cheveux longs, nos femmes libérées et notre refus de la consommation les font rigoler.

— Quel rapport avec Nathalie ? demanda Guenther.

— Simplement que madame Roubault transfère sur Nathalie le schéma de sa propre adolescence. Celui d'une jeune fille ficelée dans le carcan familial, à la virginité préservée, que l'on prépare à faire une bonne épouse ou une épouse-bonne. Pas question de courir le guilledou.

— Pour Nathalie, ça me paraît râpé, commenta Julien.

— C'est la vie ! conclut Guenther dans un élan d'optimisme retrouvé. Ne vous en faites pas, mes amis ; Nath et moi, c'est du solide, de l'acier de Solingen. On est faits pour s'entendre !

— Je n'en doute pas, dit Maud, mais attention où vous mettez les pieds. Ce Serge c'est de la graine de violence. N'oublie pas qu'il a poignardé son père…

— On va se coucher ? proposa Julien en bâillant.

— *Jawhol* ! approuva le Grand. *Gute nacht*.

IX

Vendredi 11 juillet 1969

Les stigmates de la folle nuit s'étaient estompés. Sur la plage de Caroual, les vacances avaient repris leur cours. Désormais, Julien et Maud rejoignaient leurs nouveaux copains chaque après-midi, autour du filet de volley. Les plus sportifs jouaient, les flemmards bullaient, les dragueurs draguaient, les supposés intellos faisaient des mots croisés ou lisaient des romans de gare. Le grand Helmut avait été intégré *de facto* à la bande. Pour les uns, c'était « la Grosse Bertha » au smash ; pour les autres, « le mur de Berlin » au contre. Adopté par Marc et Pierrick pour former un trio, les trois garçons s'entraînaient d'arrache-pied en vue du prochain tournoi. Les champions du Val-André et les cadors de Saint-Cast n'auraient qu'à bien se tenir. Le sport à haute dose agissait sur Helmut comme une potion anti-mélancolie, car, depuis mercredi, Nathalie n'était plus apparue à la plage. À peine avait-elle montré sa jolie frimousse la veille pendant une vingtaine de minutes. Un peu court ! Sur dénonciation de son cher frère, sa mère avait durci le ton. La jeune dévergondée était consignée à la maison jusqu'à dimanche. De plus, Serge avait pour mission de ne plus la lâcher d'une semelle. Hier, Nathalie avait profité de l'absence de ses gardiens pour s'échapper une demi-heure.

Dès l'arrivée de sa chérie, le Grand avait quitté le terrain pour l'entraîner vers les rochers. De l'aveu même des observateurs de la bande, orfèvres en matière de flirt, l'histoire d'Helmut et de Nath était taillée dans le grès rose. Helmut s'en était ouvert à Julien, il vivait là quelque chose de nouveau. À l'université, à Munich, il avait connu des aventures passagères, mais jamais il n'avait ressenti un élan semblable. En deux mots, Guenther était « amoureux fou ». Dépité par la visite éclair de son amie, le Grand s'était consolé à l'idée de la revoir le lendemain, comme elle le lui avait promis. Demain serait donc un autre jour, et pour que ce jour soit une fête, les tourtereaux avaient échafaudé des plans. Mais une fois encore, il leur faudrait attendre. Le bouillant Guenther n'en pouvait plus de cet amour en pointillé. On pouvait le voir tourner comme une bête en cage sitôt qu'il quittait le terrain de volley. La vigueur qu'il appliquait à ses smashs ne suffisait plus à canaliser son énergie. Visiblement, Guenther commençait à pédaler dans la choucroute.

*

Samedi 12 juillet 1969

Une effervescence inhabituelle régnait au port ce matin. Beaucoup de va-et-vient à la cale où une noria de bateaux embarquait des passagers, estivants ou locaux. Dans moins d'une heure, la hauteur d'eau serait trop faible pour appareiller, il était grand temps de se mettre en route si on voulait prendre la mer. L'un après l'autre, les bateaux de pêche, voiliers et navires de plaisance doublaient le phare pour gagner la baie sous une petite brise de nordé.

Béatrice avait gréé le 505 familial. Maud et Julien y avaient pris place en se serrant un peu. Les autres copains les retrouveraient plus tard. Ainsi, l'encombrant Helmut avait embarqué avec trois volleyeurs hors gabarit sur le "Gabian", un chalutier piloté par Jean-Yves, celui de son père. À l'occasion des grandes marées, la folie de la pêche à pied gagnait Erquy. Les piétons restaient à la côte tandis que les plus chanceux "allaient au caillou" dans le même but de traquer bouquets, crabes ou homards, ormeaux et oursins, ou encore de gratter le sable à la recherche de praires ou de palourdes. À partir d'Erquy, les bateaux convergeaient vers "La Grosse", un îlot rocheux situé à deux milles du cap au milieu d'un champ de cailloux. Un chenal – le "Sound"* local – permettait d'accéder à une plage ne découvrant

*Chenal-mouillage de l'île de Chausey.

qu'aux forts coefficients. Les navires à tirant d'eau pouvaient mouiller là, à quelques mètres de la grève, tandis que les dériveurs, doris et autres embarcations à fond plat pouvaient s'y échouer. La superficie du caillou décuplait à marée basse, offrant une variété de roches, de sables, d'algues ou de graviers, autant de terrains de jeu pour les pêcheurs occasionnels.

*

Béatrice avait échoué son dériveur sur la plage, entre deux autres, un Caneton et un Vaurien. Pendant ce temps, Jean-Yves transférait ses passagers dans son annexe, il avait ancré le Gabian dans le chenal. Six autres bateaux occupaient le mouillage, dont l'un des chalutiers de Roubault, à couple avec une barge alu équipée d'un puissant moteur hors-bord. Sur la petite plage, les arrivants avaient déployé serviettes, parasols et paniers de pique-nique. Chacun s'appropriait son territoire, le temps d'une marée. L'équipage du Gabian avait rejoint Julien, Maud et Béa pour casser la croûte. Manquaient à l'appel les bateaux de Joël et de Louison, deux accros de la traîne au maquereau. Avec eux, la bande serait presque au complet, exception faite de Nathalie, probablement déjà en action avec ses parents quelque part sur l'île. À cette idée, Guenther piaffait d'impatience, Julien dut tempérer les ardeurs de son ami. Inutile de se précipiter avant que la pêche ne démarre vraiment, il risquait de se faire repérer. Ils patientèrent une demi-heure supplémentaire à tartiner du pâté, boire du *gwin ru* et manger des gâteaux. Suprême opulence, Jean-Yves offrit un café chaud sorti tout droit de sa thermos. Cela fait, il lança le signal de la pêche. Les uns équipés d'une épuisette, les autres d'un crochet ou d'un grattoir, se répartirent en équipes de deux ou trois. Maud, Julien et Guenther partirent sans armes ni bagages à la recherche de Nathalie.

Depuis la grève sableuse, ils passèrent une frange de gravier puis, au-delà du chaos rocheux, accédèrent à une nouvelle plage orientée à l'est. Maud, émerveillée par la beauté sauvage du site, s'arrêta en contemplation. Devant elle, à quelques mètres du bord, une chasse de sternes offrait un ballet magnifique. Légers, vifs, ardents, les oiseaux piquaient sur l'eau en rase-mottes pour en ressortir avec un lançon dans le bec. À contrecœur, Julien la laissa à son spectacle pour rejoindre Guenther. Ils n'eurent pas à aller bien loin. À l'abri d'une crique isolée, un homme équipé de *waders* fouillait les roches, immergé jusqu'à la ceinture, la tête plongée dans un seau à fond de verre. Il se déplaçait méthodiquement, mètre après mètre. De temps à autre, il se redressait pour adresser un signe aux deux femmes sur la berge, l'une occupée à fouiner sous les rochers, l'autre à gratter le sable à quelques mètres de là. Nathalie et sa maman semblaient sorties d'un même moule, short, T-shirt, bottes rouges, fichu sur les cheveux. À la vue de son amie, Guenther se cabra ; une nouvelle fois, Julien dut le retenir. Devant eux, la mère raclait un trou à l'aide d'un long crochet, elle était à quatre pattes, le bras engagé jusqu'à l'épaule sous la roche. C'était l'occasion rêvée. Julien siffla brièvement entre ses dents, Nathalie releva la tête, lui adressa un clin d'œil sans cesser de ramasser ses palourdes. Petit à petit, elle manœuvra pour se rapprocher de ses camarades. Lorsqu'elle rejoignit enfin Guenther, Julien fila retrouver Maud.

Elle n'avait pas bougé d'un pouce, ses cheveux dorés ondulaient sous la brise. Assise face à la mer, elle contemplait l'incessant charivari des oiseaux et, pour ajouter à sa béatitude, elle fredonnait une douce mélopée. Julien songea à un chant de sirène. Se rapprochant de Maud sous le vent, il fondit sur elle par surprise. Ils roulèrent dans les goémons comme des fous, sans se soucier ni de l'humidité ni de l'inconfort, accrochés l'un à l'autre dans une étreinte du bout du monde, avec les sternes pour témoins. Passé ce moment de folie joyeuse, ils se firent sécher au soleil, les bras écartés, le cœur en fête, pareils à des cormorans après la pêche.

Un hurlement les tira de leur extase, la voix de Nathalie portée par le vent, provenait de la crique située à une cinquantaine de mètres… Un cri strident leur parvint :

— Non !

D'où ils se trouvaient, une barre rocheuse masquait la perspective. Julien grimpa au sommet du promontoire. De là, il découvrit Guenther et Serge, face à face, en garde tels des boxeurs, les pieds dans l'eau, prêts à en découdre. Deux grands gabarits, avec toutefois une allonge supérieure pour le Bavarois. Serge, en maillot de bain, menaçait son adversaire d'un couteau à cran d'arrêt, la haine irradiait de ses insultes. Guenther, plus calme, tentait de le maintenir à distance à l'aide du grattoir de Nathalie, un petit râteau à manche court. Les deux garçons se jaugeaient, tournant l'un autour de l'autre. Serge poussait des cris de guerre. Guenther, impavide, ne le quittait pas des yeux, hormis le temps de lancer un regard d'incompréhension vers Nathalie retenue fermement par sa mère à l'autre extrémité de la crique. À vingt mètres de la bagarre, absorbé par sa pêche, monsieur Roubault continuait sa recherche de fruits de mer, la tête dans sa bassine.

— La politique de l'autruche ! commenta Maud qui venait de rejoindre Julien.

Après s'être assuré qu'aucun complice de Serge ne rôdait dans le voisinage immédiat, Julien s'approcha des combattants. Serge se montra tout aussi vindicatif avec lui qu'avec le jeune Allemand. Julien, confiant en ses talents de diplomate, tenta de le raisonner. Pour toute réponse, le garçon lui entailla l'avant-bras. Le sang ruissela dans la mer. Serge fit un écart en arrière, surpris lui-même par la brutalité de son acte. Déjà Guenther se précipitait sur lui, le râteau en avant, lorsqu'un cri impérieux le stoppa net dans son élan.

— Ça suffit comme ça, vous trois ! vociféra la mère.

— Arrête, Helmut ! supplia Nathalie en écho.

— Viens ici, Sergio ! Et plus vite que ça ! ordonna maman Roubault. Et vous deux, restez où vous êtes ! Vous avez fait suffisamment de dégâts. Foutez-moi le camp d'ici, et qu'on ne vous revoie plus ! Et toi, mon fils, rentre à Erquy avec tes pirates avant que ton père ne te tombe dessus. Allez, ouste ! Du balai ! Je ne veux plus vous voir sur l'île. Compris ?

Serge avait replié son cran d'arrêt. Il se tenait penaud entre sa mère et de sa sœur, tête baissée, sans manifester davantage de défiance. Le sang avait coulé, cela semblait lui suffire. À quelques mètres d'eux, Maud avait rejoint Guenther tandis que le bras de Julien continuait de pisser le raisiné. Maud, paniquée, enroula son T-shirt autour de la plaie. Julien prétendit que ce n'était rien, puis ils regagnèrent le chenal. Guenther se fit tirer l'oreille pour les suivre.

En constatant l'état du bras de Julien, Jean-Yves ne posa pas de question. Il fonça chercher sa trousse de secours à bord du chalutier. Quand il revint, un petit attroupement s'était formé autour du blessé, chacun y allait de son commentaire. Julien prétendit avoir glissé sur des algues et s'être coupé sur des moules. Pas question de révéler la vérité ni de porter plainte ! Depuis le mois de mai, il avait de bonnes raisons de détester les flics. Il ne voulait plus les voir, même en peinture ! Maud le prit en charge, elle désinfecta la plaie, parvint à maîtriser l'hémorragie avec des compresses.

— J'ai fait ce que j'ai pu, mais c'est du bricolage, il faut aller voir un médecin.

— Tu parles, ce n'est rien ! frima Julien, livide.

— Je pense qu'un brin de couture sera nécessaire, mon petit ami…

— Pas question ! Et puis tu as vu où on est ? Les toubibs et les pharmacies ne courent pas les rues, ici. D'ailleurs, il n'y a même pas de rue, tenta-t-il de plaisanter.

— Je pense que Maud a raison, dit Jean-Yves. Il faut te rapatrier d'urgence. Le problème c'est que le port est à sec. Avec mon tirant d'eau. Je ne peux pas approcher. En dériveur, vous allez mettre un temps fou. Il faudrait un bateau rapide à fond plat.

— Je crois que j'ai ce qu'il faut, intervint un garçon vêtu d'une combinaison néoprène. Je ne vais pas tarder à rentrer et si ça peut vous arranger, j'emmène le blessé et son amie. Je les déposerai à l'escalier du môle s'il y a assez d'eau, sinon, je les laisserai à la plage et ils finiront leur promenade en mer à pied…

— Vrai ? C'est sympa ! Merci beaucoup !

Dix minutes plus tard, Julien et Maud embarquaient dans le Zodiac. Paul pratiquait la chasse sous-marine. Ils s'installèrent à même le bateau, parmi ses prises sanguinolentes. Paul lança le moteur hors-bord. Tandis qu'ils quittaient le chenal, Serge et ses deux cow-boys arrivaient, torse nu, visiblement pressés de se faire oublier. Ils regagnèrent la barge alu à la nage pour appareiller aussitôt, moteur poussé à fond, embarcation cabrée. Les remous chahutèrent le Zodiac au passage, martyrisant le bras de Julien. Décidément, ce salopard de Serge se chargeait même du service après-vente ! Encore une fois, Julien le maudit, mais rétrospectivement, il remercia le diable que les trois lascars n'aient pas été présents à la crique, car les dégâts auraient été autrement plus conséquents.

Lorsqu'ils atteignirent Erquy, la mer était encore bien loin du môle. Très aimablement, après leur avoir indiqué l'adresse d'un médecin, Paul déposa Maud et Julien au plus près du bourg, c'est-à-dire à un petit kilomètre des dunes bordant la plage.

*

Le flot n'ayant repris que depuis 45 minutes, il serait impossible de débarquer au port d'Erquy avant deux heures de temps. Sur la plage de La Grosse, c'était l'heure de la détente avant la traversée retour. Le soleil généreux prêtait au farniente et à la baignade. Des bouteilles de bière fraîche firent leur apparition, Pierrick avait apporté une glacière de camping, il offrit sa tournée. À la surprise générale, Guenther refusa. Le départ impromptu de ses amis avait accentué son vague-à-l'âme. Le visage crispé, les zygomatiques bloqués en position basse, le Grand ne parvenait pas à reprendre le dessus. Les cris de terreur de Nathalie résonnaient encore à ses tempes. Il revoyait la scène comme s'il y était. Quand Serge leur était tombé sur le poil, le jeune Roubault avait arraché sa sœur par surprise et, sous la menace de son couteau, l'avait ramenée dans le giron maternel. Cela fait, il était revenu vers Guenther pour lui faire la peau. C'était ainsi que le cirque avait commencé. Et c'était loin d'être fini ! Le regard éteint, le Grand ne pouvait simplement pas partager la joie de ses potes. Le calvaire de son amie lui vrillait l'estomac. Jugeant préférable de s'isoler, il fit quelques pas en bordure du chenal ; là, il s'assit les pieds dans l'eau. Tandis qu'il ruminait sa rancœur, des notes de musique lui parvinrent. Sur la plage, derrière lui, plusieurs couples dansaient la java au son d'un accordéon. Il les observa avec un brin d'envie, avant de replonger tête baissée dans son spleen. Rêveur, il gambergeait aux possibles et aux probables, échafaudait toutes sortes de projets romantiques quand une rumeur attira son attention. À quelques mètres de lui, coincée entre père et mère, la poitrine secouée de hoquets, Nathalie embarquait dans un doris. Le Grand vit Roubault déhaler lentement sa barque, prendre place à bord, puis emporter femme et fille d'une godille énergique. L'homme était élancé, ses cheveux gris tombaient en cascade de part et d'autre de son visage défiguré par une balafre. Malgré toute son animosité, Guenther fut surpris par la sobre efficacité de ses gestes, pareils à ceux d'un gondolier qui, un jour peut-être, l'emporterait avec Nathalie. Il évacua aussitôt l'image, Lucien Roubault devait être une tête de mule comme son fils. Les chiens ne font pas des entrechats ! En vérité, les parents Roubault protégeaient leur fille au-delà du raisonnable ; en conséquence, pour des motifs incompréhensibles, Serge lui avait déclaré la Troisième Guerre mondiale. Dommage !

Quand le doris passa à proximité, Guenther accrocha le regard brillant de Nathalie. Leurs esprits en fusion échangèrent à la vitesse de la lumière leur foi en l'avenir.

Cinq minutes plus tard, le chalutier de Roubault quittait le chenal au ralenti. Nathalie osa un geste de la main, aussitôt réprimandée par sa mère alors que, depuis la cabine, le regard perçant du capitaine s'attardait sur le grand Bavarois.

*

Le bras gauche empaqueté comme un colis de Noël, Julien avait repris du poil de la bête. Le médecin avait fait la grimace en découvrant les dégâts, il avait dû s'adonner à de menus travaux de couture, une dizaine de points, une piqûre antitétanique et un joli pansement. Pour se remettre de leurs émotions, Julien et Maud allèrent prendre un pot au port en attendant le retour des marins.

Jean-Yves et Béa arrivèrent les premiers, leurs paniers de pêche à la main. Après avoir pris des nouvelles du blessé, ils offrirent à leurs amis trois jolis tourteaux. Julien commanda alors une tournée de bières pour tout le monde, y compris pour Guenther qui venait de les rejoindre. Le Grand paraissait revenir du front, il était dans une autre galaxie, il ne participait pas à la conversation. De manière à le dérider, Julien et Maud l'invitèrent à partager leur repas du soir. Au menu, les crabes offerts par Jean-Yves. Le Grand les accompagna sans enthousiasme. Au camping, Julien servit le muscadet de son bras valide pendant que Maud préparait le dîner avec les moyens du bord. Le vin blanc tiède, le pain rassis et la mayo approximative ne parvinrent cependant pas à ternir leur plaisir, les tourteaux du jour étaient fabuleux. Ils prirent le temps de les déguster avec de grands "slurp". Pour clore leur festin, le far breton, rescapé de la croisière, finit de leur caler l'estomac. La deuxième bouteille touchait à son fond sans que le mutique Bavarois n'ait desserré les dents autrement que pour avaler son crabe. Guenther était salement cabossé. Maud, les pommettes échauffées par la journée en mer et le vin blanc, amorça une nouvelle tentative.

— C'est quand le tournoi de volley ? demanda-t-elle en signifiant à Julien de ne pas répondre.

Guenther la dévisagea, irrité comme si un cambrioleur tentait de violer son intimité.

— Ce n'est pas vendredi prochain ? risqua finalement Julien.

— Peut-être, finit par admettre le Grand. Je n'en sais rien… et je m'en fous !

— Nathalie ? hasarda Maud.

— Évidemment, Nathalie ! J'en crève de ne pas la voir. Si c'est ça mes vacances, il vaut mieux que je me tire. Ici, je ne comprends rien ! C'est comme si le monde tournait à l'envers… S'il fait beau demain, je partirai. *Tchuss*, mes amis ! Je roulerai pour oublier. Après tout, je n'ai que 23 ans.

— Une de perdue, dix de retrouvées, sentencia Julien.

— Tu seras mieux en Allemagne ? s'étonna Maud.

— À Munich, peut-être, mais certainement pas à Memmingen !

— Pourquoi ?

— Parce que j'en ai ma dose de la famille. J'ai besoin d'air.

— Tu paraissais si bien avec eux, il y a un an !

— Depuis un an, les choses ont changé.

— Qu'est-ce qui a changé ? insista Maud.

Le Grand s'accorda un moment de réflexion, il tendit son verre pour que Julien le remplisse, hocha la tête puis finit par se lancer :

— Je m'étais promis de garder ça pour moi, mais j'étouffe. Ça commence à être lourd. En plus, j'en ramasse plein la figure. Vous êtes mes seuls amis ici, et sans doute, les seuls capables de comprendre.

— De comprendre quoi ? s'étonna Julien.

— Que mon père est un ancien nazi ! lâcha Guenther, furieux. Ernst, le fermier modèle, le *pater familias* exemplaire, a travaillé à Dachau pendant toute la fin de la guerre. Voilà ! Vous savez maintenant.

— Dans la SS ?

— Je ne pense pas, il était dans l'administration, il s'occupait de la comptabilité et de l'intendance.

— Peut-être avait-il été enrôlé de force, sans pour autant soutenir les idées du Reich… dit Julien.

— Peut-être, répondit Guenther, mais peut-être pas. Tu ne peux pas tenir les livres de compte d'une pareille organisation sans savoir ce qu'il s'y grenouille. Sans être nécessairement acteur, Ernst est resté passif, donc coupable de ne pas avoir dénoncé ce système.

— Comment as-tu appris cela ?

— Des documents retrouvés au grenier, à la ferme. Son livret militaire, ses états de service. Moi, j'aurais brûlé tout ça depuis longtemps. Pas lui, preuve qu'il est fier de son passé…

— Tu crois ?

— Sinon, pourquoi garder ces saloperies ?

— Et comment a-t-il rencontré ta mère ?

— Quelques semaines avant la libération de Dachau, Ernst a senti le vent tourner. Les Américains et les Russes arrivaient en masse. Mon père a réussi à échapper aux derniers nazis, il s'est réfugié à la ferme où maman l'a accueilli.

— Pourquoi ?

— Je lui ai posé la question. Elle m'a dit que, début 44, Ernst lui avait donné un sérieux coup de main. Il lui avait fourni des laissez-passer pour des prisonniers français. Comment l'avait-elle convaincu ? Mystère et séduction… En tout cas, une année plus tard, elle estimait avoir une dette envers lui. De manière à s'amender, elle lui a sauvé la peau. C'est ce qu'elle m'a déclaré.

— Et après ?

— Ernst s'est fait passer pour un réfugié du Nord. Mes grands-parents l'ont hébergé, et il a épousé maman très rapidement.

— Oups ! grogna Julien. Ça, c'est un scoop !

— Pourquoi ? demanda Guenther.

— Comme ça… Je n'aurais jamais pensé, éluda-t-il, que ce monsieur avec qui j'ai picolé à la ferme ait pu être un bourreau. Ça me fait froid dans le dos.

— Pas forcément un bourreau, mais une bonne bourrique ! précisa Guenther. J'ai été complètement estomaqué d'apprendre ça, moi aussi. C'était comme si les murs de ma chambre d'enfant s'écroulaient sur moi. Du jour au lendemain, je ne pouvais plus avoir confiance en personne. Alors j'ai coupé les ponts. Maintenant, je vis seul.

— Et Nathalie ? demanda Maud.

— Je suis fou d'elle. Mais si c'est au prix de ma vie et de sa liberté, le combat est idiot. Aujourd'hui, il faut refuser l'affrontement. Je partirai donc demain.

— Ça ne te ressemble pas, dit Julien, toi l'attaquant, la Grosse Bertha !

— C'est comme ça ! lâcha-t-il, péremptoire. Tu n'as pas toutes les cartes en main pour juger, Julien.

— Pardonne-moi, Guenther, je ne te juge pas, j'essaie simplement de t'aider. Allez, buvons ! À la tienne !

— Tu pourrais rester quand même jusqu'à lundi, suggéra Maud, c'est le 14 juillet… C'est à voir une fois dans sa vie.

— Tant pis pour la fête nationale, ce sera pour la prochaine fois. Non, je dois partir.

La soirée se poursuivit, morose et avinée. À la nuit tombée, Guenther prit congé de ses amis, il était 23 heures. Maud, fatiguée de sa journée, décida que la vaisselle attendrait le lendemain, elle invita Julien à venir se coucher. Mais ce soir, l'humeur n'était pas à la gaudriole ; d'une part, la blessure de Julien limitait ses prestations, d'autre part, Maud se posait des questions. Elle supputait notamment que, pour des raisons inconnues, Guenther avait en partie travesti la vérité. En effet, si l'accusation portée contre son père était trop grave pour être inventée, les épousailles exprès de sa mère avec Ernst collaient mal dans le tableau, sachant qu'à l'époque, Birgitte se consumait d'amour pour Valentin Moriceau. Ce mariage précipité était en contradiction avec tout ce qu'elle lui avait raconté, l'année précédente. À l'évidence, quelqu'un mentait. Et pourquoi Guenther avait-il attendu ce soir pour en parler ? Pourquoi désirait-il rentrer soudainement en Bavière ? Bizarre… tout cela ne tournait pas rond.

Maud tarda à trouver le sommeil. Elle se retourna, Julien dormait couché sur le dos, enveloppé de vapeurs de muscadet.

X

Mercredi 16 juillet 1969

Guenther avait disparu depuis quatre jours. Pendant le week-end du 14 juillet, personne ne l'avait aperçu, ni au feu d'artifice ni à la fête foraine du boulevard de la Mer. Sans doute avait-il préféré se rendre à Rennes, Nantes ou peut-être même à Paris… Ou bien, s'était-il échappé quelques jours avec Nathalie qui, elle non plus, n'avait pas montré sa frimousse depuis belle lurette ? Autour du filet de volley, les rumeurs allaient bon train. Julien et Maud restaient évasifs si on les questionnait. Après tout, si le Grand avait choisi de partir sans laisser d'adresse ni même saluer ses amis, c'était son affaire. Pierrick et Marc étaient les plus affectés de sa disparition. Avec son départ, les espoirs fondés sur leur triplette tombaient à l'eau ! S'ils voulaient rivaliser avec les plages voisines, il leur faudrait trouver, d'ici vendredi, un joueur capable de suppléer Helmut. Et ça ne courait pas le sable.

L'arrivée de Nathalie en début d'après-midi mit fin à certaines spéculations. Personne n'osa lui avouer qu'on était sans nouvelles d'Helmut depuis plusieurs jours, mais elle ne s'en formalisa pas. Nath proposa à Maud de marcher avec elle. Elle avait besoin de parler ; entre filles, il était des choses que l'on pouvait aborder simplement. Depuis le matin, elle avait le pressentiment que quelque chose ne tournait pas rond. En effet, si elle avait obtenu une permission de sortie cet après-midi, il y avait une raison. Et, compte tenu des évènements de La Grosse, cette raison ne pouvait être que le départ provoqué d'Helmut.

Nathalie était remontée comme une pendule ! Sa mère refusait d'accepter que les choses aient bougé depuis vingt ans. S'agissant de maman Roubault, mariée à 18 ans enceinte de Serge… cela ne manquait pas de sel ! Eh oui ! Sa mère lui avait révélé ce demi-secret, un jour de confidences, pour la convaincre de rester sage. Peine perdue, car Nathalie affirmait que sa génération possédait deux ou trois ans d'avance sur la précédente. Aujourd'hui, les femmes prenaient la parole, elles se libéraient à tous les niveaux, la révolution sexuelle était en marche grâce aux contraceptifs… Ces mots tabous avaient provoqué les foudres de maman Roubault ; dans une colère noire, elle avait menacé sa fille de l'enfer si elle touchait à ces cochonneries… Nathalie confessa que, depuis sa rencontre avec Helmut, le sujet était à l'ordre du jour. Pour toute réponse, Maud lui en proposa une boîte, le temps des vacances. La brunette haussa les épaules puis continua de s'épancher, elle en avait gros sur la patate...

Son père ne valait pas beaucoup mieux que sa mère. Sous ses airs blasés, Roubault dirigeait la baraque d'une poigne de fer. C'était un madré, un amateur de coups tordus, un joueur de trois bandes. S'il déléguait souvent à sa femme, véritable bras séculier de la puissance paternelle, c'est lui qui pilotait, il était au courant de tout. En accord avec lui, sa mère avait toujours veillé à l'éducation de Nathalie. Ainsi n'avait-elle fréquenté que des institutions de bonnes sœurs puis, une fois son bac en poche, avait-elle intégré une classe d'hypokhâgne à Rennes, dans un lycée privé où elle était pensionnaire. Pour ses premières vacances "d'étudiante", elle aurait aimé partir à la découverte du monde comme beaucoup de ses amis, mais elle s'était heurtée au veto parental. Du coup, elle rongeait son frein Rue du Varech où, depuis le retour de son frère, trois semaines plus tôt, les choses s'étaient envenimées. Serge sortait juste de taule pour avoir fricoté avec le FLB. Roubault père n'avait jamais accepté que son nom soit sali. En conséquence, il avait rejeté son fils. Maman Roubault, au contraire, faisait tout pour le remettre en selle. Un profond désaccord séparait désormais les parents, ils ne s'adressaient plus guère la parole. Une ambiance pourrie régnait à la maison, et qui en faisait les frais ? Elle, Nathalie, que sa mère surprotégeait de peur qu'elle ne suive le mauvais exemple de son frère ou qu'elle ne se dévergonde avec des estivants, comme elle-même l'avait fait jadis ! Le tableau était édifiant, et la demoiselle très en colère. Aujourd'hui, elle avait pu arracher un après-midi à la plage, mais depuis la soirée "jeunes", il n'était plus question de sorties le soir ! Étouffée par cette engeance de cinglés, Nathalie aspirait à prendre l'air.

De retour au terrain de volley, elle s'étendit sur son drap de bain pour redorer son bronzage pâlichon. Le visage enfoui dans ses mains, à même le sable, elle ferma les paupières tandis que le soleil mordillait le creux de ses reins. Elle s'éclipsa avec elle-même, laissant Maud à sa lecture.

Le quotidien régional titrait : « *Les Pompidou en vacances à La Forêt-Fouesnant.* » Sous la photo du président et de son épouse, une légende : « *La paix bretonne devient une réalité.* » L'ultime militant FLB emprisonné avait été relâché le 14 juillet.

*

Nathalie avait chapardé plusieurs cordages dans l'atelier paternel. Noués les uns aux autres, ces bouts disparates constituaient une corde à nœuds de dimension suffisante pour s'échapper du deuxième étage, une manœuvre casse-gueule, mais sa liberté avait un prix. Jadis, son cher père s'était bien évadé d'un camp de prisonniers, aujourd'hui c'était à son tour. Les chiens ne font pas des chattes en peluche. Ce soir, après le dîner-grimace entre papa-maman, elle était remontée dans sa chambre au prétexte de lire. L'émission de télé ne l'intéressait pas. Aux alentours de 22 heures, depuis sa fenêtre, elle avait vu Serge rejoindre la R8 stationnée devant la maison. À présent, un "*gwenn ha du*" décorait la lunette arrière. Encore une fois, son frère et ses cow-boys partaient en piste célébrer la victoire du FLB, grand bien leur fasse ! Nathalie se replongea dans sa lecture. À vingt-trois heures, elle entendit le pas lourd de sa mère gravir l'escalier, madame Roubault pointa son museau de fouine dans l'entrebâillement de la porte puis, sans même dire bonsoir, donna un tour de clef. Cela n'entama nullement la détermination de la jeune fille. Au contraire ! Elle attendit une vingtaine de minutes supplémentaires avant de valider, par sa fenêtre, l'extinction des feux au salon télé et dans la chambre de ses parents. Désormais, la maison était devenue le château de la Belle au bois dormant. Place à l'action ! Nathalie enfila un survêtement noir par-dessus sa minirobe et attacha ses sandales autour de son cou à l'aide d'un lacet de cuir. D'un ultime coup d'œil, elle vérifia son maquillage. Miroir, mon beau miroir… Enfin, elle déroula le cordage le long du mur. Debout sur l'appui de fenêtre, elle tira fermement sur le bout de façon à s'assurer de la solidité de son amarrage, puis se laissa basculer. Suspendue dans le vide, les pieds plantés dans la façade, une bouffée d'adrénaline la submergea. Son cœur se mit à battre plus fort, Nathalie dominait son propre destin ! En réalité, elle éprouvait toutes les peines du monde à maintenir ses prises. Ses mains cisaillées hurlaient au supplice. Elle regretta d'avoir choisi des cordages si minces et de ne pas porter de gants. Par chance, la présence des nœuds lui permettait de souffler entre chaque tronçon. Sa descente au paradis s'éternisa pendant plusieurs minutes de douleur. Parvenue au sol, sa première réaction fut de se débarrasser du survêtement qu'elle planqua derrière un massif d'hortensias. Alors elle esquissa une danse d'allégresse, aussi fière que si elle venait de marcher sur l'eau. Enfin, elle chaussa ses sandales et s'engagea, guillerette, dans la rue du Varech. À une centaine de mètres de là, dans un recoin mal éclairé, brillaient les chromes d'un pot d'échappement familier. Elle pressa le pas. Helmut sortit de l'ombre, ils s'embrassèrent comme des affamés.

La BM glissa, tous feux éteints, dans la pente, le Grand ne démarra le moteur qu'au bas de la rue. Le bicylindre ronronnait comme un chat. Cramponnée à son pilote telle une bernique, Nathalie ressentait les chaleureuses vibrations de l'engin pénétrer tout son être. Elle serra Helmut plus fort tandis qu'il s'engageait sur la route de Matignon. Pour mieux apprécier la douceur de la nuit, elle avait refusé de porter le casque et le blouson qu'il avait apportés. Cheveux au vent, cuisses largement découvertes, plaquée contre le dos de son ami, la joue appuyée entre ses deux omoplates, elle entendait son cœur battre en communion avec les éléments. Dans le ciel étoilé, la lune encore grasse lui sembla être de miel. Ils avaient décidé de passer la soirée à l'abri des regards indiscrets.

La nuit précédente, ne parvenant pas à trouver le sommeil, Nathalie avait lu au lit tardivement. Vers une heure du matin, un claquement avait retenti au carreau de la chambre. Surprise, elle avait suspecté un craquement des huisseries comme cela arrivait parfois. Au deuxième choc, elle avait interrompu sa lecture pour jeter un coup d'œil à la rue. En bas, dans l'ombre, se découpait la silhouette longiligne de son cher Helmut ! Fondant en larmes, elle avait ouvert la fenêtre. Aussitôt, le Grand lui avait envoyé une balle de tennis enrobée d'une feuille de papier, elle-même maintenue par des bracelets en caoutchouc. Nathalie avait récupéré le projectile à la volée, en avait détaché la missive qu'elle avait lue sans attendre. Au comble de l'excitation, le sourire épanoui, elle avait ostensiblement déposé ses lèvres sur la balle de tennis avant de la renvoyer à Helmut.

Son ami reparti dans la nuit, Nathalie avait relu le message à maintes reprises, puis l'avait détruit selon la recommandation d'Helmut. Ce texte magnifique, elle le connaissait par cœur. Elle ne l'oublierait jamais.

« *Nath chérie, je suis toujours là, tout près de toi. Je veille au grain et j'espère de tout cœur que nous serons très vite ensemble. J'ai quitté Erquy pour calmer le jeu. Ta famille ne supporte pas ma présence et c'est toi qui en fais les frais. Si nous souhaitons nous revoir, la seule solution est que tu retrouves ta liberté, et pour cela, il faut que je disparaisse du décor. C'est aussi simple que ça. Je t'aime. Bonne chance. Helmut.*

PS1 : Si tu peux te libérer demain soir, je serai à minuit dans ta rue.

PS2 : Détruis ce courrier dès que tu en auras pris connaissance. »

Après avoir passé Matignon, la moto filait à présent vers Saint-Cast. Protégée par le corps athlétique de son compagnon, Nathalie ignorait où les conduirait leur chevauchée fantastique, mais elle savait qu'elle était à sa place, collée à son Helmut. Encore une fois, elle se blottit contre lui, écrasant ses seins contre son dos. La réaction du garçon fut immédiate, il se redressa de manière à favoriser le contact en même temps qu'il actionnait la manette des gaz, de sorte que la BM rugisse de plaisir. Visiblement, il appréciait l'initiative. Pour ne pas s'arrêter en si bon chemin, la jeune fille laissa glisser ses mains vers des lieux plus intimes et commença à jouer avec les nerfs de son compagnon. Aussitôt, le trouble de son chauffeur augmenta. Bercé par les caresses de la nuit, il ralentit l'allure. Ils atteignirent tant bien que mal le quartier des Mielles à Saint-Cast, par le boulevard Duponchel. À cette heure tardive, les commerces et les bars avaient baissé leurs rideaux métalliques, la ville paraissait déserte. Surexcitée par les réactions de son compagnon, Nathalie l'agaçait de baisers dans le cou ou bien passait sa main dans l'échancrure de sa chemise.

La moto roulait à présent au pas, Helmut remonta le boulevard Surcouf jusqu'au rond-point où il stoppa enfin. Sans attendre qu'il ait cadenassé son engin, elle l'entraîna vers la plage éclairée de loin en loin par les lampadaires municipaux. Au-delà du club des Benjamins, deux rangées de tentes sagement alignées paraissaient les attendre. Ils en choisirent une, à rayures rouges, à mi-distance entre les deux rotondes.

Quand ils en ressortirent, la Voie lactée étincelait dans le regard affranchi de Nathalie. Au loin, devant elle, les feux de Saint-Malo balisaient l'horizon comme d'immuables complices. Rassemblant ses esprits et ses vêtements, elle proposa un bain de minuit. Helmut déclina, il préférait l'emmener danser. Nathalie ne se le fit pas dire deux fois. Ils traversèrent le boulevard en direction du Canari, le night-club situé sous l'Hôtel Bellevue. De la rue, une volée de marches permettait de descendre au saint des saints où, une fois franchi le rideau rouge, on découvrait un espace relativement exigu, meublé d'une dizaine de tables et d'un bar décoré de canisses. Au fond de la salle, un quintet aux accents jazzy alignait des standards. L'heure était aux sourdines sur les cuivres et aux lumières tamisées ; dans l'anonymat de la pénombre, les couples enlacés recherchaient l'accord parfait. Nathalie s'installa à une table disponible tandis qu'Helmut commandait deux coupes de champagne pour célébrer leurs noces. Ils dansèrent plusieurs slows, puis l'orchestre fut relayé par une sono aux basses pénétrantes. Au centre de la piste, leurs corps imbriqués formaient une espèce de créature bicéphale, symbiotique, rayonnante de bonheur. Comme pour saluer leur union, les voix de Serge Gainsbourg et de Jane les enveloppèrent : « Tu es la vague, moi l'île nue, tu vas et tu viens, entre mes reins… » Au paroxysme du désir, Nathalie planta ses ongles dans les épaules d'Helmut et l'entraîna vers la sortie. De nouveau, ils échouèrent sur le sable. Longtemps après, ayant assouvi leur passion jusqu'à nouvel ordre, ils reprirent le chemin du dancing. Après avoir défroissé tant bien que mal ses vêtements, Nathalie exprima le besoin de se refaire une beauté.

Helmut l'accompagna jusqu'à l'entrée de la boîte, mais, préférant les effluves marins à l'air enfumé du night-club, il retourna auprès de sa moto. Appuyé à la balustrade, le regard perdu vers le large, ses pensées s'entrechoquaient comme dans un flipper. Bien sûr, Nathalie occupait l'intégralité de son univers ; à l'évidence, ils étaient faits pour s'aimer, leur exceptionnelle soirée n'était qu'un hors-d'œuvre. Incapable de brider son enthousiasme, le Grand se projetait vers l'avenir, même s'il l'imaginait complexe. Guenther ne voulait voir que le verre à moitié plein d'amour fou, son unique raison d'exister aujourd'hui.

Des échos avinés de voix éraillées troublèrent bientôt sa rêverie : « Le pinard, c'est de la vinasse… » Venant de la pointe de La Garde, un trio avançait vers lui en zigzags. Au passage dans une flaque de lumière, Helmut reconnut des perfectos et des santiags familiers. La R8 ne devait pas être garée très loin… Aussitôt, Helmut flaira le danger. Serge et ses deux sbires en tenaient une bonne, malgré quoi, il fallait absolument leur dissimuler la présence de Nathalie à Saint-Cast. Helmut n'hésita pas longtemps. Après avoir pesé le pour et le contre, il choisit de leur adresser la parole gentiment, en manœuvrant au plus serré.

— Salut les gars, lança Helmut, alors que le trio approchait.

— T'es qui, toi ? demanda Serge, les yeux défaits.

— Eh ! Je l'reconnais ! C'est le mec de l'autre soir, celui qui drague ta sœur, affirma l'un de ses potes.

— T'as raison, Jeff, c'est lui ! approuva Serge. Dis donc, le Boche, t'es pas parti trop loin ! C'est louche, ça ! Bon, en même temps, ici, c'est pas

Erquy. Après tout, tu fais ce que tu veux. Tant que tu restes dans la baie de Saint-Malo, rien à secouer. Mais fais gaffe, si tu passes l'autre côté du cap Fréhel, là, je me fâcherai vraiment. Tu piges ?

— Ja ! fit Helmut en forçant son accent. Je comprendre, moi pas embêter vous ni mademoiselle, et vous pas embêter moi.

— Je me demande bien ce que ta sœur peut trouver à cet abruti, nota le dénommé Jeff. Regarde-le, cette grande brêle, il est pas net… ou bien il a la trouille. T'as les foies, mon pote ? On dirait que t'as la pétoche…

— Je pas comprendre la pétoche.

— Pas grave, balaya Serge d'un revers de main. Tant que tu restes ici, ça me va. Sinon, zap ! répéta-t-il en sortant son cran d'arrêt.

Feignant la peur, Guenther s'adossa au parapet. Il contrôlait ainsi l'entrée du night-club tandis que ses interlocuteurs lui tournaient le dos. Tout en discutant avec eux, il se déplaça subrepticement vers l'éclairage public. De la sorte, si Nathalie mettait le nez dehors, elle comprendrait la situation.

— C'est à toi la bécane ? demanda l'un des voyous.

— Ja ! BMW, gutte machine !

— Belle machine, répéta Serge, songeur. On peut essayer ?

— Pourquoi pas ? dit Guenther, mais c'est moi qui conduis.

— T'as pas confiance ?

— Nein ! Machine bavaroise, pas aimer le whisky, préférer la bière.

— Oh ça va, fils de pute !

— Alors, toi essayer ou non ?

— On y va.

— Allez, installe-toi ! commanda Guenther en démarrant.

— Fouette, cocher !

Au passage devant le Canari, il aperçut Nathalie du coin de l'œil. Sa poupée, inquiète, le cherchait, elle s'apprêtait à gravir les marches vers la rue. De manière à détourner l'attention de Serge, Guenther accéléra à fond. Son passager dut se cramponner à lui pour ne pas basculer en arrière. Furieux, Serge lui bourra les côtes de coups de poing. Le jeu amusa Guenther ; si le jeune homme aimait les sensations fortes, il allait lui en servir. La moto s'engagea dans un rodéo effréné par la montée de la colonne, la poste, le bourg, la pointe de La Garde et retour par le boulevard de la Mer. Frissons garantis ! À l'arrivée, Serge gratifia Guenther d'une grande tape dans le dos.

— Toi, on peut dire que tu sais piloter ! affirma-t-il, livide.

À peine descendu de la bécane, le frère de Nathalie tituba, s'agrippa à la balustrade et vomit sa cuite en contrebas. Ses potes le ramenèrent à la voiture garée un peu plus loin, Boulevard de la Mer, avec le projet d'aller s'en jeter un dernier chez Hubert, à La Fresnaye.

Cela laissait le temps à Helmut de reconduire Nath à Erquy avant le retour de son frère.

XI

Dimanche 20 juillet 1969

Pierrick et Marc ruminaient encore leur défaite en finale au tournoi de volley. Deux jours plus tôt, l'équipe de Saint-Cast avait une nouvelle fois raflé la mise. Ici, on les surnommait "les Frères de la côte" tant, de Perros à Cancale, ils faisaient figure de flibustiers. Des joueurs talentueux doublés de garçons sympathiques, certes, mais un peu trop invincibles au goût de leurs adversaires. Le fan-club de Caroual était unanime, avec Helmut, ç'aurait été une autre paire de manches. Mais le grand Bavarois, parti sans crier gare, n'avait plus donné signe de vie depuis. Afin d'oublier leurs déboires, Jean-Yves avait proposé à ses amis de laisser tomber la plage, le temps d'un dimanche, de manière à participer aux régates des pêcheurs. Participant lui-même à plusieurs compétitions, il recommandait à ses potes d'en faire autant.

Avec son bras en vrac, Julien se cantonna à un rôle de spectateur. Maud et lui arrivèrent au port peu avant 14 heures, surpris de devoir acquitter un droit d'entrée pour accéder à la jetée ; leur tribut à la fête bénéficierait aux bonnes œuvres. Une foule clairsemée occupait le môle, les uns postés sur le quai, côté mouillage ; d'autres juchés sur le parapet, côté large. Le ciel gris colorait la mer d'un bleu-vert Véronèse, une brise établie soulevait un léger clapot. Les régates allaient être musclées. Julien et Maud choisirent la position haute, au vent, sur le muret de protection, avec vue imprenable de part et d'autre de la jetée. Sur le plan d'eau, le canot de la sécurité veillait tandis que, depuis un chalutier, une fanfare agrémentait la fête de ses flonflons. Petit à petit, le public convergeait vers l'arène nautique, théâtre de ces jeux bien particuliers.

La course de doris à la godille se déroula devant une assistance plus dense. Une quinzaine d'embarcations avait pris position sur la ligne de départ. Chaque concurrent se tenait debout à l'arrière de sa barque, arc-bouté sur son aviron, les mains en place. Au signal, elles se mirent en branle, lourdement d'abord, puis de plus en plus rapidement. Julien fut surpris de la vitesse atteinte par ces énormes barques, notamment par celle de Jean-Yves menant allègrement la danse. À une cinquantaine de mètres de l'arrivée, leur copain commença à flancher. Le geste moins serein, le bras crispé, son effort perdit en efficacité. Son poursuivant immédiat grignota son retard jusqu'à parvenir bord à bord. Il restait alors une quinzaine de mètres à parcourir. Les deux garçons échangèrent un regard de défi, chacun tentant de jauger l'état de fatigue de son adversaire. Sur le quai, les décibels avaient pris de l'ampleur. Outre la sono des organisateurs commentant la course à la manière de Robert Chapatte, chacun dans le public avait choisi son champion. Comme une partie de leurs voisins, Maud et Julien scandaient le prénom de Jean-Yves, tandis que les partisans de son adversaire criaient à tue-tête celui de Jean-François. La fin de la course fut épique, les étraves des deux doris se cognèrent à un mètre de la ligne. Il sembla à Julien que Jean-Yves la franchissait avec une avance de vingt centimètres au mieux. N'étant sûr de rien, il se mit à chanter sur l'air des lampions : « Bravo, Jean-Yves, bravo ! » bientôt imité par Maud et une partie de l'assistance. Les partisans de Jeff ne tardèrent pas à répliquer et ce fut une pétaudière jusqu'au verdict des arbitres. Jean-Yves fut déclaré vainqueur en dépit d'une réclamation de son adversaire.

Julien et Maud durent contourner la buvette, noire de monde, pour rejoindre Jean-Yves que Jean-François attendait sur la cale, prêt à dégoupiller. Julien reconnut l'un des habitués de la R8 Gordini.

— T'es rien qu'un salopard, Yvon. Un tricheur ! pesta Jean-François.

— Écrase, Jeff ! C'est toi qui as coupé ma route ! Ça va comme ça !

— Tu vas me le payer !

— T'as perdu à la régulière, alors arrête de pleurer et va jouer aux billes un peu plus loin.

— T'as du bol qu'il y ait du monde, p'tit gars. Si t'étais tout seul, tu frimerais moins !

— À la prochaine, Jeff, évacua Jean-Yves. Tenez, Julien et Maud, ça serait sympa de m'aider à tirer mon doris. On est en morte-eau, mais la mer va encore monter d'un ou deux mètres. Ensuite, on ira boire un coup.

— OK, dit Julien, mais avec mon bras, je serais plus efficace pour m'envoyer des bières que pour tracter ta barcasse…

En traversant la rue pour se rendre au bar, ils croisèrent maman Roubault calée entre ses deux enfants. Elle en tenait un à chaque bras comme si elle avait peur qu'ils s'échappent. La mère et la fille portaient des robes “du dimanche” ; Serge, quant à lui, ne dérogeait pas à ses habitudes, Jean's, perfecto, santiags, mine renfrognée. Le trio venait assister à la régate de chalutiers à laquelle participaient les deux bateaux du père Roubault. Sitôt qu'il aperçut Maud et Julien, Serge fonça vers eux.

— Qu'est-ce que vous foutez ici ? demanda-t-il, vindicatif.

— Ça va, Serge ! s'interposa Jean-Yves. Tu veux bien lâcher mes amis ?

— Non, ça ne va pas ! On leur avait donné 24 heures pour déguerpir, eux et leur grande brêle de copain. Le Boche, pas si bête, lui, il s'est tiré. Mais ces deux-là, à quoi ils jouent ? Ils veulent la bagarre ? J'veux plus vous voir à Erquy, têtes de veaux ! Vous m'avez entendu ? J'vais pas vous le répéter en breton ! Cassez-vous ! Et fissa !

— Calmos, Sergio ! le moucha Jean-Yves. Une, c'est pas toi qui fais la loi ici. Deux, à Erquy, on a une tradition d'accueil. Alors, tu la mets en veilleuse, tu nous laisses vivre.

— Et la prochaine fois, ajouta Julien en exhibant son pansement, je te ferai la tronche au carré avant que tu sortes ton surin, salopard !

— Vous l'emporterez pas au paradis ! menaça Serge en tournant les talons.

L'Étoile du marin affichant complet, Béatrice était installée à la terrasse du Relais. Après avoir commandé des thés et des bières, Jean-Yves préconisa à Maud et Julien de ne pas se frapper. Sergio était avant tout une grande gueule ; la prison ne l'avait pas arrangé, mais hormis sa sale manie de jouer du couteau, ce n'était pas un mauvais cheval. Ses histoires avec le FLB tenaient davantage de la crise d'adolescence que d'un engagement terroriste. Élevé à l'ombre d'un père exigeant, il cherchait à exister par lui-même. Jean-Yves restait indulgent à son égard. Il recommandait l'indifférence à ses provocations. Julien acquiesça d'un hochement de tête, en même temps qu'il réalisait un magnifique rond de fumée. Maud, songeuse, alluma à son tour une clope sans être pleinement rassurée. Dehors, par-dessus une musique d'accordéon, le speaker commentait la fin de la course de chalutiers. A priori, le "Chapon", navire amiral de la flotte Roubault, possédait une confortable avance. L'issue de l'épreuve ne faisait plus de doute.

*

Une tournée plus tard, Julien et Maud regagnèrent la jetée. La foule s'était maintenant densifiée, ils durent se faufiler, écraser quelques pieds, jouer des coudes pour atteindre le parapet. De là, ils dominaient le public venu assister au clou du spectacle, la dernière épreuve du jour à laquelle participaient Béa et Jean-Yves. De son poste de vigie, Julien repéra Nathalie au bras de sa mère, en contrebas, au premier rang sur le quai. Un peu plus loin, à la buvette, Lucien Roubault arrosait sa victoire avec ses copains. Ça rigolait fort et clair dans la fumée des galettes-saucisses ! Julien s'inquiéta de ne plus voir Serge. Maud se hissa sur la pointe des pieds, son inspection panoramique ne donna rien non plus, le fils Roubault avait disparu des écrans radars. Le jeu du chat et de la souris avec son père continuait. Quelle famille !

Le speaker appela les candidats à la dernière épreuve. Sur la cale, une trentaine de garçons et quelques filles – dont Béa – se présentèrent en maillot de bain. Le doris des organisateurs vint se placer au centre du plan d'eau. Le matelot qui ne godillait pas ouvrit un panier de bois libérant un premier canard sous les vivats du public. Aussitôt, tous les nageurs fondirent sur leur cible. Le mouillage blanchi d'écume se transforma en une gigantesque pataugeoire. Cernée de toutes parts, paniquée par les clameurs de la foule, la bestiole s'enfuit à toutes palmes en direction de la plage tandis que la meute se ruait sur elle. Pendant ce temps, la barque s'était déplacée d'une vingtaine de mètres afin de mettre à l'eau un deuxième caneton. Les concurrents les plus proches se ruèrent vers cette nouvelle proie en gesticulant de plus belle. Depuis le môle, Julien et Maud encourageaient leurs champions ; Jean-Yves était de toutes les bagarres tandis que Béa attendait son heure plus posément. En effet, le doris poursuivant ses dérives largua au total une dizaine d'animaux aux quatre coins du plan d'eau. Au terme d'une vingtaine de minutes de pugilat aquatique, tous les volatiles avaient trouvé preneurs. Béa comme Jean-Yves faisaient partie des vainqueurs.

Sur la cale, tremblant de froid dans leur peignoir de bain, ils exhibaient fièrement leurs trophées. Julien et Maud les avaient rejoints pour les féliciter, se demandant déjà à quelle sauce Béatrice les accommoderait. En effet, avant la course, Béa avait promis qu'en cas de victoire, elle organiserait un repas tout canard, pâté et plat chaud à la clef. Il ne lui restait plus qu'à se mettre en cuisine.

*

Comme souvent le dimanche soir, la fine équipe se retrouva à Caroual pour un apéro à rallonge. Au pied du mur, à l'abri du nordé, Marc avait allumé un feu sur lequel grillaient des saucisses. Au fumet des grillades se mêlaient les senteurs épicées de la pipe de José, incontournable fumeur d'Amsterdamer. Le cidre et le vin blanc coulaient à flots, les ombres commençaient à s'allonger. Les exploits de Béa et Jean-Yves alimentaient les conversations, gommant par la même occasion la déconvenue du tournoi de volley. Comme pour apporter une chaleur supplémentaire, Gérard avait amené sa guitare. Le garçon compensait son modeste brin de voix par une connaissance encyclopédique du répertoire de Vian, qu'il entrecoupait toutefois de quelques paillardes ou de chansons à boire. Les refrains repris en chœur, voire en polyphonie, démontraient une longue expérience des convives. Cependant, ce soir, beaucoup avaient la tête dans les étoiles, notamment Pierrick. L'oreille rivée à son transistor, il commentait entre chaque chanson les progrès de la Mission Apollo XI. Ainsi, à peine Gérard termina-t-il *La java des bombes atomiques* qu'il annonça d'une voix émue l'alunissage du module *Eagle*. À 21 heures 16, le LEM*

*Lunar Exploration Module : navette d'exploration lunaire utilisée dans la mission Apollo XI.

s'était posé sur la planète tellurique. Aussitôt, les applaudissements respectueux de la petite troupe saluèrent le triomphe de la technologie au service d'un rêve enfantin. Pendant que Pierrick remplissait les verres, Gérard, espiègle entonna a cappella *Au clair de la lune,* bientôt suivi par les chœurs de Caroual, au comble de l'émotion.

À la tombée du jour, tandis que les astronautes tardaient à sortir, Maud chanta quelques titres de Joan Baez et de Dylan. Sa façon à elle de célébrer une autre Amérique, celle des *protest songs*. Après cette journée agitée, sa voix s'éleva dans la nuit, pure incandescence, pareille à un signe de paix. Ses interprétations ramenèrent l'auditoire sur terre. Dans l'obscurité, à la lueur des braises, les couples constitués se resserrèrent tandis que les "âmes solitaires" se rapprochaient des flammes. Autour du feu, les cigarettes qui se consumaient constellaient la pénombre comme autant de lucioles. Quelques-unes d'entre elles, aux effluves plus corsés, circulaient de bouche en bouche. Dans le ciel, la lune attirait cependant encore tous les regards, là-haut, des hommes confinés dans leur module attendaient avec impatience leur bon de sortie. Le suspense était total, chacun avait conscience de vivre un moment d'exception. N'y tenant plus, Pierrick déserta l'assemblée pour aller voir la suite à la télévision. Plusieurs couples l'imitèrent tandis que le reste des participants se resserrait autour du feu.

Le départ d'une partie de la bande, le vide sidéral des bouteilles ajouté à l'absence d'informations en provenance de l'espace, achevèrent la soirée. Estimant l'heure venue, Julien sortit de son sac un dernier flacon, le fit circuler autour du feu, prit la guitare et entreprit son show favori. Le refrain fut repris en chœur :

« Buvons encore, une dernière fois,
À l'amitié, l'amour, la joie,
On a fêté nos retrouvailles,
Ça m'fait d'la peine, mais il faut que je m'en aille »

À la fin de la chanson, sans un mot supplémentaire, Marc ensevelit les ultimes braises sous le sable, puis chacun regagna sa base arrière. Traditionnellement, le dimanche, les fêtes ne s'éternisaient guère, a fortiori une nuit où chacun était impatient de connaître qui était le successeur de Tintin à fouler le sol lunaire.

Maud et Julien prirent le chemin du camping voisin, tendrement enlacés. Leurs pensées allèrent vers leur copain Guenther. À cette heure, leur ami devait circuler en bécane, quelque part entre la Bretagne et la Bavière. Quoi qu'il en fût, l'air continental lui rafraîchirait les idées, ils le contacteraient après les vacances lorsque le calme serait revenu.

Lorsqu'ils atteignirent leur tente, la plupart des campeurs avaient déjà éteint leurs feux. Avant de dormir, Julien voulut consulter la carte de la région, car, le lendemain, Maud et lui prévoyaient une balade en amoureux. Sa lampe torche en main, il s'approcha de leur voiture. Dans le faisceau lumineux, le petit bolide rouge lui parut avoir rétréci au lavage. Pourtant, il n'avait pas plu ! En s'avançant un peu plus près, il réalisa que les quatre pneus de la Cinquecento étaient à plat ! Furieux, le poing aux nues, il sacra comme un charretier. Plus question de promenade le lendemain, plus question non plus de rester passif. Ras-le-bol de ces conneries ! Il allait prendre les choses en main. Sans être un apôtre de la violence extrême, Julien détestait qu'on lui marche sur les pieds, et pas davantage sur les pneus… Il s'empara néanmoins de la carte routière dans la boîte à gants et, de retour à la tente, fit semblant de concocter un itinéraire avec Maud. Inutile de lui gâcher sa nuit.

XI

Lundi 21 juillet 1969

Contrairement à son habitude, Julien s'était levé à l'aube. Dans l'inconfort de la tente, il avait acrobatiquement passé un survêtement, puis était sorti, laissant Maud dormir en toute quiétude. À six heures du matin, les premiers rayons du soleil réchauffaient le camping engourdi où, çà et là, s'activaient déjà quelques zombies. Julien se contenta d'un Nescafé préparé sur le camping-gaz. Sans même se débarbouiller, il fila inspecter la voiture. Sa colère redoubla à la vue des pneus à plat, répandus comme quatre œufs cassés. À l'évidence, "on" cherchait à leur pourrir la vie, "on" voulait qu'ils s'en aillent. Inutile d'être devin pour connaître l'auteur de ce coup de Jarnac ! Sans faire ni une ni deux, Julien chaussa ses baskets, rédigea un mot à l'attention de Maud et partit en petites foulées en direction de "Tu es Roc".

Il atteignit la rue du Varech trente-cinq minutes plus tard, en nage, le souffle court, le bras endolori. Son footing l'avait calmé. Il pénétra dans la propriété, traversa le jardin et, avant même d'avoir retrouvé une respiration posée, cogna à la porte d'entrée avec le heurtoir. Des coups violents, sans prendre de gants. Un bruit de chaises que l'on remue lui répondit, puis celui d'une clef jouant dans la serrure, suivi du grincement de l'huisserie. Par la porte entrebâillée, une tête se profila derrière la chaînette de sécurité, celle d'un homme d'âge mûr, au visage barré d'une cicatrice.

— Qu'est-ce que c'est ? demanda-t-il, le menton levé.

— Bonjour ! Je viens voir Serge, lança Julien. C'est urgent !

— À cette heure ? Mais il doit dormir, mon pauvre garçon ! répondit le père Roubault. Qu'est-ce que vous lui voulez ? Vous êtes un de ses amis ?

— Pas franchement, non ! Je voudrais plutôt comprendre pourquoi il a saboté ma bagnole.

— Bon Dieu ! Qu'est-ce qu'il a encore fait comme connerie, celui-là ?

— J'aimerais justement en parler avec lui.

— Moi aussi ! Nom de Dieu, Jeannine, va réveiller ton fils ! Entrez, jeune homme…

Julien s'avança dans un vestibule meublé d'un portemanteau, d'un porte-parapluies et d'un guéridon. Au mur, la copie d'une marine se détachait sur un papier peint aux motifs de toile de Jouy. Roubault tendit à Julien une paluche calleuse à la poigne chaleureuse. L'homme affichait une cinquantaine bien tassée. Élancé, la chevelure poivre et sel en liberté, le regard vif, mais creusé, vêtu d'un pyjama trop petit pour lui, chaussé de charentaises, il semblait sortir de son lit. Julien se présenta. Roubault l'observa sans broncher puis le précéda d'un pas traînant jusqu'au living-room. Sur la table de la salle à manger, une cafetière, deux bols, une motte de beurre et une miche de pain. Les quatre chaises étaient orientées vers le téléviseur diffusant en boucle les images noir et blanc d'un gros bibendum égaré dans une étendue désertique. À la distance où il se trouvait, Julien mit du temps à percuter.

— Incroyable, non ? s'étonna Roubault. Je n'en ai pas dormi de la nuit.

— Moi non plus, ironisa Julien sans bien comprendre. Ah ! C'est le mec sur la lune ? Alors ils ont réussi à sortir ?

— Vous n'êtes pas au courant ? On ne parle que de ça…

— Vous savez, au camping, je n'ai ni radio ni télé. Je me contente de lire le journal.

— Alors vous verrez ça demain. Je vous sers un café ? Moi j'en reprendrais volontiers une goutte…

— Avec plaisir, merci. Mais dites-moi, Monsieur Roubault…

— Vous me connaissez ?

— Oui, un peu ! On a rencontré Nathalie à la plage et puis votre nom est marqué sur la boîte aux lettres.

— Évidemment !

— Monsieur Roubault, en attendant que Serge se réveille, j'aimerais vous poser une question…

— Allez-y !

— Valentin Moriceau ? Ça vous dit quelque chose ?

— Bien sûr ! répondit Roubault sans se démonter. C'était mon meilleur ami. Mais que… comment est-ce possible ? Vous êtes de sa famille ? Que voulez-vous savoir exactement ?

— Simple curiosité. Quelqu'un m'a dit que vous le connaissiez. Je suis à la recherche de témoignages à son sujet…

— Pour quoi faire ?

— Mon amie fait un mémoire sur les prisonniers de guerre et Moriceau…

— Hélas, Moriceau est mort ! coupa Roubault. En 44, au cours de notre évasion… une fin tragique. Vingt-cinq ans après, j'en suis encore complètement démoli. J'ai pourtant tout fait pour oublier cette horrible histoire ; après la guerre, j'ai quitté mon Béarn natal pour m'installer en Bretagne. Je voulais m'éloigner de mon passé. Ici, j'ai rencontré Jeannine. Ça a été le point de départ de ma nouvelle existence, comme une renaissance. À force de travailler dur, on s'en est sortis tous les deux. Aujourd'hui, voyez cette maison, elle abrite ma famille, ma fierté, ma seule raison de vivre. J'ai définitivement jeté aux orties tout ce qui s'est passé avant. Rien ne me fera rouvrir les placards poussiéreux de l'Histoire. À présent, je souhaite vivre en paix, Julien. Merci de ne plus m'accabler avec ces souvenirs pénibles.

— Ce souhait vous honore, Monsieur Roubault. N'en parlons plus, lui accorda Julien.

— Il vaut mieux oublier tout cela, jeune homme. Profitez de vos vacances, amusez-vous bien à Erquy…

— Si votre fils y consent, releva Julien…

— Je l'avais oublié, cet ostrogoth. Qu'est-ce qu'il a encore fait ?

— Serge a dégonflé les pneus de ma voiture, hier, pendant la fête du port.

— Vous êtes certain que c'est lui ?

— Je n'ai pas de preuves, mais je ne vois pas qui d'autre…

— Pourquoi vous en voudrait-il ?

— C'est toute une histoire… Serge a violemment pris à partie un de mes amis allemands, Helmut, parce qu'il tournait autour de Nathalie. Ils se sont affrontés, j'ai pris parti pour mon copain et, dans la bagarre, j'ai ramassé un coup de couteau, dit Julien en exhibant son pansement.

— Petite frappe ! Jeannine m'avait parlé de ça, mais j'ignorais que Serge vous avait blessé. Mon fils s'est comporté comme un sauvage, dit-il en passant un doigt sur sa propre cicatrice. Il ne perd rien pour attendre, croyez-moi ! Écoutez, Julien, je suis vraiment désolé pour vous. Serge viendra regonfler vos pneus dans la journée… je m'en porte garant. Il viendra à coups de pied au cul, s'il le faut, mais ça ne se passera pas comme ça !

— Merci Monsieur Roubault, mais je m'en occuperai moi-même.

— Dans ce cas, acceptez un dédommagement, 50 francs, ça ira ?

— Vous ne me devez rien, Monsieur Roubault ! C'est Serge que je veux voir…

— En tout cas, ne vous en faites pas. Je vais prendre les choses en main. Mon crétin de fils ne vous cassera plus les bonbons. Passez de bonnes vacances à Erquy, profitez de la plage, de la pêche, de la voile, du homard, des bains de mer…

— Pour les bains, j'attendrai de retrouver ma baignoire à Paris, précisa Julien. La Manche est bien trop fraîche pour moi. L'eau glacée, moi, je la réserve pour le pastis ! D'ailleurs, je préfère nettement la Méditerranée. Pas vous ?

— Je connais mal…

— Dommage pour vous… Vous savez, Monsieur Roubault, ma copine et moi, on a longuement hésité à venir en vacances ici…

— Vous le regrettez ?

— Non, mais nous n'étions pas d'accord. Alors, on a tiré au sort. Pile : Erquy, face : Théoule, sur la Côte d'Azur… asséna Julien sans ciller.

— Connais pas ! affirma précipitamment Roubault. Et puis, on dit que dans le Sud, la mer ne bouge même pas ! Qu'est-ce que vous voulez faire avec des marées de vingt centimètres ? Ça doit être ennuyeux, jamais je n'irai me perdre là-bas…

— C'est pourtant magnifique, les environs de Cannes, précisa Julien sans relever l'énormité de la remarque de son interlocuteur.

— L'eau doit être plus chaude en effet, admit Roubault. C'est un argument valable, mais, finalement, je suis content que vous ayez choisi Erquy.

— Le moins qu'on puisse dire, c'est qu'on ne s'y ennuie pas ! Chaque jour apporte son lot de surprises, cela donne des vacances stimulantes. Finalement, je ne regrette rien. On vit des expériences uniques, on rencontre ici des tas de gens sympas. Reste le problème de Serge, une plaie, un remède au tourisme…

— Je sais, coupa Roubault, vexé. Je sais… Mais qu'est-ce qu'il fabrique, cet animal ? Il devrait être descendu. Jeannine ! hurla-t-il, les mains en porte-voix.

— Oui ! répondit-elle du haut de l'escalier.

— Alors, ça vient ?

— Non ! Il refuse de descendre.

— Faut que je monte avec mon nerf de bœuf ?

— Laissez tomber, Monsieur Roubault, intercéda Julien. Inutile de vous battre avec ce fou furieux. Dites-lui simplement que je suis très fâché. Ma patience a atteint ses limites. Pour la petite histoire, vous pourrez lui apprendre que je suis ceinture noire de karaté, bluffa Julien. S'il veut la bagarre, il l'aura dès que mon bras sera réparé !

— Il ne vous embêtera plus, vous avez ma parole.

— Dans ce cas, je vais vous laisser. Adieu, Monsieur.

— Kenavo, Julien !

*

Le nordé avait nettoyé le ciel, le soleil avait pris de la hauteur. Pendant qu'Armstrong déambulait sur la lune, Julien redescendit vers le bourg en proie à de nouveaux questionnements, à croire qu'à chacune de ses rencontres avec un membre de la famille Roubault, les règles du jeu changeaient. Sans s'en formaliser, il essaya de s'en tenir aux faits. Premièrement, Lucien Roubault l'avait enfumé en prétendant ne pas connaître Théoule alors qu'il y possédait une maison. Pourquoi ? Deuxièmement, le même Roubault avait réagi curieusement à l'évocation de Valentin Moriceau. Précipitation, argumentation préparée, fausse culpabilité… Julien ne le sentait pas. Re-pourquoi ? Troizio, il avait le sentiment, ténu, que Roubault avait noyé le poisson à plusieurs reprises. Trop affable pour être honnête. En post-scriptum venait la question des enfants. À l'évidence, Jeannine surprotégeait son malfaisant de fils. Re-re-pourquoi ! Par ailleurs, le père comme la mère s'étaient bien gardés d'informer Nathalie de sa visite. Encore pourquoi ! Toutes ces émotions avaient creusé Julien, il fit un détour par la boulangerie où il s'acheta deux croissants et une baguette. En sortant, il s'arrêta chez Jean-Yves pour lui demander s'il disposait de quoi gonfler des pneus de voiture. Son pote n'avait pas ce genre d'article en magasin, mais il lui conseilla de poser la question au garage Thomas, sur le chemin du camping, à gauche en montant la rue de la Corniche. Les deux garçons prirent le temps de boire un café. La conversation roula très vite sur l'alunissage des Américains. Jean-Yves, débordant d'enthousiasme, avait vécu les premiers pas de l'astronaute en direct. Julien avoua être passé à côté, sa nuit avait été pourrie, sa journée menaçait de prendre le même chemin. Il remercia son copain puis se remit en route, direction le garage. Là, le mécano lui prêta une pompe se bloquant entre les pieds, actionnable avec les deux mains. Avec ça, moyennant un peu d'huile de coude, il parviendrait à redonner suffisamment de tonus à ses pneus pour rouler jusqu'à l'atelier où l'on terminerait le travail à l'air comprimé. Un délicieux programme pour un après-midi de vacances…

Julien atteignit le camping vers 11 heures. Il trouva Maud assise en compagnie d'un garçon de 12 ou 13 ans. Une cuvette en émail, posée dans l'herbe devant eux, contenait des centaines de petits poissons argentés.

— Bonjour, dit l'ado à l'approche de Julien.

— Salut. C'est quoi ?

— Des lançons, expliqua Maud. Marcel, notre jeune ami, les a “sennés” ce matin, ajouta-t-elle doctement.

— Sennés ?

— Pêchés avec un grand filet tiré depuis la plage.

— Oui, poursuivit le gamin. C'est dur, le filet mesure au moins cent mètres de long. Quand les pêcheurs repèrent un banc de lançons, ils l'encerclent en doris puis ramènent les bouts de halage jusqu'à la plage. Là, on se répartit en deux équipes, chacune tire de son côté pour tracter le filet sur le sable. C'est très lourd, il faut être nombreux. Alors je file un coup de main aux pêcheurs. Pour me remercier, ils me donnent un peu de poisson.

— Et tu le vends ?

— Oui.

— Combien ?

— Un franc la mesure.

— Comment ça se fait cuire, les lançons ?

— J'sais pas trop, avoua le gamin.

— On essaye ? proposa Julien.

— Donne-nous-en deux mesures, dit Maud, je vais les préparer pour l'apéro.

Elle en bava pour chauffer une friture sur le camping-gaz. La farine s'envolait, la gamelle tenait en équilibre instable, le feu suffisait à peine à porter l'huile à température, mais Maud ne se découragea pas. En championne obstinée du système D, elle parvint à ses fins. Son coup d'essai fut un coup de maître. Les lançons étaient parfaits, croquants, la chair fine et tiède, en harmonie parfaite avec le vin blanc.

Après le repas, Julien lui conta en détail ses aventures matinales, l'étrange comportement de Roubault et son amnésie totale par rapport à Moriceau, Théoule et la captivité. Maud ne réagit pas immédiatement, elle préférait digérer l'information avant de se prononcer. Ils s'allongèrent alors au soleil, sur un plaid, pour lire à deux la presse du jour. *Ouest-France* titrait sur cinq colonnes à la une « *L'homme sur la lune* ». Terrassé par la fatigue, Julien s'endormit, la tête dans le journal.

Sa sieste terminée, il se consacra à la Cinquecento. Pendant qu'il regonflait ses pneus, il reçut la visite impromptue des parents Roubault. Offusqués par les agissements de leur fils, Lucien et son épouse souhaitaient vérifier que le séjour des jeunes Parisiens se déroulait pour le mieux. Encore une fois, leur vœu le plus cher était qu'ils passent de belles vacances. Ils avaient eu du mal à les localiser dans ce labyrinthe de tentes. Jeannine et lui tournaient depuis dix minutes, mais en définitive, ils les avaient trouvés. Jaugeant l'installation précaire de Maud et Julien, Roubault offrit de les conduire au garage.

Julien congédia sèchement ses visiteurs. Il n'avait besoin que d'une chose, qu'on lui foute la paix ! Il s'installa au volant de la Fiat et démarra en brinquebalant sur ses pneus à demi gonflés.

En milieu d'après-midi, il revint triomphant du garage, la Cinquecento avait retrouvé sa taille adulte, parée pour de nouvelles aventures. À sa vue, Maud accourut sans attendre. Julien avait acheté un pique-nique pour le soir, il était 16 heures 45. Ils s'embrassèrent comme pour s'insuffler une énergie nouvelle. Oubliés les hommes sur la lune, foin de la famille Roubault, de ses pompes et de ses œuvres, leur excursion au Fort La Latte pouvait commencer !

XI

Mardi 22 juillet 1969

Lucien Roubault se retournait comme une crêpe dans son lit, sa placidité coutumière avait cédé à un énervement manifeste. À ses côtés, Jeannine ronflait sans se poser de questions. Roubault consulta sa montre fluorescente, minuit vingt, déjà. Il se leva sans bruit, attrapa ses vêtements dans l'obscurité et descendit s'habiller au rez-de-chaussée comme il le faisait lorsqu'il partait en pêche. Une fois dans le jardin, il se retourna vers la façade. De la lumière filtrait à travers les persiennes de la chambre de sa fille. Nathalie, l'intellectuelle, devait être encore une fois plongée dans un roman. Une sale habitude qu'elle avait contractée toute petite. Lucien comprenait mal cet engouement pour l'imaginaire quand la vie réelle offrait tant de satisfactions… Question d'âge et de tempérament. En tout cas, sa fille aurait certainement mieux fait de dormir. Il hésita un instant à l'enguirlander, mais l'imminence de son autre projet s'imposa. Laissant Nathalie à sa littérature, il pénétra dans le hangar où il remplit deux bidons d'un mélange de gazole et d'huile de vidange qu'il déposa dans le coffre de sa R 16. Après avoir vérifié que personne ne l'observait, il grimpa sur un escabeau pour soulever une dalle du faux plafond. Après quelques tâtonnements, il en ressortit un paquet enveloppé de papier kraft huilé. Le P38 n'avait pas servi depuis la Libération, quand Roubault l'avait récupéré sur un officier allemand. Conscient des aléas de l'Histoire il n'avait jamais voulu s'en séparer. L'arme paraissait en état de fonctionner, le mécanisme jouait parfaitement. Il essuya la graisse avec un chiffon, mit en place un chargeur, puis il glissa le flingue sous sa ceinture.

Il allait éteindre l'atelier quand des pas firent crisser le gravier. Aussitôt en alerte, il se précipita à la porte. Il ne s'agissait que de son fils dont la démarche sinueuse dénonçait une ivresse mature. Le bougre n'était pas à jeun ! En deux temps trois mouvements, Roubault prit sa décision. C'était le moment où jamais, il allait enfin pouvoir impliquer Serge dans ses activités. Roubault père s'avança, les bras ouverts.

— Salut, Serge. Approche… Non, ne crains rien, je veux juste te parler. Entre… Ça n'a pas l'air d'aller fort, mon gars ?

— Boaf, j'ai un petit coup dans les mirettes, mais pas pire… Quand j'ai aperçu de la lumière dans le hangar, je me suis approché. On ne sait jamais, en ce moment, avec ce mec qui vient fouiner chez nous. Méfiance.

— Tu sais, Serge, j'ai réfléchi. Notre situation n'est pas tenable. Je ne veux pas d'un fils voyou et tu refuses de rentrer dans le rang, alors on s'engueule du matin au soir. Écoute-moi bien, je suis prêt à te pardonner tes conneries, y compris tes coups de couteau, petit fumier, mais à une condition…

— Laquelle ?

— Que tu acceptes de travailler avec moi…

— À la pêche ?

— Parfaitement. À la pêche ! Ça te calmera.

— Mais je déteste ça !

— Tant pis ! Il faudra t'y faire. Tu verras, petit à petit, tu y prendras goût. Et puis, ça t'apprendra un métier, car délinquant c'est pas vraiment une gâche d'avenir…

— Fais chier !

— C'est à prendre ou à laisser ! Estime-toi heureux, je suis d'humeur constructive ce soir. Tu as jusqu'à demain matin pour te décider. Si c'est oui, on commence illico, j'ai un petit job pour toi, là tout de suite. Si c'est non, tu prends tes cliques et tes claques, je ne veux plus te voir chez moi. Ciao, bonsoir ! Kenavo mon poteau ! Tu es majeur, vacciné, j'ai fait ce que je pouvais pour toi. Si tu es trop con pour le comprendre, alors vis ta vie comme tu l'entends, mais sans moi.

— Je vais réfléchir, promis, hoqueta Serge.

— En attendant, sans que cela influence ta décision, j'aimerais que tu me donnes un coup de main.

— Pour quoi faire ?

— Tu verras. Il suffit que tu tiennes debout… Tu veux un café ?

— Pas la peine. J'ai l'habitude. On va où ?

— Pas loin d'ici.

— À pied ?

— Non, dit Roubault père en quittant le hangar. Éteins et rejoins-moi à la R16.

*

Depuis sa fenêtre, Nathalie n'avait rien perdu de la scène. La brusque réconciliation de son frère et de son père l'interloqua autant que leur disparition en voiture à une heure du matin. Tout ce remue-ménage lui parut bien étrange, mais finalement, cette nouvelle donne lui convenait, elle avait le champ libre. En effet, sa mère, grosse dormeuse devant l'éternel, ne risquait guère de la surprendre. Toutefois, elle préféra renoncer à l'escalier dont les marches craquaient. Son sac à dos était bouclé depuis le début de la soirée, elle le fit glisser le long de la façade à l'aide du cordage passé en rappel, qu'elle utilisa ensuite pour descendre à son tour. L'exercice lui parut plus facile. Cette fois-ci, elle portait un blouson par-dessus son survêtement et avait troqué ses sandales pour des baskets.

Une fois dans le jardin, Nathalie chargea son sac à dos, il était lourd. La descente de la rue du Varech lui parut interminable, son bagage pesait de plus en plus, son avenir également lorsque, brusquement, un appel de phare troua la nuit. Le ventre de Nathalie fut submergé d'ondes bienveillantes, elle se précipita malgré sa charge, embrassa son compagnon en pleurant et coiffa le casque qu'il lui tendait. Helmut, tête nue, démarra sans attendre dans la nuit. Direction Munich, le sort en était jeté !

*

La balade de Julien et Maud avait été splendide. Le fort La Latte d'abord, le cap Fréhel ensuite, où ils avaient assisté au coucher du soleil. Le gâteau aux pommes nappé de beurre et la bouteille de cidre bouché les avaient mis en condition pour apprécier le spectacle. Allongés sur la lande, les yeux dans les étoiles, le manège hypnotique du phare les avait conduits jusqu'au bout de l'obscurité. Plus tard, à la nuit noire, la fraîcheur les avait incités à reprendre leur route. Ils avaient regagné le camping de Caroual vers minuit, tout y était sombre et silencieux. Désireux de ponctuer leur promenade de la plus jolie manière, ils s'étaient calfeutrés dans leur nid d'amour modèle "Vieux Campeur" où, après de tendres ébats, ils s'étaient endormis moulus de fatigue.

Dans le rêve de Julien, la pluie tombait dru, en grosses gouttes visqueuses. Au contact du sol, elles éclataient en libérant des émanations de boule puante. L'ondée redoublait alors pour se transformer en déluge. Submergé par le flot nauséabond, Julien suffoquait, un voile lui imprégnait le visage, il l'empêchait de respirer. Tout contre lui, le corps de Maud d'ordinaire si soyeux devenait poisseux. Julien tenta vainement de se libérer. En vain. Maud se retourna vers lui en marmonnant : « Qu'est-ce qui se passe ? » La question acheva de réveiller Julien. Il comprit que les piétinements à l'extérieur étaient bien réels, la toile viciée abattue sur eux également. On avait "viré" leur tente après l'avoir aspergée de mazout ou d'une saloperie du même genre.

— Le duvet ! s'inquiéta Maud.

— Quoi, le duvet ?

— Il faut le protéger, attrape le drap de bain et place-le entre nous et la tente.

— Je fais ce que peux.

Dans le lointain, une voiture démarra puis le silence s'installa. Après bien des contorsions, Maud et Julien parvinrent à se dégager. Un liquide gluant avait été répandu autour de leur emplacement. Ça empestait sévère ! Les pieds dans une flaque nauséabonde, Julien, à poil, grelottait. Maud avait passé un débardeur lui couvrant le haut des cuisses. Elle s'était enveloppée dans le duvet, unique miraculé de l'agression. En effet, la toile de tente, le double toit et leurs vêtements étaient bons à brûler. Par bonheur, faute de place, ils avaient laissé leurs sacs à dos dans la Fiat. Ils disposaient donc d'une réserve pour le lendemain.

— Bon, grommela Julien, on fait quoi ?

— On se débarbouille, on s'habille chaudement puis on essaie de finir la nuit.

— Où donc ?

— Dans la voiture !

— Tu rêves ? On est couverts de gasoil, on va tout saloper ! Et puis dormir assis en chien de fusil, non merci !

— Alors ? On va à l'hôtel ? Il paraît qu'il y a un quatre-étoiles sympa à Dinard…

— Arrête, Maud ! Je n'ai pas envie de rigoler.

— Moi non plus, Julien. Alors ?

— La plage, décida Julien. Sous une tente, en rabaissant l'auvent, on aura moins froid.

Le moral dans les chaussettes, ils prirent le chemin de la mer, enveloppés d'un remugle malsain.

*

— Je payerais cher pour voir leurs tronches, ricana Roubault en tirant sur sa Gauloise.

— Moi aussi ! dit Serge, le coude passé à la fenêtre. Ils ont eu ce qu'ils méritaient, ces fouille-merdes !

— La preuve est faite, mon petit Serge, qu'on peut collaborer.

— Ça s'arrose, P'pa ! T'as pas un coup à boire ?

— Ça suffit ! s'énerva le père. Tu as assez picolé comme ça ! On rentre se coucher.

— On sera mieux dans notre lit que sous leur tente ! affirma Serge… Nom de Dieu ! s'exclama-t-il soudain.

— Quoi ?

— La moto !

— Quoi, la moto ?

— Celle qu'on vient de croiser… Demi-tour ! Vite ! Il faut la rattraper !

— Calmos, Sergio ! On n'est pas dans un film de gangsters. Cette moto roulait tranquillement sur le boulevard de la Mer. Dans une station balnéaire, rien de surprenant de croiser un jeune couple à une heure du matin. Je ne vois pas pourquoi…

— Cherche pas ! Moi, je sais pourquoi ! Cette bécane, je la connais, c'est celle du grand Schleu, le pote à Nathalie. C'est lui qui conduisait ! Derrière lui, j'ai pas bien vu, mais il y avait une petite poulette. On aurait bien dit ma frangine…

— Nathalie ? Tu en es certain ?

— Pour lui, oui ! Pour elle, un peu moins… mais ça ne serait pas étonnant…

— Ça ne coûte pas grand-chose de vérifier. On y va, fils !

— Fonce, Alphonse !

La R16 fit demi-tour dans la rue du Port tandis que la moto disparaissait à l'autre extrémité du boulevard. Lucien écrasa le champignon, la voiture bondit en direction de la Heussaye puis s'engouffra dans la rue des Salines. Sans hésiter, Roubault tourna dans la rue de la Corniche qu'il grimpa à fond, un hurlement de pneus salua son virage vers Caroual. À ses côtés, Serge jubilait de découvrir son père en homme d'action. À la sortie d'Erquy, peu avant d'atteindre la Couture, le feu arrière du deux-roues brilla de nouveau en point de mire. Lucien ralentit, maintenant la distance le temps de traverser le hameau. Passé les dernières habitations, il remit la gomme, rattrapa la moto et se posta quelques mètres derrière elle. L'engin roulait à environ soixante-dix à l'heure, bien à droite, suivant une trajectoire impeccable. Pris au jeu, Lucien resta en retrait au-delà de la ferme de Bellevue. Il faisait durer le plaisir, c'était un peu comme s'il traquait un banc de poissons avant de lancer son chalut. Devant lui, le motard lui fit signe de doubler. Roubault ne broncha pas, il demeura quelques mètres en arrière. Intriguée par le comportement de la voiture, la passagère de la moto se retourna. Dans le faisceau des phares, Lucien discerna les yeux écarquillés de sa fille. Furieux, il accéléra pour porter la R16 à hauteur, les deux véhicules roulaient de front, espacés de moins d'un mètre. Par la fenêtre passager, Serge lança un poing rageur en direction de sa sœur, il l'atteignit à l'épaule. La reculade brutale de Nathalie déséquilibra la moto. Au prix d'un rétablissement acrobatique, le pilote maîtrisa l'embardée avant de remettre les gaz. Roubault ne lâcha pas l'affaire, il accéléra, lui aussi, toujours à hauteur, s'époumonant de plus belle :

— Arrêtez ! C'est idiot !

Sourd à ses exhortations, le motard fonçait dans la nuit, cheveux au vent. L'aiguille du compteur flirtait à présent avec le 110 km/h. L'absence de signalisation horizontale ne facilitait pas la conduite et, à mesure qu'il gagnait de la vitesse, Roubault discernait de moins en moins bien la chaussée. Le virage lui apparut une fraction de seconde trop tard. Afin d'éviter le fossé, Lucien braqua brusquement vers la droite, le pare-chocs avant de la R16 percuta l'arrière de la moto, un impact suffisamment violent pour la faire valser. La bécane glissa sur le sol et termina sa course contre un arbre.

— Merde ! hurla Roubault debout sur la pédale de frein. Merde en bâton ! Quel gâchis !

La R16 obliqua vers le bas-côté. Roubault père et fils se ruèrent en courant vers le lieu de l'accident. À une centaine de mètres de là, le phare de la moto illuminait le ciel à travers les branches du pommier. À leurs pieds, sous un fatras de ferraille tordue, gisait un garçon en piètre état. Sa jambe droite coincée sous l'engin formait un angle insolite avec son corps, son crâne saignait abondamment ; entre deux geignements, il balbutiait des mots inintelligibles. Ainsi, c'était lui, cet Allemand dont sa fille était dingue... Délaissant le blessé, Roubault et

Serge se lancèrent à la recherche de Nathalie. Les yeux grands ouverts, ils scrutaient la nuit, son fils à droite de la route, lui à gauche. Bientôt, Serge découvrit Nathalie assise dans l'herbe sur le bas-côté, en état de choc. Elle tenait son visage entre ses mains, prostrée, casquée, agitée de hoquets convulsifs. Un sac à dos éventré pendait de ses épaules ; autour d'elle, ses effets étaient répandus dans le pré. Nathalie avait probablement été éjectée de la moto avant l'impact, son bagage bien rempli avait amorti sa chute.

— Elle est ici ! hurla Serge. Vivante !

Aussitôt accouru, Roubault père se pencha sur sa fille.

Lorsqu'il voulut la serrer dans ses bras, Nathalie se cabra de douleur.

— J'ai mal, ânonna-t-elle. Où est Helmut ? demanda-t-elle, affolée.

— Là-bas, répondit le père. Il respire.

— Il est blessé ?

— Oui, confirma Roubault. Et toi, ma chérie ?

— Mon bras… Mais, avec votre aide, je vais pouvoir marcher. Emmenez-moi près d'Helmut ! insista-t-elle.

— Du calme, ma jolie ! intervint le père. Reprends d'abord tes esprits. Tu es choquée, prends le temps de revenir avec nous.

— Pas question ! Helmut a besoin de moi, dit-elle en tentant de se relever.

Serge l'avait rattrapée au vol. Roubault la maintenait debout, elle était chancelante, pâle comme la mort, mais décidée à tout donner.

— Tu pourras mettre un pied devant l'autre ? s'inquiéta le père.

— Si vous me soutenez, oui !

— C'est quel bras ?

— Le droit. J'ai dû tomber dessus.

— Tu arrives à le bouger ?

— Aïe, ça fait mal ! Il doit être cassé…

— Essaie de replier l'avant-bras. Comme ça… Bien. Je vais le bloquer avec le revers de ton pull, il bougera moins.

— Aïe !

— Voilà ! N'y touche plus. Allez ! On y va, dit Roubault en soutenant sa fille sous les aisselles.

— Vous pouvez m'ôter le casque, réclama Nathalie. J'étouffe là-dessous.

Cahin-caha, le trio avança jusqu'au blessé, à une cinquantaine de mètres de là. Au prix d'un effort phénoménal, Nathalie se pencha sur Helmut. Sous l'éclairage du phare, la gravité de son état sautait aux yeux. Rongée d'angoisse, la jeune fille tourna la tête vers son père.

— Tu crois qu'il va s'en tirer ? se lamenta-t-elle d'une voix blême.

— Je ne suis pas médecin, ma chérie. Ce qui est sûr, c'est qu'il a besoin de secours. Et vite… Serge, intima Roubault, va chercher la voiture, tu embarques ta sœur et tu appelles les gendarmes, les pompiers, trouve un téléphone dans un bar encore ouvert ou cogne à une porte, mais démerde-toi, c'est urgent… Allez !

— Ouais, tu crois qu'il faut s'affoler pour un Schleu ? demanda Serge. Il est costaud, ce grand gaillard…

— Salaud ! réussit à articuler Nathalie.

— Fais ce que je te dis, bordel ! Et vite ! s'énerva le père.

— Je veux rester ! protesta Nathalie…

— Pas question ! Toi aussi, tu dois être soignée. Dès que les secours seront lancés, Serge te conduira aux urgences à La Bauchée. Je veux qu'un toubib te voie sans attendre. Quant à toi, Serge, inutile de raconter que tu étais avec moi au moment de l'accident. Je m'en arrangerai avec les gendarmes. Tu as suffisamment fait de conneries, ce n'est pas la peine d'en rajouter ! Allez, filez, je reste avec le blessé !

— Moi aussi, je veux rester ! pleurnicha Nathalie.

— Non ! Tu vas te faire soigner ! exigea le père. Tu reviendras après, si tu tiens encore debout. Et dépêche-toi, chaque minute compte.

Déjà, la R16 conduite par Serge arrivait. Le phare avant gauche accusait un léger strabisme, mais pas au point de l'empêcher d'éclairer la route. Lucien aida sa fille à s'installer, il la recouvrit du plaid protégeant la banquette arrière puis referma délicatement la portière. Avant de laisser partir ses enfants, il prit dans le coffre une trousse de premiers soins, une lampe électrique, quelques outils sans oublier la bouteille de gnôle qu'il gardait en cas de coups durs. Cela fait, il recommanda une nouvelle fois à son fils d'être responsable. La vie d'un homme dépendait de lui…

*

Avec une patience de scribe, Lucien tenta de désincarcérer l'accidenté. Démontant l'épave de la moto, pièce après pièce, il parvint à dégager le garçon. Sa plaie au crâne saignait abondamment, sa jambe gauche ne répondait plus à l'appel. Au prix de mille précautions, Roubault réussit à l'asseoir contre le tronc d'arbre. Le blessé entrouvrit les yeux une fraction de seconde, un sourire fugace apparut alors sur son visage aussitôt réinvesti par son masque de douleur. Brutalement, un souvenir s'imposa à Lucien, celui d'un autre estropié gisant dans une forêt enneigée, quelque part en Bavière, au cœur d'un hiver glacial. C'était il y avait très longtemps, dans une existence qu'il avait décidé d'occulter. Cependant, sa mémoire était tenace, le rictus accusateur de Lanfranchi avait nourri ses angoisses pendant tant d'années ! Aujourd'hui, il ressortait des oubliettes.

Armé de sa lampe, Lucien éclaira le blessé. Son cuir chevelu était déchiré en diagonale sur une vingtaine de centimètres, sur le côté gauche du crâne, une excroissance n'augurait rien de fameux. Si cet énergumène avait porté un casque, il ne serait pas esquinté à ce point ! Dieu merci, les Allemands, comme les Bretons, avaient la tête dure, il espérait que le garçon s'en tirerait. Roubault nettoya la plaie à l'alcool, le motard grimaça de plus belle, mais ouvrit les yeux. Lucien appliqua ensuite les quelques compresses dont il disposait, les fixa tant bien que mal au moyen de son T-shirt découpé en bandelettes. Désormais torse nu, Lucien avait saisi le blessé aux épaules, le regard plongé dans le sien de manière à lui transmettre son énergie, mais il ne parvint pas à maintenir son attention, le garçon abrégea le face-à-face. Lucien déboucha alors la bouteille de calva avec ses dents, il s'en enfila une rasade puis la porta aux lèvres de l'accidenté. Ce dernier toussa, recracha en partie la gnôle avec quelques mots d'allemand. Épuisé par tant d'efforts, il repiqua du nez. Devant son incapacité à alléger la souffrance du blessé, Lucien fut le premier surpris d'éprouver un sentiment d'impuissance car, jusqu'alors, il avait toujours mené sa barque sans se préoccuper des dégâts collatéraux. Cette nuit, pourtant, il se découvrait une âme de bon samaritain. Était-ce à cause de sa Nathalie ou bien parce que ce jeune Allemand avait une bonne gueule ? Il n'en savait rien.

À présent, le blessé respirait régulièrement, la douleur continuait de crisper son visage, mais sa poitrine se soulevait en rythme. Lucien l'observa une fois encore, intrigué de se trouver là, à couver comme une mère poule le renard prédateur de sa fille chérie. La situation ne manquait pas de sel ! Souhaitant savoir à qui il avait affaire, il ouvrit le blouson du motard et s'empara de son portefeuille. À la lumière de sa lampe, il parvint à décrypter la carte d'identité. Première constatation, Helmut s'appelait Guenther Grübhaldt. Lucien ne s'en formalisa pas, beaucoup de jeunes aujourd'hui choisissaient eux-mêmes un prénom d'emprunt. Deuxième élément, Guenther était né à Memmingen, en Bavière, le 2 octobre 1945. Curieuse coïncidence. Memmingen, là où lui-même, Lucien Roubault, avait perdu quatre belles années… Mais cette époque était révolue, Lucien en avait fait table rase. Il ne voulait pas en savoir davantage. En replaçant les papiers de Guenther dans la poche du blouson, il y trouva une enveloppe jaunie avec un timbre allemand plusieurs fois oblitéré, elle était adressée à « *Monsieur Valentin Moriceau, 89 rue des Pignes, à Théoule (Alpes-Maritimes).* » À l'intérieur, une photo délavée agrafée à une lettre datée de juillet 1944. Le cliché représentait un couple enlacé, visages offerts à l'objectif. La blonde demoiselle paraissait très jeune, 18 peut-être 19 ans ? Son sourire éclatant affirmait toute sa passion à l'homme plus mûr qu'elle serrait dans ses bras. La trentaine, brun, élancé, le gaillard portait beau en dépit de son visage creusé. Il souriait également. Au dos du cliché, une inscription ; « *Valentin et Birgitte, 15 janvier 1944.* » Lucien sentit la terre se dérober, il avait reconnu Birgitte la fille de la ferme où lui-même avait travaillé, une jeune femme très charmante dont tous les KG étaient amoureux. Encore une fois, Lucien referma la porte à ses souvenirs, la résurrection de ce passé ne pourrait rien lui apporter de constructif. Autant l'oublier. La curiosité le poussa néanmoins à lire la lettre contenue dans l'enveloppe, un courrier daté du 14 juillet 1944, rédigé en français.

« *Mon Valentin chéri,*

En ce jour de fête nationale en France, mes pensées vont vers toi. Depuis ton départ, j'ai imaginé chaque jour t'écrire, mais je m'y suis refusée. La censure veille et j'ai jugé inutile de divulguer ton adresse avant d'être certaine que les Alliés tenaient le sol de France. J'espère de tout mon cœur que tu as pu regagner ton pays à temps pour participer à la victoire.

Maintenant que les choses commencent à rentrer dans l'ordre chez vous (ici, au contraire, tout va de mal en pis) je souhaite t'annoncer une grande nouvelle : nous allons avoir un bébé ! Dans trois mois, la guerre sera vraisemblablement terminée, nous pourrons alors élever notre enfant dans la paix. Valentin mon amour, je suis heureuse de porter ta vie en moi, parfois, je sens le bébé taper des pieds contre mon ventre, comme s'il était impatient de sortir. Impatiente, moi je le suis de t'étreindre dans mes bras, le jour et la nuit. Vite, vite, donne-moi de tes nouvelles. Je t'aime follement. Je t'attends.

Birgitte. »

En post-scriptum figurait la trace desséchée d'un baiser au rouge à lèvres.

Pris de vertige, Lucien replia nerveusement la missive, la replaça dans l'enveloppe avec le cliché et s'accorda quelques minutes de réflexion. Perplexe sur la conduite à tenir, il glissa en définitive le tout dans la poche de Guenther et remonta le zip du blouson. Son protégé ne devait pas prendre froid.

Lucien allumait sa troisième cigarette consécutive lorsque la sirène des pompiers se fit entendre, au loin, là-bas vers Erquy, puis de plus en plus proche. Tournant la tête dans leur direction, il remarqua seulement alors les clins d'œil du phare du cap Fréhel, au-dessus du remblai.

*

* *

Julien n'était pas à prendre avec des pincettes. Maud non plus. Leur nuit sur la plage avait été humide, inconfortable et brève, tous deux puaient le mazout. Dès le lever du soleil, ils avaient regagné leur campement pour évaluer les dégâts. C'était comme si le Torrey Canyon avait déversé sa marée noire sur leurs affaires ! Leur tente n'était plus qu'un amas de tissu imprégné d'huile aux relents mazoutés. Idem pour tout leur équipement ayant passé la nuit à l'extérieur. Tout était noir, poisseux, enduit de cette saloperie.

Après s'être décrassés à l'aide de produit à vaisselle, ils enfilèrent des vêtements récupérés dans la Fiat puis s'offrirent un petit-déjeuner à la Potinière qui venait d'ouvrir.

— Qu'est-ce qu'on va faire ? demanda Maud en trempant son croissant dans le café au lait.

— Qu'en penses-tu ?

— On ne peut tolérer de se faire agresser chaque jour. C'est infernal ! Cette fois-ci, il faut porter plainte !

— Ça changera quoi ? On fait quoi après ? On va casser la gueule au fils Roubault et à ses copains ? Va chez les flics si ça te rassure, mais toute seule ! Moi, ça me donne des boutons…

— J'en sais rien… je voudrais surtout avoir la paix. Visiblement, on dérange, nota Maud. Et ça me dérange qu'on dérange, car je ne comprends pas pourquoi. Passe encore le coup de sang de Serge-le-preux pour sauvegarder la virginité de sa petite sœur. Sa réaction est idiote, mais il y a une logique derrière sa haine vis-à-vis de Guenther. Mais pour nous ? Je ne pige pas !

— Les choses vont certainement se décanter… En attendant, le message est clair, nous sommes indésirables à Erquy. On ne veut plus nous voir ici…

— Eh bien, on va montrer les dents ! s'enflamma Maud. Un, on porte plainte, deux, on s'accroche, on reste ici comme si de rien n'était.

— Et on dort où ?

— Les copains nous dégoteront bien un hébergement, même précaire, pour quelques nuits supplémentaires.

— Si tu le dis…

*

Leur petit-déjeuner terminé, ils entassèrent ce qui leur restait dans la Fiat et quittèrent le camping. Vingt minutes plus tard, Maud déposa Julien au port de Dahouët, le temps pour elle de se rendre à la gendarmerie de Pléneuf. En effet, si Julien s'était finalement laissé convaincre par ses arguments, il n'avait pu surmonter son allergie aux uniformes. Maud se présenta donc seule devant le brigadier, un jeune fonctionnaire au sourire conquérant. Il enregistra la plainte de Maud, lui demanda si elle avait des témoins. Non ! Leurs voisins du camping n'avaient rien vu ni rien entendu. Le préposé la questionna ensuite, sans vouloir être indiscret, sur ses fréquentations. S'était-elle trouvée en situation de conflit ? Maud, gênée, fit allusion à la prise de bec entre Julien et Serge, sur l'île, le jour de la grande marée, sans toutefois mentionner le coup de couteau. La délation n'était pas son style, mais là, Serge avait fait fort. Le gendarme s'étonna de savoir le jeune Roubault – un habitué de la maison – mêlé à cette affaire. En général, un gars sortant de prison restait tranquille quelques semaines avant de s'illustrer. Le fonctionnaire promit de lui sonner les cloches dans les meilleurs délais.

Maud et Julien retrouvèrent Caroual en début d'après-midi. Sur la plage, le volley avait repris ses droits, Pierrick, Marc et leurs triplettes favorites s'expliquaient encore une fois devant leurs copains. Maud posa sa serviette auprès de Béatrice tandis que Julien prenait place à côté de Jean-Yves. Leur arrivée au sein du groupe ne suscita pas le moindre commentaire, les discussions roulaient toujours sur la conquête de la lune, la météo ou la soirée dansante du lendemain. A priori, personne n'était au courant du traitement de choc qu'ils avaient subi la nuit précédente. En deux mots, Julien mit Jean-Yves au parfum de leur mésaventure. Il confirma leur résolution à poursuivre leurs vacances à Erquy contre vents et marées. Immédiatement, Jean-Yves proposa de les héberger dans son garage, comme après le coup de vent.

— Pas de problème avec mes vieux ! Ils ont apprécié votre discrétion la dernière fois. Ils vous ont trouvé gentils, bien élevés, et tout et tout… surtout Maud, chambra Jean-Yves. Mon père sera enchanté de la revoir…

— Mazette ! Dans ce cas, on ne peut qu'accepter ! Merci… Sans déconner, c'est vraiment sympa !

— Oh, tu sais, ce n'est pas grand-chose. Ce n'est qu'un garage avec ses odeurs d'essence et de moisi.

— Après le mazout, ça vaut du N°5 de Chanel !

— Alors, c'est vendu ! On ira un peu plus tard déposer vos affaires… Profitons de la plage tant qu'il fait bon !

— OK Bill ! En attendant, je vais me piquer un petit roupillon…

Sa nuit mouvementée avait laissé des traces, il avait besoin de récupérer, mais les dieux – ou les diables – en avaient décidé autrement puisque, sitôt assoupi, des éclats de voix le réveillèrent. Déjà, Maud le tirait par la main. L'arrivée inopinée de Nathalie avait provoqué un attroupement, au centre, la petite Roubault était méconnaissable. Chacun la pressait de questions. Comment s'était-elle cassé le bras ? Son plâtre la gênait-il ? Son visage tuméfié la faisait-il souffrir ? Et son menton couvert de croûtes… pas pratique pour manger ! Indifférente à la curiosité de ses copains, Nathalie ne répondait pas. Un masque de gravité déformait sa frimousse d'ordinaire si enjouée. Maud s'avança vers elle et l'entraîna vers la mer.

— Je crois que Nathalie a besoin d'un peu de calme, affirma-t-elle haut et clair. Et d'un peu d'air ! articula-t-elle à l'attention de ceux qui n'auraient pas compris. Tu peux marcher, Nath ?

— Ça va aller. Emmène-moi, ils me fatiguent ! chuchota-t-elle.

— Tu viens avec nous, Ju ?

— Qu'est-ce qui s'est passé ? demanda le garçon. Tu boites ?

— Accident de moto… la nuit dernière…

— Mais, je croyais que…

— Laisse-la parler, Julien, et avance !

— Merci. On peut s'asseoir, maintenant ? Vous m'aiderez à me relever ?

— Bien entendu, ma jolie !

— Voilà… Vers une heure du matin, Helmut est venu me chercher…

— Helmut ? Mais je croyais…

— Laisse-la parler, Julien !

— Helmut est venu me chercher en moto. J'avais préparé mon bagage. J'ai fait le mur pour le rejoindre. Nous avions décidé de partir en Bavière, tous les deux.

— Belle idée ! la conforta Maud.

— Tout a marché impeccable. Helmut conduisait, très calme, comme toujours. Mon corps serré contre le sien, je me sentais libérée, heureuse… Nous avons parcouru ainsi quelques kilomètres en apesanteur, quand une voiture s'est portée à notre hauteur. Une R16, celle de mon père ! Par la vitre passager, mon frère m'a menacée ; au volant, papa avait l'air furieux. Comprenant que quelque chose clochait, Helmut a accéléré. La voiture aussi. Au virage suivant, le choc ! La moto a fait un vol plané, j'ai été éjectée. Helmut n'a pas eu cette chance, la BM a percuté un arbre pendant que la R16 s'arrêtait sur le bas-côté… Serge m'a conduite aux urgences, mon père est resté auprès d'Helmut en attendant les secours.

— Il est où maintenant ?

— À l'hôpital de Saint-Brieuc ! Fracture du crâne, des gnons de partout, sa jambe droite en miettes… Pauvre Helmut, j'espère qu'il ne souffre pas trop. Je n'ai pas pu le voir, il était encore sur le billard quand j'ai moi-même quitté l'hosto. J'espère qu'il va s'en sortir, hoqueta-t-elle.

Sans ajouter un mot, Maud la cajola. Nathalie ravala petit à petit ses sanglots, sa respiration devint plus régulière, puis elle se sécha les yeux. Enfin, elle demanda à ses amis de la relever puisqu'il était déjà temps pour elle de partir. Selon les termes négociés avec ses parents, son frère devait la reprendre à 16 heures 30. De garde-chiourme-chaperon, Serge s'était métamorphosé en chauffeur. L'accident avait remis les pendules à l'heure dans la famille Roubault. La détermination de Nathalie avait impressionné ses parents. Désormais, elle était prise au sérieux.

Julien et Maud la raccompagnèrent jusqu'à la route où était stationnée la R16. En découvrant Serge au volant, Julien sentit le mazout lui monter au nez, mais il se contint de manière à ne pas envenimer la situation. Captivé par la lecture de son magazine, le jeune Roubault n'accorda pas même un regard à sa petite sœur. Il attendit qu'elle se soit installée sur la banquette arrière pour poser sa revue sur le siège et démarrer sans un mot. Julien eut tout juste le temps d'apercevoir la rousse aux nichons plantureux en couverture de *Play Boy*.

— Putain ! se désola-t-il. Nathalie avec son bras dans le plâtre, Guenther à moitié mort… c'est du Jérôme Bosch ! Je me demande par quel miracle nous tenons encore debout, toi et moi !

— On tient peut-être debout, mais on ne sait toujours pas où l'on va s'allonger pour dormir, releva Maud.

— J'ai arrangé ça avec Jean-Yves. T'inquiète ! J'avais pressenti que les choses se décanteraient… Tu vois. Il n'a pas fallu attendre longtemps !

— J'espère que les blessures de Guenther ne sont pas trop graves. En tout cas, il est sacrément accroché à la petite Roubault. Il a pris un risque énorme, tu sais. Ce genre de balade en moto s'appelle un détournement de mineure…

— Vrai ! Ils sont scotchés l'un à l'autre, Roméo et Juliette, à côté, c'est de la bibine.

— Outre ce commentaire de très haut niveau, peux-tu me préciser ce que nous allons faire ?

— Je n'en sais rien, il faut réfléchir. Nathalie est choquée, mais elle tient debout, et puis mine de rien, sa famille l'entoure.

— Dis plutôt qu'ils ne veulent plus la lâcher. Même blessée, ils craignent une nouvelle fugue. Ils n'ont pas tort. Je l'en crois tout à fait capable dès que Guenther sera rétabli. D'ici là, elle s'occupera de lui.

— Nous aussi ! On va téléphoner à l'hôpital. S'il a été opéré ce matin, inutile de se déplacer, car ils ne nous laisseront pas le voir aujourd'hui. Donc, ce soir, on peut rester ici, chez Jean-Yves et, demain, on se trouve une piaule à Saint-Brieuc.

XII

Dimanche 27, lundi 28, mardi 29 juillet 1969

Depuis cinq jours, Julien et Maud occupaient une mansarde à Saint-Brieuc, dans une maison de pêcheur du Légué. La modestie du loyer se mesurait au nombre de mètres carrés disponibles. Un lit, un lavabo et pas grand-chose autour. Ici, le rythme de leurs vacances avait changé du tout au tout, ponctué par leurs visites quotidiennes au blessé. Les deux premiers jours suivant l'opération, Guenther avait été admis aux soins intensifs, c'est-à-dire dans un service très fermé. Il avait fallu attendre son transfert en traumatologie, le troisième jour, pour qu'ils puissent enfin revoir leur ami bardé de sondes, perfusé aux deux bras, la jambe immobilisée dans une gouttière. Son crâne recouvert d'un énorme pansement avait l'allure d'un bouchon de champagne. Guenther partageait sa chambre avec deux autres amochés, l'ambiance n'y était pas à l'euphorie. Le Grand restait muet, immobile comme une momie. Quand, par hasard, il entrouvrait une paupière, c'était pour laisser transparaître sa détresse. Depuis 48 heures, Maud et Julien se relayaient auprès de lui s'efforçant de lui, faire la conversation, de tenter de le faire réagir. À l'évocation de Memmingen, de la ferme, de sa famille, un sourire discret s'était dessiné sur ses lèvres. Encouragé par ce premier résultat, mais à court d'imagination, Julien entreprit alors de lui donner des nouvelles de la bande d'Erquy, notamment de Nathalie et de sa fracture. À ces mots, Guenther ouvrit grand ses mirettes, il fixa Julien puis proféra un grognement aux accents d'outre-Rhin, comme si quelque chose s'était brusquement décoincé. Julien lui saisit la main, elle était chaude.

— Guenther, tu m'entends ?

— …

— Guenther, c'est moi, Julien. Tu me reconnais ?

— *Ja*… acquiesça le Grand d'un battement de cils. Ju-lien… articula-t-il. Puis, un temps plus tard, Na-tha-lie ?

— Elle va venir ! Demain, si tu es mieux, j'irai la chercher. Promis… Comment te sens-tu ?

— Pas très mal… Les médicaments, l'anesthésie, dormir beaucoup.

— Tu préfères te reposer ?

— Non ! Reste ! le pria-t-il en pressant sa main.

— Cesse de parler, ça t'épuise. Je reste avec toi, Maud va bientôt nous rejoindre. Tu sais, on a quitté Erquy. Nous sommes maintenant installés à Saint-Brieuc, comme ça, on peut venir plus facilement… Tu vas de mieux en mieux, Guenther. Dans quelques semaines, tu pourras te lever… Je suis allé voir ta moto, il n'en reste pas grand-chose. Demain, je m'occuperai de ton assurance... Pour le moment, Maud n'a pas voulu prévenir ta mère. Elle pense qu'il est mieux que tu le fasses de vive voix, quand tu seras rétabli. Inutile de la paniquer. Cependant, si tu préfères qu'on l'appelle, c'est à toi de décider...

— Non, c'est bien comme ça ! dit-il, le visage tendu.

— Je suis idiot ! Je ne dois pas te demander d'efforts...

— Je peux parler un peu.

— D'accord, mais si ça te fait souffrir, c'est inutile. Ça peut attendre.

— Non ! marmonna-t-il du bout des lèvres avant de plonger dans le coaltar.

*

Le lendemain, en tout début d'après-midi, Maud déposa Julien devant l'hôpital. Quarante-cinq minutes plus tard, elle sonnait à la porte de la maison Roubault, à Erquy, afin de prendre des nouvelles de Nathalie. Sans ôter ses gants à vaisselle, la mère lui ouvrit avec circonspection. Vêtue de sa sempiternelle blouse, madame Roubault était en pleins rangements. En ronchonnant, elle appela sans conviction sa fille par la cage d'escalier puis retourna à ses occupations ménagères. Laissée seule, Maud en profita pour inspecter de plus près la salle de séjour. La déco n'était pas son genre, mais elle avait l'esprit large. Chacun ses goûts, après tout ! En revanche, les deux tasses à café traînant sur la table basse laissaient entrevoir une situation favorable. De même, lorsqu'elle avait traversé le jardin, Maud n'avait aperçu ni la R16 ni l'utilitaire blanc dans le garage. Tout laissait donc à penser que Roubault père et Serge étaient absents à cette heure. L'arrivée de Nathalie la conforta. Les deux filles s'embrassèrent comme du bon pain. Maud lui fit des compliments sur sa mine, elle récupérait vite et bien ! Pour toute réponse, la petite Roubault exhiba son plâtre comme une mauvaise excuse. Tout n'était pas parfait, la preuve, il lui faudrait encore quelques semaines de rééducation avant de retrouver le plein usage de son bras. Mais d'ores et déjà, avec ce beau soleil d'été, la recalcification osseuse avançait au grand galop.

— Maman, on va au jardin ! lança Nathalie par la porte de la cuisine entrouverte.

Une fois dehors, les deux jeunes filles purent enfin entrer dans le vif du sujet.

— Comment va-t-il ? demanda Nath.

— Il récupère doucement… C'est pas encore Byzance, il souffre énormément, mais le moral est bon. Hier, pour la première fois, il a parlé avec Julien. Ses premiers mots ont été pour toi. Il t'a réclamée. Il veut te voir. C'est pour ça que je suis venue rejouer avec toi l'enlèvement des Sabines…

— Ça va pas être de la tarte, mais les vents sont avec nous…

— Comment ça ?

— Mon père a décidé de faire bosser Serge sur son bateau. Il ne le lâche plus depuis le début de la semaine. La roue a tourné, c'est la grande réconciliation. Tant mieux pour ma tranquillité ! Les deux sont à la pêche depuis ce matin ; avec la marée, ils ne reviendront pas avant 17 heures. C'est bizarre, la vie. Après m'avoir collé aux basques jour et nuit, c'est maintenant Serge qui est ficelé par le paternel. Quelle famille de dingues ! En tout cas, on a juste le temps d'aller à l'hosto avant leur retour.

— Ta mère ?

— Depuis l'accident, elle est à l'ouest. Elle me couve comme un nouveau-né. On dirait qu'elle a eu une révélation… Du coup, elle me bichonne. Et puis, vu l'état d'Helmut, elle ne craint plus grand-chose pour mon pucelage. Donc ma chère mère a mis la sourdine. À l'heure qu'il est, elle ne va pas tarder à faire ses mots croisés et à s'endormir dans son fauteuil. Dans cinq ou dix minutes, la voie sera libre.

— Ma voiture est garée en haut de la rue.

— Allons-y !

À l'hôpital, Guenther était en grande discussion avec Julien. Toujours immobilisé, le convalescent avait repris des couleurs. Il s'exprimait presque normalement. À la visite du matin, les médecins avaient été stupéfaits des progrès accomplis au cours de la nuit. La perspective de retrouver Nath y était certainement pour beaucoup. À sa vue, le visage de

Guenther s'illumina, ses yeux pétillèrent, du rouge monta à ses joues. La brunette s'approcha, déposa un baiser sur le pansement lui englobant la tête, puis s'assit au bord du lit et lui donna sa main valide.

— On va vous laisser, dit Julien, vous devez avoir beaucoup à vous raconter…

— Restez ! demanda Guenther.

— Oui, restez avec nous ! enchérit Nathalie.

— Maud n'a pas encore déjeuné, moi non plus, s'excusa Julien. On va prendre un casse-dalle et on revient. Entre-temps, je suis certain que vous saurez vous occuper.

*

Julien et Maud délaissèrent la cafétéria de l'hôpital au profit d'une terrasse de bistrot plus tranquille. En chemin, Julien s'étonna du rétablissement spectaculaire de Guenther. Du coup, ils avaient pu parler comme jamais ils ne l'avaient fait au préalable. La fragilité de son état avait poussé Guenther à se livrer, il en avait visiblement besoin. C'était du lourd !

— Raconte ! s'impatienta Maud.

— On commande un sandwich d'abord, j'ai les crocs.

— Pour moi, un crème suffira.

— Bon alors, un jambon-beurre, un grand crème et un demi s'il vous plaît.

— Vas-y, le pressa Maud.

— Accroche-toi, ça va tanguer !

— Parée pour le quadrille !

— Voilà. Ce matin, j'ai proposé à Guenther d'appeler sa famille depuis la chambre. J'étais disposé à composer le numéro, à lui tenir le combiné, bref à l'assister. Ça l'a froissé. Il s'est fermé comme une huître avant de me répéter qu'il était en froid avec sa famille. Qu'il n'en avait plus rien à foutre…

— Ernst était nazi ? Il nous l'a dit, mais cela…

— C'est la raison officielle, coupa Julien. Il y en a une autre, beaucoup plus intime. Tiens-toi bien ! Ernst ne serait pas le père de Guenther !

— Pas possible !

— Eh si, ma jolie ! Guenther est né des amours de Birgitte avec son prisonnier français, Valentin Moriceau, le mort après qui nous courons depuis un an.

— Comment Guenther sait-il cela ? C'est Birgitte qui lui a dit ?

— Certainement pas !

— Alors comment est-il au parfum ?

— Il y a un ou deux mois, en fouillant le grenier, à la ferme, il est tombé sur les courriers de Birgitte adressés à Valentin à la fin de la guerre. Toutes ces lettres avaient été retournées à l'envoyeur. Destinataire inconnu, et pour cause… Parmi elles, une des toutes premières datait de juillet 1944. La fin de la guerre était proche, Birgitte lui annonçait qu'elle était enceinte de six mois.

— Dans ce cas, comment a-t-elle pu se marier avec Ernst ? Je ne pige pas !

— Guenther a sa petite idée sur la question. D'après le livret de famille, le mariage a eu lieu début 45. Ernst avait réussi à s'enfuir de Dachau, à passer entre les griffes des nazis et les mailles des filets alliés. Planqué à la ferme sous un faux nom, il a attendu que les choses se tassent. Il faut se rappeler qu'il s'était compromis quelques mois plus tôt en délivrant de faux papiers à Birgitte, pour l'évasion des trois Français. Elle lui devait donc une gentillesse, raison pour laquelle elle a accepté de le cacher. N'oublie pas que Birgitte se retrouvait dans une situation difficile. Même si elle refusait de l'admettre, elle s'était résignée à l'idée que Valentin, probablement tué au cours de son évasion, ne reviendrait jamais. Par conséquent, elle avait besoin d'un père pour son enfant. À l'époque, on ne plaisantait pas avec les filles-mères, encore moins avec celles qui avaient fauté avec l'ennemi ! Ernst, quant à lui, devait se racheter une conduite, s'habiller de neuf. Épouser la jolie Brigitte n'était pas la pire des solutions.

— Mais alors, Guenther était déjà né quand ils se sont mariés ?

— Officiellement, il est d'octobre 45, soit quelques mois après la noce. J'ai vu ses papiers d'identité, c'est la date qui y figure. Mais…

— Mais quoi ?

— Ça ne colle pas avec la lettre de Birgitte prévoyant son accouchement en septembre 1944. Selon Guenther, Ernst a falsifié l'année de sa naissance. Ses bonnes relations avec l'administration lui auraient permis de rajeunir Guenther d'un an ! D'un coup de gomme, joli tour d'escamotage !

— Comment tout cela a-t-il été possible à la fin de la guerre ? J'imagine mal une jeune femme en cloque, toute mignonne, avec des troupes de libération en rut rôdant dans le voisinage. Drôle de tableau…

— Guenther pense que Birgitte a été protégée par d'ex-prisonniers du stalag, ceux-là mêmes qui avaient travaillé à la ferme. En souvenir de la gentillesse des parents de Birgitte, les soldats auraient témoigné en leur faveur, et la famille aurait été épargnée. Juste retour d'ascenseur.

— Quelle histoire ! Tu es certain que Guenther n'affabule pas ? Il a quand même ramassé un sacré coup sur la tête, peut-être que…

— Non, Maud ! affirma Julien en sortant de sa poche la lettre de Birgitte et la photo des amoureux de 44. Lis ce courrier. C'est Guenther qui me l'a confié, il l'avait dans son blouson. Je l'ai conservé pour te le montrer. Je le lui rendrai tout à l'heure. Et la photo, regarde !

— Birgitte était magnifique à 18 ans. Quelle douceur !

— Amoureuse du fameux Valentin Moriceau, celui que nous avons cherché partout ! Enfin, on peut mettre un visage sur son nom.

— Pas mal, apprécia, Maud. Beau gosse, lui aussi.

— Il ne te fait pas penser à quelqu'un ?

— Tu sais, moi, les ressemblances…

— Moi, sa tête me dit quelque chose.

— Dommage qu'elle ne puisse pas parler, elle t'aurait dit quoi…

— Maligne, va !

— Votre sandwich et vos cafés, Messieurs-Dames. Ça fera deux francs quatre-vingts…

— En voilà trois ! Gardez la monnaie !

*

De retour à l'hôpital, ils trouvèrent Nathalie au chevet d'Helmut, elle s'exprimait à voix basse, mais articulait suffisamment pour qu'il l'entende à travers son bandage intégral. Elle évoquait le futur avec optimisme. Si Guenther et elle n'avaient pas encore choisi le prénom de leur premier bébé, c'était une question de minutes, s'amusa Julien. En dépit des pansements, des goutte-à-goutte, de l'odeur d'antiseptique, bref de l'hostilité de l'environnement, les deux tourtereaux faisaient plaisir à voir, perchés sur leur petit nuage. Postés debout à côté du lit, Maud et Julien les écoutaient gazouiller. De temps à autre, Guenther cherchait un assentiment dans le regard de Julien. Celui-ci le confortait à chaque occasion.

Il profita d'un silence pour lui proposer son aide. En effet, les questions pratiques n'allaient pas manquer de se poser dans un avenir que tous souhaitaient le plus rapproché possible. Quid du rapatriement de Guenther en Allemagne ? D'ici là, il faudrait contacter ses assurances pour connaître ses droits. De même, son employeur devrait être informé, car le Grand était censé reprendre son travail le 1er août. Mais qui allait s'en charger ? Ni Julien ni les deux filles ne parlaient un mot d'allemand ! Tout cela tenait donc du vœu pieux, même si la brunette attendait avec impatience la méthode Assimil allemand commandée à la Maison de la Presse. L'amour donnait des ailes à la petite Roubault, elle fourmillait de projets. Dans une semaine, elle aurait 18 ans, l'âge d'apprendre à conduire. Elle avait commencé à potasser son code et, sitôt que son bras serait rafistolé, elle passerait son permis. Ainsi, elle pourrait ramener Helmut en Bavière, chez eux…

La porte de la chambre s'ouvrit avec fracas. Le visage déformé par la colère, Lucien Roubault fit irruption, suivi comme son ombre par son fils tout aussi remonté. Sans se soucier le moins du monde ni de Guenther ni des deux autres malades alités, Roubault père contourna le lit pour saisir sa fille par les cheveux.

— Qu'est-ce que tu fous ici, traînée ? explosa-t-il. Allez, ouste, on rentre à la maison. Tu peux dire adieu à tes amis, tu ne les reverras plus !

Nath ne cilla pas, mais, au contraire, s'accrocha autant qu'elle le put à son héros.

— T'es sourde ou quoi ? hurla Serge. Lâche-le !

— Messieurs, s'interposa Julien. Vous êtes dans une chambre d'hôpital, en présence de grands blessés, je vous prierai de respecter leur tranquillité. Si vous voulez discuter, allons dans le couloir.

— Ne te mêle pas de ça, connard ! aboya Serge. Allez, Nathalie ! On y va !

— Viens sans faire d'histoires, Nath, et les malades pourront se reposer en paix, asséna Lucien Roubault. Pas de discussion !

— Monsieur Roubault, intervint Guenther, cessez de vous agiter… Serge aussi ! J'ai besoin de tranquillité. Merci. Maintenant, écoutez-moi, je vais essayer d'être clair. Nathalie et moi, on a décidé de vivre ensemble. On est certains de ne pas se tromper. En France, vous appelez ça un coup de foudre. C'est une chance formidable, c'est ce qu'un père peut souhaiter de mieux à sa fille, plaida Guenther. Vous avez eu vingt ans, vous aussi, Monsieur Roubault ?

— Nathalie n'en a pas encore dix-huit ! s'offusqua Lucien. C'est une gamine.

— Pas tant que ça ! se rebella la belle.

— Pour l'instant, c'est moi qui décide ! À 21 ans, tu feras ce que tu voudras. Jusque-là, tu obéis, et sois contente que je te paye des études ! Je ne suis pas convaincu que tu en vailles la peine !

— Monsieur Roubault, intercéda Guenther. Moi, je suis majeur, responsable, je suis ingénieur, je gagne ma vie et je suis disposé à demander la main de votre fille. C'est un peu vieux jeu, mais si cela peut vous rassurer, je suis prêt à l'épouser…

— Impossible ! coupa Lucien.

— Tu nous vois avec un Boche boiteux dans la famille ? ricana Serge en triturant sa gourmette.

— Ferme-la, espèce de salaud ! trépigna Nathalie. Papa, toi, tu peux me comprendre ! Voilà ce qu'on va faire, je vais m'occuper d'Helmut pendant sa convalescence, je suivrai mes cours par correspondance, tu verras ! Fais-moi confiance pour une fois ! Je t'en supplie. Je l'aime. Vouloir nous séparer, c'est nous détruire. Ma vie va devenir tellement infernale que je repartirai de toute façon. Tu le sais, alors, autant faire les choses simplement.

— C'est impossible, je te l'ai déjà dit !

— Tout est possible avec de la volonté.

— Ma chère fille, reprit Lucien Roubault d'une voix blanche, je tiens beaucoup à toi. Je ne doute pas un instant qu'Helmut soit un garçon merveilleux, sérieux, bien éduqué, qu'il va se remettre de ses blessures et qu'il fera un excellent père de famille. Mais aujourd'hui, je ne cherche qu'à te préserver. Pas tellement d'un coup de foudre à 18 ans, cela peut arriver. Si ce n'était que ça, je me laisserais sans doute convaincre, car tu es suffisamment mature pour t'émanciper.

— Alors, où est le problème ? demanda Nathalie, la voix remplie d'espoir.

— Le problème ? C'est mon problème, éluda Lucien.

— Mais c'est dingue, papa ! Tu ne peux pas me dire oui d'un côté et non de l'autre sans explications…

— Le problème ? finit pas lâcher Lucien, c'est lui dit-il en désignant Helmut du menton.

— Ça, je l'avais compris ! s'énerva Nathalie. Vous êtes tous ligués contre lui, Maman, Serge, et toi maintenant. Ohé ! Au cas où vous l'auriez oublié, la guerre est terminée depuis 25 ans ! Aujourd'hui, on parle de construire l'Europe avec les Allemands. Il faudrait atterrir, les garçons. La haine du Boche, c'est fini ! *Scheisse* !

— Tu te trompes sur mes intentions, Nathalie, affirma son père. C'est parce que je tiens à toi que je veux t'empêcher de t'enfoncer dans une impasse.

— Quelle impasse, bordel ? explosa Nathalie en larmes. Je n'y comprends plus rien.

— On ferait mieux de rentrer, décida soudainement Lucien. On a assez discuté. Allez, Serge, viens m'aider.

— Attendez, s'interposa Julien. Vous en avez dit trop ou pas assez ! Vous ne pouvez pas jouer ainsi avec les sentiments de votre fille.

— De quoi je me mêle ? le moucha Roubault. Tu ferais mieux de t'écraser, petit branleur. C'est une affaire de famille, et ça ne te regarde pas. On y va, Serge, embarque ta sœur !

Nathalie en pleurs s'accrochait comme elle le pouvait au lit. Son frère l'avait agrippée, il tirait sans ménagement sur son bras plâtré.

— Salaud ! Tu me fais mal ! Aïe ! Tu me fais mal, je te dis ! Papa, fais quelque chose !

— Arrêtez ce pugilat, mes enfants. Serge, lâche ta sœur !

— Faudrait savoir…

— Lâche-la, bon Dieu ! Sinon, on ne s'en sortira jamais. Et toi, arrête de chialer, Nath ! Montre-toi adulte comme tu le prétends, tu vas en avoir besoin.

— Quoi donc ? renifla-t-elle en se rasseyant au bord du lit.

— Quand j'ai dit que le problème était Guenther… reprit Roubault.

— Guenther ? s'étonna Nathalie…

— Helmut si tu préfères… pour l'état civil de Bavière, Helmut s'appelle Guenther. Pour moi, c'est bonnet blanc blanc bonnet. Le problème n'est ni son prénom ni sa nationalité, le problème est que Guenther est mon fils !

— Pardon ? s'étrangla Nathalie, les yeux rivés à Guenther… Lui ? Ton fils ?

— Parfaitement ! Mon fils, donc ton frère… Guenther est né à la fin de la guerre, sa mère,

Birgitte, habitait une ferme où j'ai travaillé en captivité. Elle avait dix-huit ou dix-neuf ans, j'en avais à peine trente. On s'est rencontrés, on s'est aimés à la folie, et après mon évasion, Guenther est venu au monde !

— Je sais de qui tenir question coup de foudre, nota Nathalie, totalement estomaquée.

— Fumier ! grinça Helmut entre les dents. Menteur ! Il dit ça pour nous empêcher de vivre ensemble. Roubault ne peut pas être mon père ! J'en ai la preuve. Mon père s'appelait Valentin Moriceau.

— Aïe, aïe, aïe, dit Julien en catimini à Maud, ça se corse !

— C'est vrai et c'est faux ! balança Roubault. Ton père s'appelait Valentin Moriceau, Guenther, aussi vrai que mon nom est aujourd'hui Lucien Roubault… et que je suis ton père !

— Arrête, papa, tu vas nous rendre dingues, protesta Nathalie. On n'y comprend plus rien !

— Tant pis, ou tant mieux après tout ! Il est temps que vous sachiez la vérité, vous, mes enfants, et vous aussi les Parisiens, car je pense que vous connaissez déjà en partie mon épopée. Pour ta gouverne, Guenther, je n'ai découvert ton existence que la semaine dernière, le soir de l'accident, en consultant tes papiers d'identité. En même temps, j'ai trouvé la lettre de ta mère m'informant de sa grossesse. Je confirme donc m'appeler Valentin Moriceau et être le père de Guenther, un enfant conçu début 44 à

Memmingen, pendant ma captivité. Tout cela est lointain. Je m'étais juré de ne jamais en parler à personne, mais aujourd'hui, mon histoire me rattrape. À quelques heures d'intervalle, je découvre que j'ai un fils et que vous, les Parisiens, vous êtes sur la piste de Valentin Moriceau. Puisque vous menaciez ma tranquillité, j'ai tenté de vous dissuader de rester à Erquy. Serge m'a bien assisté, il avait une dent contre vous et, pour moi, c'était une occasion unique de le ramener au bercail. En définitive, tout cela n'a servi à rien, sauf à faire des dégâts. Alors je jette l'éponge. Stop ! Il est temps d'arrêter le jeu de massacre. Pour votre gouverne, mes enfants, je dois ajouter quelques menus détails. Au stalag, j'avais deux très bons copains, Lucien Roubault, un maçon béarnais, et Francis Lanfranchi, un gars du Sud-Ouest. Moi-même, avant la guerre, j'habitais à Théoule, un village de la Côte d'Azur. J'y avais un bateau, je vivais de ma pêche et, surtout, de contrebande avec l'Italie, ça payait davantage. Bref, il y a eu la guerre, on a tous été appelés en 39 ; en 40, on a été pris et on a été envoyés en Allemagne, dans les fameux stalags. En tant qu'hommes de troupe, nous devions travailler, c'est ainsi que mes deux copains et moi nous sommes retrouvés à la ferme de Memmingen. Un coup de chance inouï, car nous sommes tombés sur des employeurs formidables. Bonne pioche ! Je me suis épris de Birgitte, la fille de la famille. Elle était folle amoureuse elle aussi. Je vous passe les détails… Quelques mois plus tard, Roubault, Lanfranchi et moi avons eu enfin l'occasion de nous enfuir. Birgitte a énormément contribué à notre projet, elle s'est dévouée pour nous au-delà de l'imaginable. Sans elle, jamais nous n'aurions pu nous échapper… Malgré tout, notre évasion s'est mal terminée. Après quelques jours de cavale, Lanfranchi est mort en tentant de monter dans un train. Avec Roubault, nous avons essayé de lui creuser une tombe, mais le sol était gelé. Alors nous avons enfoui son corps sous des branchages, au cœur de la forêt, avant de continuer, Lucien et moi. Deux jours plus tard, rebelote ! Roubault se faisait tirer dessus en allant piller des œufs dans un poulailler, il parvenait néanmoins à s'enfuir avec une balle dans la poitrine. Encore une fois, nous avons pu nous dissimuler dans un bois, à portée de fusil des patrouilles allemandes qui passaient sur la route. Nous avons eu une chance insolente de ne pas nous faire prendre. Le jour suivant, l'état de Roubault s'est aggravé, la fièvre a monté, il respirait de plus en plus mal. Je ne disposais d'aucun médicament, nous étions en rase campagne. Le pansement de fortune que je lui avais fait avec ma chemise commençait à puer. Bref, il aurait été temps de lui prodiguer de véritables soins. J'attendais avec impatience la tombée du jour pour le transporter vers une maison ou sur une route fréquentée où il aurait pu être découvert. Trop tard ! En milieu d'après-midi, mon pauvre pote passait l'arme à gauche. Je me retrouvai donc avec un deuxième cadavre sur les bras. Impossible de l'enterrer lui aussi. J'avais faim, j'avais froid, je n'avais rien mangé depuis trente heures, je commençais à avoir des hallucinations. C'est là que j'ai pris une des décisions les plus étranges de ma vie. Celle de changer de peau ! Sachant que Roubault était un enfant de la DASS, la mystification était possible. J'y voyais l'avantage de remettre les compteurs à zéro, notamment par rapport à mes débiteurs italiens. Ayant quelques dettes sérieuses avec ces maffieux, j'avais là l'occasion d'effacer mon ardoise. J'ai donc échangé mes papiers d'identité et ma plaque militaire contre ceux de Lucien Roubault. J'ai barbouillé son visage avec de la terre mêlée à son propre sang. Ainsi méconnaissable, j'ai transporté son cadavre à l'entrée d'un village. Les annales militaires retiendraient le décès de Valentin Moriceau et l'évasion de Lucien Roubault. Un joli tour de passe-passe ! Je dois vous préciser qu'à cet instant de ma vie, j'ignorais que Birgitte était enceinte. Nous avions fait serment de nous retrouver après le conflit, je l'aimais follement. Si j'ai tenu tout au long de mon interminable fuite, c'est bien grâce à cet amour qui me portait… Il m'a fallu plus de trois mois pour rejoindre la Résistance dans les Alpes de Haute-Provence. Là, je me suis battu aux côtés des maquisards, j'ai vu des copains tomber autour de moi, j'en ai réchappé par miracle, à croire qu'une bonne étoile veillait sur moi, celle de Birgitte ? Quand la guerre s'est terminée, je suis passé incognito à Théoule régler quelques affaires personnelles, puis j'ai filé en Bretagne. La vie de Francis Roubault pouvait commencer… Depuis ce jour-là, être ou ne pas être Valentin Moriceau a toujours été ma question !

Un silence de plomb s'était abattu sur la chambre. Julien échangea avec Maud un regard dubitatif. Bien sûr, la ressemblance sur la photo ! Valentin, c'était le père Roubault avec 25 ans et une balafre en moins ! Comment avaient-ils pu ne pas le reconnaître ? Sur le lit, Nathalie et Guenther, toujours la main dans la main, paraissaient anéantis. Le feu illuminant leurs yeux s'était atténué comme si la morale devait avoir raison de leurs pulsions. Serge, lui aussi, accusait le coup, les épaules rentrées, la moue méchante, on ne savait s'il blâmait son salaud de père de lui avoir menti depuis son enfance ou bien s'il révérait l'aventurier sans scrupule.

Toujours est-il que Julien gambergeait à mille à l'heure. Dans sa petite tête, les questions se pressaient en mouvement brownien. Le masque de souffrance de Guenther le poussa à réagir.

— Je crois qu'on va s'en aller avec Maud ! Guenther a besoin de récupérer…

— Nous aussi, on y va, dit Roubault. Tu viens Serge ? Quant à toi, Nath, tu fais ce que tu veux. Maintenant que tu sais, à toi de choisir. Mais, quelle que soit ta décision, Guenther – ton frère – a besoin de repos, il est complètement sonné.

— On le serait à moins, releva Nathalie. Tu te rends compte du coup de poing dans la gueule que tu viens de nous donner ? Il nous faudra du temps pour digérer tout ça, à moi aussi… Je crois que je vais rentrer avec Maud et Julien.

— On t'attend en bas, devant la machine à café, proposa Julien.

Ils quittèrent la chambre tous ensemble. Avant de se séparer, et puisque Roubault père était en veine de confidences, Julien poussa le bouchon un peu plus loin.

— Et la maison de Théoule ? demanda-t-il.

— Ça ne te regarde pas, mon garçon. Cela dit, au point où j'en suis, je m'en fiche complètement. La seule chose qui m'importe aujourd'hui est le bonheur de ma fille. C'est quand même incroyable que sur les trois millions et demi d'habitants de la planète, Guenther et elle se soient rencontrés, qu'ils soient tombés amoureux… Et, bingo ! C'est le frère et la sœur ! Merde alors ! Manque de pot, la bique a eu un veau !

— Hasard des circonstances ? Peut-être pas tout à fait, Valentin. Il faudra qu'à mon tour, je vous explique comment Maud et moi avons échoué à Erquy avec Guenther dans notre sillage. Mais en attendant, finissons-en avec la vôtre. La maison de Théoule…

— Donnant-donnant. Je suis prêt à satisfaire votre curiosité si vous me payez un café, après quoi vous me raconterez votre périple.

Le café avait un goût d'eau de vaisselle. Maud et les trois hommes avaient pris place dans les fauteuils de l'accueil qu'ils avaient installés en carré.

— La maison de Théoule… commença Roubault en s'asseyant. Que voulez-vous savoir ?

— Par quel miracle la villa des parents Moriceau est-elle devenue la propriété de monsieur Roubault qui en encaisse le loyer chaque mois ?

— Rien de miraculeux, mais grâce à l'intervention d'un notaire peu regardant, Roubault a pu faire valoir une reconnaissance de dettes selon laquelle Moriceau avait perdu sa propriété au poker. Le papier avait été rédigé au stalag devant témoins – décédés bien entendu – à la suite d'une partie endiablée. C'est fou ce qu'un peu de pognon adoucit les mœurs, voire les consciences les plus strictes.

— Vous possédiez donc de l'argent en revenant du maquis ?

— Oui et non… Oui, je disposais de trois lingots d'or planqués dans la cave de Théoule avant ma mobilisation, non, ils ne provenaient pas de la Résistance ni du trésor nazi. J'avais « emprunté » ces babioles à mes partenaires italiens, raison pour laquelle ils cherchaient à me faire la peau. La véritable justification de mon changement d'identité vient de là.

— Vous êtes donc passé à Théoule en coup de vent ?

— Exactement, une nuit, au petit matin, j'ai récupéré mes billes, incognito, et j'ai filé. Je ne laissais derrière moi qu'un regret, celui d'abandonner mon bateau de pêche, un pointu amarré à La Napoule. C'était le prix à payer pour acheter ma nouvelle vie, alors j'ai sauté le pas. Par la suite, j'ai pris de la distance, j'ai bourlingué autour de la Bretagne, embarquant ici ou là comme matelot, j'avais une fille dans chaque port jusqu'en 47 quand j'ai rencontré Jeannine au bal, à Erquy… La suite, vous pouvez l'imaginer, une existence rangée, heureuse pendant des années, puis patatras ! Il a fallu que vous veniez fouiner à Erquy, avec Guenther dans vos valises ! Avouez que vous êtes de sacrés fouteurs de merde !

— Je peux vous retourner le compliment, Valentin ! Je pourrais parler également d'un coup de surin ou d'une tente couverte d'huile… Je pourrais aussi évoquer Francis Lanfranchi dans son fauteuil d'infirme… monsieur Roubault, Valentin, monsieur Moriceau… Je ne sais plus à qui m'adresser, vous êtes si nombreux, lâcha Julien d'un rire nerveux. Mais nous ne sommes pas là pour régler ce genre de comptes. Cela dit, je considère que vous êtes responsable de ce merdier. Avec vos conneries, la vie de Guenther est foutue. S'il s'en sort, et quoi qu'il advienne, il aura du mal à remonter la pente…

— Tu peux garder tes leçons de morale, petit homme ! Dis-moi plutôt comment vous êtes arrivés jusqu'à moi.

— Tu lui racontes, Maud ? C'est toi l'historienne…

— Eh bien, voilà ! Il y a un an, nous revenions de Kaboul. Nous nous sommes arrêtés par hasard dans une ferme à Memmingen, un bâtiment jaune surmonté d'un toit percé de tabatières. Des rideaux à carreaux rouge et blanc équipaient les fenêtres ornées de géraniums multicolores. Au rez-de-chaussée, des voilages défendaient l'intimité de la demeure. Une impression de netteté se dégageait de l'ensemble. Tout cela avait une allure de carte postale…

*

23 heures 45, hôpital La Bauchée, chambre 702.

Dans son rêve, sa mère se penche sur son berceau. Elle est gigantesque. Son sourire possède une douceur infinie. Après avoir déposé ses lèvres sur son crâne brisé, la maman se redresse lentement. À mesure qu'elle s'éloigne, ses traits s'estompent, sa chevelure fonce. Petit à petit, le visage de Nathalie se substitue au sien. À l'extrémité du bras plâtré de la jeune fille, une serre de rapace remplace désormais la main. La caresse griffue de la brunette se transforme en un supplice malfaisant. Il hurle : « La main de ma sœur ! À moi, Arthur Pendragon, protège-moi, Jupiter ! »

Guenther se réveille en sursaut. Il est trempé de sueur. Une migraine terrible cogne à ses tempes, ni les sédatifs distillés par son goutte-à-goutte ni son pansement ne parviennent à contenir sa douleur. Sa jambe aussi le lance, son cœur saigne. Au bord de l'implosion, sa tête bouillonne. Las de lutter contre la torture, certain de comprendre, il dénoue son bandage de sa main valide. Le sang séché colle à la plaie. Il doit tirer fort, c'est douloureux. La bande se déroule en boucles désordonnées sur le couvre-lit ; bientôt, le voilà tête nue, la blessure couturée offerte aux dieux. Au prix d'un terrible effort, au bord de l'évanouissement, Guenther s'accroche à la potence. Il parvient à redresser son buste tandis que dans sa boîte crânienne, le concert de timbales atteint son apogée. Les mâchoires crispées, il défait la sangle maintenant sa gouttière. Sa jambe retombe d'une vingtaine de centimètres sur le lit, il gueule comme un possédé. Tenté un instant d'actionner la sonnette d'appel à l'aide, il y renonce. Il prend une profonde inspiration, regarde une dernière fois le plafond, puis se jette la tête la première sur le sol. Il perd connaissance avant même de percevoir le fracas de ses os.

XIII

Lundi 4 août 1969

Le décès de Guenther les avait sonnés comme un coup de massue, car, la veille de sa mort, le Grand paraissait sorti d'affaire. Cependant, le staff médical avait conclu à une hémorragie cérébrale survenue autour de minuit.

Les choses s'étaient alors précipitées. Maud avait téléphoné dès le lendemain à Memmingen. En dépit de ses précautions oratoires, Birgitte avait accusé le coup. La conversation s'était brusquement interrompue pendant de longues secondes, le temps pour la maman de comprendre les mots, de les laisser se révéler, d'en assimiler la brutalité. Maud l'avait consolée comme elle avait pu, racontant que Guenther avait été entouré de ses amis jusqu'au bout de son chemin. Les deux femmes avaient pleuré ensemble, elles s'étaient promis de se reparler avant le soir. Quand Maud l'avait jointe vers 20 heures, elle avait trouvé une Birgitte calme et décidée. À sa demande, Maud lui avait indiqué les numéros de téléphone de l'hôpital, de manière à organiser le rapatriement du corps de Guenther en Bavière. Ce n'était ni la solution la plus simple ni la moins onéreuse, mais Birgitte tenait à ce que son grand fils repose auprès d'elle, dans le village de sa naissance.

Compte tenu des délais administratifs et de la logistique à mettre en place en période estivale, les obsèques avaient été fixées au mercredi 6 août.

*

Julien et Maud roulaient en direction de Rennes. Ils avaient quitté Paimpol au lever du soleil. Abasourdis par la mort de leur ami, quelques jours plus tôt, ils avaient essayé de s'étourdir pour oublier. La raison leur intimait d'aller de l'avant, de continuer à vivre. Sans trop réfléchir, ils étaient partis sur la côte du Goëlo, entre Saint-Bieuc et Bréhat, dans l'espoir que de nouveaux paysages, de nouvelles rencontres leur permettraient de gommer Erquy, les embrouilles Roubault-Moriceau et leurs conséquences. Il n'en fut rien. Le spectre de Guenther voyageait avec eux, comme si le Grand avait réussi à se caser à l'arrière de la Cinquecento. Avec lui, ils emportaient des pelletées de tristesse, des images de fêtes aussi, les éclats de son rire et ses certitudes… Quel gaspillage ! Julien était furieux après Valentin Moriceau-Roubault, funeste oiseau de malheur, coupable d'homicides plus ou moins involontaires. À ce titre, le citoyen Moriceau encourrait des poursuites judiciaires. Mais qui allait porter plainte ? Guenther n'était plus là, Nathalie avait d'autres soucis. Seules les compagnies d'assurances ou la gendarmerie seraient susceptibles de soulever le voile. En l'absence de témoins ou de plaignants et compte tenu de son réseau, Valentin allait encore une fois s'en tirer à bon compte. Écœuré, Julien se promit de chercher un biais pour l'enfoncer. Il en voulait à Moriceau le mystificateur, l'homme qui avait édifié son existence sur une arnaque. Sans doute s'était-il menti à lui-même, mais cela ne l'excusait en rien. En outre, Julien était persuadé qu'il avait édulcoré ses aveux. Roubault-Moriceau avait certainement bien d'autres choses à cacher. Sinon, pourquoi aurait-il travesti la vérité en permanence ? Pourquoi Julien l'aurait-il pris en flagrant délit de baratin à plusieurs reprises. La première fois, sous le masque de Roubault, chez lui, en prétendant ne pas connaître Moriceau. La deuxième, avec sa version de l'évasion dans laquelle il s'attribuait le rôle du brave copain contraint d'abandonner ses morts sans pouvoir leur offrir une sépulture. Variante notoirement différente de celle de Lanfranchi selon qui ses camarades l'avaient laissé pour compte, sans aucune chance de survie. Dixit Lanfranchi, Moriceau avait conseillé à son compère de ne pas s'encombrer de « planches pourries ».

Dr Jekyll-Roubault dissimulait un Mister Hyde-Moriceau capable du pire. Cela amena Julien à se poser la question du décès de Lucien pendant l'évasion. En effet, sa disparition tombait à point nommé pour les petites magouilles de Valentin. En conséquence, rien ne prouvait qu'il ne l'ait pas provoquée. Non que Moriceau ait prémédité la mort de ses deux compagnons de cavale, mais dans le feu de l'action, il aurait donné une pichenette au destin. Autrement dit, Julien suspectait fortement Valentin Moriceau d'avoir assassiné Lucien Roubault, il y avait vingt-cinq ans. Faute de preuves, il s'abstint de faire part à Maud de ses élucubrations, inutile d'alimenter des rumeurs merdiques, il n'en sortait jamais rien de positif.

Maud conduisait, la clope au bec. Contrairement à son habitude, la gaîté avait abandonné son visage. Julien l'observa avec plus d'attention. Bien sûr, elle n'avait pas pris le temps de se maquiller ce matin, mais cela n'expliquait pas tout. Sa compagne, comme lui, était marquée au plus profond d'elle-même, bousculée, laminée par la tragique disparition de leur ami. Une frange blonde masquait en partie son visage. D'une main, Julien replaça la mèche derrière l'oreille de sa conductrice adorée puis il la caressa jusqu'à ce qu'un vague sourire anime ses pommettes brillantes. Julien proposa de s'arrêter au prochain village, il avait besoin d'un café. En se relayant, ils pourraient atteindre Paris le soir même.

La Fiat roulait son bonhomme de chemin, *piano*

ma sano. La capitale était encore loin ! Une demi-heure plus tard, ils prirent un expresso et un croissant à Lamballe. Ils profitèrent de l'arrêt pour changer de conducteur, c'était maintenant au tour de Julien. Entre deux crachouillis, l'autoradio distillait « *69, année érotique* », Gainsbarre et Jane en faisaient des paquets.

— Tu parles ! lança Julien.

— On a eu nos heures, Ju, on ne va pas se plaindre, cela dit, depuis quelques jours, ce serait plutôt année "thanatotique", ajouta-t-elle.

— Il paraît que la mort fait partie de la vie et qu'il faudrait s'y habituer, poursuivit Julien.

— Question de point de vue… à moins que ce soit la vie qui fasse partie de la mort ?

— Qu'est-ce que tu veux dire ?

— Rien du tout ! Simple plaisir d'inverser une proposition et de malaxer des idées. Ça défoule.

— Ne t'en prive pas, adorable barbare !

— Pourquoi tu ralentis, Julien ?

— Regarde là-bas, l'auto-stoppeuse. Elle a l'air mignonne…

— Où veux-tu la mettre ? protesta Maud, un brin jalouse.

— Sur mes genoux, par exemple…

— Salaud, salaud, salaud !

— Eh, mais dis donc…

— On dirait qu'elle a un bras dans le plâtre, ta louloute.

— Et ces yeux, ces cheveux… Putain, c'est Nathalie !

La Cinquecento s'arrêta dans un bruit de ferraille. Maud et Julien se précipitèrent pour embrasser leur amie qu'ils n'avaient pas revue depuis leur rencontre à l'hôpital. La gravité de son visage, ses joues creusées, ses yeux battus par l'absence l'avaient transfigurée. La gamine avait cédé à une madone endeuillée. Aujourd'hui, Nathalie portait la maturité d'une femme de vingt-cinq ans.

Maud lui laissa sa place à l'avant et se logea péniblement à l'arrière parmi les bagages.

— Coupe la radio, Julien ! demanda Maud. On ne s'entend plus.

— Voilà, Chef. C'est fait !

— Merci. On t'emmène où, Nathalie ? Jusqu'à Rennes ?

— Où tu voudras, Julien ! J'ai quitté Erquy, basta ! Je ne veux plus y remettre les pieds.

— Que vas-tu faire alors ?

— Je vais vivre ma vie, panser mes plaies, oublier ma douleur.

— Mais tes études ? Et puis, il te faudra de l'argent ?

— Je ne sais pas encore ! Je vais sans doute rejoindre une communauté dans les Cévennes. J'ai deux copains de lycée installés là-bas. Ils m'attendent…

— Pour élever des chèvres ?

— Je ne sais pas trop… On verra. Pour l'instant, je vais en Allemagne. Je veux accompagner Guenther une dernière fois, connaître son cadre de vie, sa famille, la maison où il a grandi. J'espère que cela m'aidera… Si on arrive à Paris ce soir, je prendrai un train de nuit pour Munich. On m'a dit qu'en compartiment-couchettes, les flics et les douaniers ne vérifient pas trop, ils laissent dormir les gens…

— Inutile de prendre le train, objecta Julien. On te conduira, nous aussi, on va à Memmingen.

— Dans cette bagnole ? s'effraya Nathalie.

— Non ! On s'arrête ce soir à Paris, on y passe la nuit. Demain, on redémarre avec une nouvelle monture, la voiture du père de Maud. Une ID 19 !

— Ouah ! Le luxe…

— Mes parents ont été vraiment chouettes, et c'est Julien qui est content, il adore conduire l'ID… On peut t'emmener, il y a largement la place. Pour ce soir, tu pourras dormir chez nous, dans le canapé-lit.

— Sympa ! Merci !

ÉPILOGUE

Mercredi 6 août 1969, Memmingen.

Birgitte, Cristina, Nina, Ersnt, quelques amis fermiers, quelques collègues de Guenther étaient rassemblés autour de la tombe. Un peu en retrait, Maud et Julien soutenaient Nathalie en pleurs, incapable de se contrôler, accablée par l'émotion et la fatigue du voyage.

À la fin de la cérémonie, Birgitte invita le trio à se rendre à la ferme, ils pourraient s'y reposer, se restaurer et y passer la nuit s'ils le désiraient. Maud et Julien décidèrent de rentrer le soir même, par discrétion vis-à-vis de Birgitte. Nathalie, en revanche, ne s'en trouva pas le courage. Le souvenir de son frère, de son amant, de son amour planait si fort sur Memmingen qu'elle accepta l'offre de la fermière. Nath dormirait dans la chambre de garçon de Guenther, ce qui combla ses fantasmes.

Avant de partir, Maud et Julien abordèrent avec Birgitte le sujet Valentin Moriceau. Ils expliquèrent avoir retrouvé sa trace, citèrent le témoignage de Lanfranchi et les papiers officiels du Ministère attestant de sa mort au cours de son évasion. Exit Valentin, le bonhomme avait commis suffisamment de dégâts comme ça. Inutile de rajouter du malheur au malheur. Nathalie fut mise dans la confidence elle aussi, avec la recommandation de ne jamais évoquer son père devant Birgitte.

*

Trois mois plus tard, 9 novembre 1969

Nathalie avait accompli de sérieux progrès en allemand, elle s'exprimait désormais sans hésitation. À la ferme comme au village, tout le monde l'appelait Nadja. Les deux premières lettres de son prénom demeuraient le seul vestige de son existence passée. Pour elle, les derniers relents de la famille Roubault pourrissaient dans le compost de l'Histoire. Comme son père l'avait fait avant elle, Nathalie avait tourné la page, elle avait fait peau neuve et changé sa vie. Sa décision était irrévocable. Aujourd'hui, à défaut d'élever des chèvres sur le causse, elle avait appris à traire les vaches. Adoptée par Birgitte et Ernst, sa présence à la ferme remplissait pour partie le vide laissé par la disparition de Guenther.

Sans qu'il ait été nécessaire de lui faire un dessin, Birgitte avait ressenti la puissance dévastatrice du sentiment unissant Nathalie à Guenther. Certains signes, certaines intonations se passaient d'explications. À travers Nadja, elle perpétuait le souvenir de son fils autant que celui de Valentin. En effet, dans le regard enflammé de la jeune Bretonne, Birgitte retrouvait parfois un éclair familier, celui de son amant terrassé par la guerre.

FIN

125, Vieille Route de Rosporden - 29000 Quimper
E-mail : contact@editionsalainbargain.fr
Site Internet : www.editionsalainbargain.fr

ÉDITEURS DE BRETAGNE

Dépôt légal n°3 - 2e trimestre 2016
ISBN 978-2-35550-205-7 - ISSN 1281-7813
N° d'impression : 604493
Imprimé en France